河北省社会科学基金项目：英国玄学派与英美现代派文学互文性研究（HB21WW007）

英国玄学派与英美现代派文学互文性研究

王艳文　周忠新　著

燕山大学出版社

·秦皇岛·

图书在版编目（CIP）数据

英国玄学派与英美现代派文学互文性研究 / 王艳文，周忠新著. —秦皇岛：燕山大学出版社，2024.6

ISBN 978-7-5761-0671-8

Ⅰ. ①英… Ⅱ. ①王… ②周… Ⅲ. ①玄学派－诗歌研究－英国 Ⅳ. ①I561.072

中国国家版本馆 CIP 数据核字（2024）第 088616 号

英国玄学派与英美现代派文学互文性研究

YINGGUO XUANXUEPAI YU YINGMEI XIANDAIPAI WENXUE
HUWENXING YANJIU

王艳文 周忠新 著

出 版 人：陈　玉

责任编辑：孙志强　　　　　　　　　策划编辑：孙志强

责任印制：吴　波　　　　　　　　　封面设计：刘韦希

出版发行：燕山大学出版社　　　　　电　　话：0335-8387555
　　　　　YANSHAN UNIVERSITY PRESS

地　　址：河北省秦皇岛市河北大街西段 438 号　　邮政编码：066004

印　　刷：涿州市般润文化传播有限公司　　　　　经　　销：全国新华书店

开　　本：710 mm×1000 mm　1/16　　　印　　张：17.25

版　　次：2024 年 6 月第 1 版　　　　印　　次：2024 年 6 月第 1 次印刷

书　　号：ISBN 978-7-5761-0671-8　　字　　数：256 千字

定　　价：52.00 元

序

　　"英国玄学派与英美现代派文学互文性研究"系 2021—2022 年度河北省社会科学基金项目（项目批准号：HB21WW007），研究历时两年半，经过项目组成员的不懈努力，现已初见成效。回顾项目研究期间的工作，感受颇深，记得炎炎夏日里坐在电脑旁的挥汗时光和夜半时分不能入眠时的内心焦虑，以及徜徉在文献中的喜乐心境、看到键盘敲击下的文稿逐渐丰富后的放飞情怀，每当才思枯竭时默念那句"日拱一卒，功不唐捐"鼓励自己默默前行，千言万语凝结成一句——累并快乐着，因为该研究具有十分重要的学术价值和应用价值。

　　以约翰·多恩（John Donne）为代表的英国玄学派诗歌在 17 世纪曾引起诗坛轰动，但在之后的两百年时间里不为当时流行的诗学接纳，直到 20 世纪初在 T. S. 艾略特（T. S. Eliot）的大力推崇和宣传下，现代派诗人们把多恩的诗当作反对维多利亚后期新浪漫主义甜腻诗风的武器，加之玄学派作品契合了现代人的心理需求，多恩在英国诗歌史上的地位才重新得到确立。以多恩为代表的玄学派诗歌为现代派的诗歌发展"指引"了方向，艾略特对现代诗歌的改革创新也是对多恩玄学诗风的传承。他觉察到 20 世纪初期现代文化与文明的复杂性与多元性，经过内化有意或无意地、创造性地为现代派诗歌的创作和发展探索到合适的表达方式和手法，这印证了现代派诗人强烈的历史关怀和回归古典文学的价值取向。互文性理论奠基人——朱莉娅·克里斯蒂娃（Julia Kristeva）多次强调，对于文本的关照必须放在宏大的社会文化语境之下，脱离文化文本的孤立文本是不存在的。

　　著名翻译大师飞白先生曾经指出："玄学派智力与情感复合的创作手

法，含有与现代派相通之点。"本书从互文性理论视角切入，结合对玄学派诗歌特别是多恩诗歌的文本解读，探索在现代主义语境下，以多恩为代表的玄学派诗歌在"沉寂"了两百年后能够获得现代派文学巨匠们青睐的根源，并归纳总结出玄学派诗歌的融合传统与现实、身边与世界，横贯古今的时空意识、审美意识等现代性表现维度。该研究摒弃传统的封闭式的文学研究范式，避免从某一单一维度孤立地诠释文本，转向一种宽泛语境下的跨文本研究，将文本置于社会历史的广阔空间中，把文学纳入与非文学话语相关联的整合研究中，形成一种开放式的研究视野，将文学文本投入一种与各类文本自由对话的批评语境中，试图挖掘现代主义语境下英国玄学派诗歌获得认可和颂扬的历史文化根源，厘清玄学派诗歌作品如何契合了现代人的心理诉求，于20世纪初在西方世界引发了对其研究的热潮。该课题的研究在推进学科体系、学术体系建设方面具有重要的学术价值。多恩的创作思想和风格对英美现代派文学产生了重大影响，曾经一度被忽略的英国玄学派诗歌，现在已经成为西方文学界的研究热点之一，因此对两大流派的互文性研究，会极大地丰富该领域的研究和中国学术的话语体系。本书可以作为英美文学和比较文学专业学生的教材或参考资料，丰富该领域的教学科研资料，在拓宽学生的文学文化视野、提高其文学素养以及跨文化能力的同时，还能促进中西文化之间的借鉴和交流。

"英国玄学派与英美现代派文学互文性研究"项目研究过程中，项目组成员克服了诸多困难，查阅了大量的中英文献。对于那些稀有文献，项目组成员多次到国内重点高校和图书馆进行调研、查找、复印以及求助海外学者进行文献查找、传递等，为项目的顺利完成付出了艰辛的努力，一分耕耘一分收获，感谢一路走来每一次的"遇见"。

在项目的研究过程中，我们请教了学界本领域研究卓有建树的专家、学者，并得到了燕山大学外国语学院领导的大力支持，在此一并表示感谢！当然，本书的研究也离不开燕山大学外国语学院多名研究生的辛勤工作和无私付出，她们在学习之余，牺牲自己的休息时间，查阅大量文献资料，结合所学知识，情绪饱满地投入本书的研究中，她们认真负责的精神及严谨的科研作风，保证了项目的顺利完成。积极参与本书相关工作的研究生包括：英语语言文学专业 2021 级的吴涵、李璐希、魏冬晴以及英语笔译专业 2021 级的郭青；英语语言文学专业 2022 级的杜雅祯、王翠文；英语语言文学专业 2023 级的李雪晴等。

　　尽管项目组成员对该项目的研究付出了不懈的努力，但是肯定还有很多不足之处，我们恳请学界同人们提出宝贵的意见和建议，以使研究成果更加丰满、完善。

王艳文　周忠新
2024 年 5 月于燕山大学

目　　录

第 1 章　绪　　论

1.1 研究背景

　　互文性理论是 20 世纪西方产生的一种文本理论，具有十分重要的学术价值，其理论内涵非常丰富，该理论是在西方结构主义和后结构主义思潮中产生的一种文本理论，由朱莉娅·克里斯蒂娃（Julia Kristeva）在其论文《词语、对话和小说》中首次提出并加以阐释。在克里斯蒂娃提出这一理论之后，不少西方文学批评家对之进行了研究和探讨，并把互文分成了广义互文和狭义互文。狭义互文理论以热奈特为代表，他认为互文性指一个文本与可论证存在于此文中的其他文本之间的关系；广义的互文以克里斯蒂娃和罗兰·巴特为代表，他们认为互文性指任何文本与赋予该文本意义的知识、代码和表意实践之总和的关系，而这些知识、代码和表意实践形成了一个无限潜力的织网。互文性理论不仅关注文本形式之间的相互作用和影响，而且关注文本形成过程中那些无处不在的文化传统的影响。克里斯蒂娃重视文本的社会历史维度，将历时因素纳入文本符号研究的视野，互文性理论揭示的"不仅仅是文本形态自身发展演变的规律性，还展示了作为交际工具、信息载体的文本在动态生成过程中与社会历史的互涉关系和文化功能"（祝克懿，2013）。克里斯蒂娃为学界提供了一种文本研究的新视角，她将文本置于社会历史的广阔空间中，这种历时性研究方法与传统的"影响研究"有所不同，它基于互文文本的生成过程和特征，引入了一种非线性的"层化历史观"，对传统的线性历史观进行了解构，互文性理论将社会历史维度纳入了文本系统，互文性语境中的社会历史维度与传统意义中的社会历史概念有所不同，它是作为文本的社会历史。

现代派大师 T. S. 艾略特在其著名的《传统与个人才能》中指出："诗人，任何艺术的艺术家，谁也不能单独具有他完全的意义。他的重要性以及我们对他的鉴赏，就是鉴赏他和以往诗人以及艺术家的关系。"（艾略特，卞之琳 等译，2016）互文性研究突破了传统文学研究封闭式的研究范式，将文本置于社会历史的广阔空间中，可以避免从某一单一视角或维度去孤立地诠释文本，把文学纳入与非文学话语、代码或文化符号相关联的整合研究中，形成一种开放性的研究视野，极大地拓展了文学研究的范围。

1.2 研究意义

玄学派是指 17 世纪以约翰·多恩（John Donne）为代表的玄学派诗人所创造的玄学派诗歌，其主要人物有约翰·多恩、安德鲁·马维尔（Andrew Marvell）、乔治·赫伯特（George Herbert）、理查德·克拉肖（Richard Crashaw）等，这一派诗歌使用玄学奇喻善于把不同领域的意象、思想、典故等进行杂糅，类比奇特，说理辩论多于抒情，巧于使用悖论的哲学辩证思维，这一文学流派的诞生是英国 17 世纪社会、历史、文化等发展的必然结果之一，伊丽莎白时期（1558—1603）甜腻的爱情诗歌风格与这一时期的王政复辟和革命的时代背景不相适宜，玄学派诗歌应运而生，英国玄学派诗人们"抛开了时代的局限性，不愿随波逐流，而是敢于打破传统，对流行的文学倾向进行深刻的反思，发掘诗歌艺术中具有永恒价值的内涵"（吴笛，2013：209）。玄学派诗歌的特点是重才气、巧智、技巧，颇多新颖的意象和概念，常常把不同领域、不同层面的形象进行叠加、比较，促使读者去思考，他们的诗歌"令人眼花缭乱的逻辑推理使读者懵懵懂懂地俯首称臣"（陆建德，1992）。他们的诗歌主题复杂多样，但是却写得既庄严神圣又不乏"亵渎"，多运用日常口语，节奏和格律灵活多样，诗歌幽默、讽刺，常常喜欢用似是而非的反语，富有思辨意识。尽管玄学派诗歌以思想见长，但是他们能够巧智地把思想和感受浑然一体，诗人以思想见长但是他们的诗歌并不缺乏感情。可以说玄学派诗人用感性的形象，理性的形式来探究抽象的、富有哲理的抽象问题。玄学派诗人在英国诗歌史上的贡献是巨大的，他们对于爱情、社会、人性以及宗教等的观点是他们对变动的宇宙、复杂的社会文化的深刻观察思考的体现。"十七世纪的诗人——也就是十六世纪剧作家的后继者——具有一种感受机制，可以吞噬任何经验。"（艾略特，1989：31）1921 年格里尔森（Grierson）编选的《十七世纪玄学派抒情诗歌》的出版，标志着玄学派走出死谷，成为 20 世纪现代派英诗的主要渊源之一。现代派诗歌受玄学派诗歌的影响，以艾略特为代表的现代派诗人对玄学派诗歌大为倾心，他们竭力提倡玄学奇喻的功效，反对浪漫派诗歌中的过分感伤，他们注重诗歌作品的理性，强调理性高于感性，避免使用陈旧的比喻，又加以创新，从而使英语诗歌进入了"光怪陆离"的现代诗歌时代。

在《诗歌的社会功能》一文中，艾略特指出："虽然诗人的重要性在于他自己的年代，而已故的诗人只有在我们拥有活着的诗人的情况下，对我们才有意义……已故作家的生命力通过活着的作家得以维持。"（艾略特，王恩衷 编译，1989：244）玄学奇喻之所以对现代派英语诗歌产生广泛而深刻的影响，主要原因是其新颖独特性，能够恰如其分地用来描写复杂多变、矛盾重重的战后西方社会的现实。"艾略特开宗明义地宣称 17 世纪英诗适切地反映了 20 世纪初人们的感觉和心态。"（陆建德，2001）艾略特作为英美现代派文学大师之一，他的诗歌从形式到内容都堪称文学史上的典范，1948 年艾略特获得诺贝尔文学奖，获奖的理由是："由于他作为现代派一个披荆斩棘的先驱者。"同年英国国王还向他授了勋章。诺贝尔文学奖授奖辞认为艾略特是"写作形式上激进的先驱，当今诗歌风格整个革命的创始人，同时也是一个具有冷静推理和精细逻辑的理论家，他从不厌倦地捍卫历史的观点以及为了我们生存而存在的固有道德规范的必要性"。关于艾略特诗歌的思想内容，赵萝蕤先生也曾经评价说："他真实地反映了一个时期的西方青年的精神状态。"（赵萝蕤，1997）"互文性写作是艾略特大部分诗作的一个突出特色……（他）通过借用'他语'的方式来传达明意，使其诗作文本与广阔的社会、文化、历史之间形成了一种广泛的互文性关系。"（王祖友，2012）

著名翻译大师飞白先生曾经指出："玄学派智力与情感复合的创作手法，含有与现代派相通之点。"（飞白，1989）约翰·多恩与 T. S. 艾略特之间有着不同寻常的关系，前者对后者的影响充分说明了文学传统的宏大影响力和感召力。以多恩为代表的玄学派诗歌历经不同时代的批评与褒扬，两百年后获得了以艾略特为代表的现代派诗人们的认可，充分说明经典的文学作品是经得住时间的检验的，对后来的文学会产生持续性的影响。艾略特也曾经强调，任何一个文学家，只有把他放在前辈中间进行对照研究才具有完全的意义，也才能看到文学作品的整体联系，就像文艺复兴越过之前的中世纪而回到古希腊罗马时代一样，艾略特也越过了之前的浪漫派而回到了玄学派诗歌传统，艾略特回归古典文学传统不仅为 20 世纪的现代诗歌找到了传统的源头，也是理解现代诗歌的一把钥匙。从互文性理论视角研究英美文学史上的两大流派的代表作家及其作品，即从这两大文学流派诞生的社会、历史、文化以及宗教背景进行梳理，从互文理论视角探讨这两大流派以及代表作家和作品的相似性和传承性，为在现代主义语境下的玄学诗歌研究注入新的活力，具有十分重要的学术和应用价值，一方面可以完善学科体系和学术体系建设，也能丰富文学研究，增强中国学术的话语体系，另一方面可拓宽英美文学、比较文学专业学生的文学文化视野，提高文学素养。

1.3 研究内容

"克里斯蒂娃一再提醒人们不要把她的互文性理论与传统的影响研究和渊源研究混为一谈。"（秦海鹰，2006：19）"互文性"是彰显文本独特艺术魅力的一个重要维度，它能极大地丰富文本的信息容量，拓展深化文本的意义内涵，构成多声部的文本对话，能够拓展读者阅读理解的视域，构成跨越时空的精神对话，引发诗意联想，使意义不断衍生，增加文本的诗性和趣味审美张力，为了将互文性与"影响研究"相区别，克里斯蒂娃在后期的陈述中，用"转移"代替了"互文"，互文文本呈现出一种循环往复的运转模式，没有起点和终点，也没有中心，而是在一个平面上进行"移植"。这种文本间的"移植"实际上是在历史语境中寻求一种文本间的相关性，是一种开放的互文网络，互文性就是社会历史文本在文学文本中的转换生成。

约翰·多恩作为英国玄学派的泰斗，后世对于他的评价褒贬不一，17 世纪的古典主义作家德莱顿说他"喜用玄学"，18 世纪的约翰逊博士说他"把杂七杂八的想法用蛮力硬凑一起"，在他们眼里"玄学诗"是一个贬义词；而托马斯·佩斯特尔（Thomas Pestell）对多恩给予了极高的评价，把多恩称为"诗界哥白尼"，在其一首赞美诗（1650 年）中写道："还有多恩 / 已故的诗界哥白尼，/ 他玩转整个地球，赋予它爱的意义，/ 以他的智慧将其推动。"（晏奎，2022：67-68）史密斯（A. J. Smith）在《批评的遗产》中称赞多恩为"我们语言赖以自豪的最高的诗人"（Smith，1983）。20 世纪 20 年代，格里厄森博士重新编订了多恩诗集并出了一本玄学派诗选《十七世纪玄学诗集：从多恩到巴特勒》（*Metaphysical Lyrics and Poems of the Seventeenth Century：Donne to Butler*），当时的诗人们对旧式的抒情范式和格律感到厌腻，一看见多恩这样的口语诗体，再加上奇特的用喻手法和内容，一下子就被迷住了。现代派诗人艾略特在评这个诗选的文章里盛赞多恩"将思想与感觉化为一体……一朵玫瑰在他不是一个概念而是一种感觉"（Eliot，1932：287），多恩诗歌的口语体使人感到亲切，他的比喻使人感到惊奇，但是多恩的诗歌背后有浓厚的历史文化语境和一个广大的想象世界。由于诗歌的篇幅有限，后现代主义互文性的运用能蕴含更大的情致，著名翻译大师裘小龙先生高度推崇互文性手法在文学中的应用，他在评价艾略特的《玛丽娜》一诗时指出："该诗因为互文性技巧的运用而具历史深度。"（艾略特，裘小龙译，2017：25）该书以英国玄学派和英美现代派诗歌作品和代表作家为主要研究对象，研究英国玄学派诗歌为何流行于 17 世纪，在 18 世纪、19 世纪没有成为显学，而在 200 年后的 20 世纪大受欢迎的历史文化根源。通过对两大流派产生的时代背景、文学特征以及创作手法的相似性等进行比较研究，依循互文性思维，挖掘文本中潜藏的记忆、文化、社会历史背景等深层价值，解读英美文学史上的两大文学流派及其代表大师的互文性特征，揭示出玄学派诗歌受到现代派文学巨匠们青睐的根源，并归纳总结出玄学派诗歌的融合传统与现实、身边与世界、横贯古今的时空意识等现代性表现维度及艺术价值，通过对比研究两大流派的代表作品，揭示出现代派诗歌呈现出的将传统与现代融合在一起的包容广阔的审美意识，以及现代派文学如何通过记忆、重复、修正，实现对玄学派的传承。将多恩和艾略特两位流派大师及其诗歌作品进行互文性研究，既有宏观的背景研究又有微观的人生经历和诗作特征的研究，即运用后现代互文性理论进行分析解读现代派文学是从哪些方面对玄学派文学进行吸收、戏仿和批评的，期望能给英美文学专业的师生、跨文化研究者以及文学爱好者提供参考。

第 2 章　英国玄学派文学概述

　　16 世纪英国华丽甜美的叙述风格随着伊丽莎白女王的逝世而渐渐落幕，17 世纪的英国社会动荡不安，政治、经济、宗教等的剧烈变更使得这一时期的文学发展独树一帜，诗歌再次在政治生活中立于不败之地，玄学派也随之应运而生，并凭借玄学派诗人所擅长的巧智、奇思妙喻、悖论以及意象至今仍为人所传颂。"所谓玄学派诗人也不是一个有形的组织，只是一些人有共同的趋势，而这些趋势是在多恩的直接或间接影响下形成的。"（王佐良，1997：137）这样一些人彼此并不熟悉，也未策划过任何文学运动，但他们相同的诗学思想和文学倾向逐渐将玄学派诗歌的主题引向爱情、宗教和自然，其中的翘楚当属约翰·多恩（John Donne，1572—1631）、乔治·赫伯特（George Herbert，1593—1633）、理查德·克拉肖（Richard Crashaw，1612/13—1649）、安德鲁·马维尔（Andrew Marvell，1621—1678）。总体观之，因受政局混乱、革命力量与复辟力量相互较量、宗教改革盛行、自然科学显著进步等的影响，17 世纪的文学呈现多元发展的趋势，玄学派诗歌、古典主义文学与资产阶级革命文学共同存在于这个伟大的时代。

2.1 玄学派的由来

　　何谓玄学？"玄学"一词最早可追溯到 17 世纪诗人约翰·德莱顿（John Dryden，1631—1700），他在著作《关于讽刺诗的起源与发展》（*A Discourse Concerning the Original and Progress of Satire*）中暗讽"他（指多恩）好弄玄学"（Dryden，1962）。18 世纪的作家塞缪尔·约翰逊（Samuel Johnson，1709—1784）在《诗人传》（*The Lives of the Poets：A Selection*）中沿用这

一术语，称"大约在 17 世纪初期出现了一批可以称之为玄学诗人的作家"（Johnson，2009：15）。但这一称谓饱含贬义，18 世纪和 19 世纪因新古典主义和浪漫主义的盛行，"玄学"逐渐淡出人们的视野。直到 20 世纪由格里厄孙教授（Herbert J. C. Grierson，1866—1960）编撰并出版的《17 世纪玄学派抒情诗和诗歌》（*Metaphysical Lyrics and Poems of the Seventeenth Century*）逐渐使学者及评论家又重视起了玄学派，艾略特（T. S. Eliot，1888—1965）也通过撰写《玄学诗的多样性》（*The Varieties of Metaphysical Poetry*）、《玄学派诗人》（*The Metaphysical Poets*）等著作客观地评述了玄学派的作品，使其在之后的岁月里仍为诸多学者所青睐。

17 世纪期间，英国上下对文学的兴趣发生了种种深刻的变化。这种变化与当时的政治、宗教等的变更有着密切的联系。1603 年，伊丽莎白女王的去世标志着英国黄金时代的结束。斯图亚特时期爆发的资产阶级革命和王朝复辟使几乎整个 17 世纪的英国都在硝烟与动荡中度过。日益累积的封建主义与资本主义的矛盾通过资产阶级革命的形式爆发出来，1649 年，查理一世被送上断头台，随之建立了以议会为核心的"英吉利共和国"。而后又经历复辟，直到光荣革命一切才算尘埃落定。文学形式必定随时代变更，由彼特拉克十四行诗发展而来的莎士比亚十四行诗那多情甜美的诗风在 17 世纪的苦闷世道中显得极其不合时宜，转而为擅长哲学思辨、表现思想矛盾、重视理性与激情、具有独特智性的玄学派诗歌所代替。宗教改革也是这个时代最重要的特征之一。清教徒要求净化英国国教，剔除残余的天主教因素，宗教与政治的相互纠缠不可避免地影响着文学的发展。诗人们借助诗歌表达自己的宗教倾向，从宗教中寻求创作灵感，在这样一个天主教、国教、清教相互较量的矛盾时代下，擅长宗教主题的玄学派诗歌适时地承担了表达时代诉求的重任。

"17 世纪玄学派诗歌大致可分为三个发展阶段：兴起、繁荣与衰落，对应的成就分别是爱情诗、宗教诗和自然诗。"（吴笛，2013：19）16 世纪 90 年代至 17 世纪 20 年代盛行的玄学派爱情诗打破了伊丽莎白时期的爱情诗强调精神之恋的传统，多恩的爱情诗强调现实的爱，女子在他的诗中是善变的。多恩是这一时期的主要代表人物，他的爱情诗多收录在诗集《歌与十四行诗》（*Songs and Sonnets*）中，用奇思妙喻向世人展现了爱情的复杂和情感的多变，例如《赠别：莫伤悲》《早安》《歌》等都是脍炙人口的作品。

17 世纪 20 年代至 17 世纪 50 年代是玄学派诗歌发展的繁荣时期，这一阶段由多恩、赫伯特、克拉肖等所著的宗教诗篇同样充满了巧妙的说理、深刻的思想以及情感的宣泄，代表作品包括多恩的诗集《神圣十四行诗》（*Holy Sonnets*）、赫伯特的诗集《圣殿》（*The Temple*）、克拉肖的《火焰般的心》（*The Flaming Heart*）等。

第三阶段大致从 17 世纪 50 年代至 17 世纪 90 年代，这一时期自然意象时常出现在玄学派诗人的名篇当中，通过对自然景观的描写表达对人生的诉求和社会的憧憬，代表作品包括马维尔的《花园》（*The Garden*）、沃恩的诗集《尤斯克河上的天鹅》（*The Swan of Usk*）等。

2.2 玄学派的风格

新颖奇特的玄学风格受人欣赏，也难免遭遇批评。同时代的诗人抱怨玄学派在强力诗行的掩饰下口出狂言，约翰逊认为他们的思想和表达有时出奇的荒谬。玄学派的巧妙构思常被人说成是牵强附会，许多没有关联的思想被强行扭在一起。但不可否认的是，玄学派横空出世的诗歌艺术极大地丰富了文学世界，巧智便位列其首。玄学派诗人擅于将表面并不关联的意象相糅合，以达到某种精神层面振聋发聩的效果，而这种巧智便是将多种手法诸如奇喻和悖论相结合所展现出来的。奇思妙喻早已成为玄学派诗歌的一大标签，20 世纪时有学者将玄学派的奇喻分为想象性奇喻和逻辑性奇喻，艾略特也在自己的作品中延续了奇喻的手法，并且反复强调玄学派诗人创作的感知合一。悖论虽不是玄学派独创，却是这类诗歌另一常用的手法。诗人运用悖论技巧展现独特的艺术才智，将真知灼见隐藏在表面矛盾的言辞中，从而表达复杂的思想。

玄学派诗歌的创作主题多围绕爱情、宗教与自然。在爱情主题的处理方面，玄学派诗歌实现了大胆的突破。由于 17 世纪地理、天文、化学等自然科学快速发展，这些进步也融入了诗歌创作中，例如多恩在《赠别：莫伤悲》中使用风暴、地震、天体的震动、圆规、黄金延展等术语；在《早安》中他说"让航海探险家们去寻找新的世界／让天体图向别的人展示一重又一重世界"，《上升的太阳》一诗中的"这床是你的中心，这四壁，你的轨道"，以及《空气与天使》中"你的爱情也可以做我的爱情的天体"都表露出其对新科学的兴趣。除此之外，多恩的爱情诗相较前人写得更加真实露骨，女子不再以单一的圣洁形象浮现于诗行，爱人之间的亲密行为也大胆呈现在作品中。他的诗强调肉欲之爱与心灵的结合，在诗中把小小的房间描绘成了广阔的天地。如《梦》中的"进入这怀抱中吧，因为既然你认为最好／我不要独自做完梦，那咱们就一起把剩下的做了"体现多恩爱情诗对传统诗歌的突破。女人的善变与不忠也是多恩爱情诗歌中的常见题材，如《女人的忠贞》中的"或者说，要为你自己的目的辩护，／由于有了蓄意的变卦，和虚假，你／除了虚假之外便不可能有表现真诚的方式？"，《退可南花园》中的"你不能凭借女人的影子判断她的衣饰，／同样不能凭借她的眼泪判断她的心思"，在《歌》中，他戏称"没见过／一个既忠实又美丽的女人活着"。

玄学派诗人把对宗教的情感凝结在诗歌当中。17 世纪的社会各方矛盾尖锐，人们无途实现自我拯救，因而转向"圣爱"。诗人在寻求救赎的同时，也探究着人与上帝的关系。多恩在《复活》中写道："以您的一滴鲜血滋润，我干枯的灵魂。"多恩虔诚地将自身奉献给上帝，通过诗歌诉说自己的恐惧，为过去的享乐忏悔，祈求真诚的泪水能够洗涤过去的罪恶，在死后灵魂能够获得荣耀。《神圣十四行诗》第 14 首表明了他强烈的感情："然而，我深深挚爱您，也乐于为您所爱。"赫伯特受多恩影响，创作出许多优秀的宗教诗篇。他在《点金仙丹》中把日常行为融入诗中，祈求人与上帝的亲近关系："一个照镜子的人：／视线可以止于镜面，／但也可以从镜面钻进，／进而把天国勘探。"赫伯特在著名的视觉诗《复活节之翼》（黄杲炘 译）中通过音节数目的改变创造出由衰弱到生长的羽翼形象，与诗中堕落与拯救的内涵相呼应，其中"让我像／婉转的云雀／和你呀同上天堂"生动地表达了诗人的诉求。克拉肖对宗教的痴迷常通过怪诞离奇的诗句表现出来，《致婴孩受难者》中的"去吧，打破你们新做的笼子，/这儿不会说话，到天国就会唱歌"便传达出他对天国的美好想象。

自然总能被巧妙地安放在玄学派诗人的作品之中。他们将流传已久的元素理论与自然的各种意象相结合，探索人与自然的密切关联。多恩曾在一篇布道文中辩证地分析人与自然的关系："没有谁是个孤立的岛屿；每个人都是大陆的一片土，整体的一部分。"赫伯特的《圣诞节》一诗将灵魂比作牧人，描绘出超凡的意境："我的灵魂也是牧人；他喂养/思想、言行的羊群。/牧场是你的话语；溪流是你的恩典，/使这里肥沃异常。"马维尔的《花园》更是突出了自然的主题："这就是幸福的'花园境界'的写照，/这时，人还没有伴侣，在此逍遥。"诗人描绘了一幅理想世界的画卷，在这里生活美妙，人与自然和谐共生，字里行间达成了美感与智感的协调。

玄学派的诗艺特色当属巧智、奇喻和悖论。巧智体现在推断与想象，通过逻辑的辩论巧妙地表达出紧密编织的思想。多恩作为这一派的领军人物将巧智运用得极为成功。在《赠别·论哭泣》中，诗人通过推理将"泪珠""硬币""地球""月球""大海"等本不相关的意象巧妙地串联在一起。诗人以"泪珠"为引，从眼泪中幻化出各种意象，让其互相摧毁，推导出感情中的伤害是相互的。多恩在《出神》中将"目光"具象化为"双股线"，把眼睛串起来，从而使两人"成为一体"，以此推导肉体与灵魂双重结合的重要性。奇思妙喻在玄学派诗歌中随处可见。《赠别·莫伤悲》是多恩写给妻子的离别诗，此诗将恋人比作圆规的两只脚，无论分离多久终会汇合，以此表达爱情的忠贞不渝。《跳蚤》中将恋人与跳蚤联系起来，把它的腹腔比作恋人的婚床，论证肉体的结合并不可耻。《共性》中诗人将女性比作果实，爱情即果肉，感情过后便将果壳丢弃，这样的描述反映了多恩的男权思想。在《爱的炼金术》中，多恩将爱情比作矿藏，读来新奇有趣，"正像还没有一个炼金术士获得过金丹，/除了给他怀胎的炉鼎增添点儿光环。"克拉肖在《哭泣者》中将情人的眼睛描写成"行走的浴缸""浓缩的海洋"，既形象又诙谐。马维尔在《致他的娇羞的女友》中将少女的身体比作"汉白玉的寝宫"、将少女肌肤的美好光泽比作"清晨的露珠"。

悖论也是玄学派诗人的常用手法，他们通过表面自相矛盾的话语表达深邃的思想和强烈的感情。例如在《悖论》一诗中，多恩通过"我不能说我爱过，因为谁能说／他昨天曾被害死过？"在戏言中道出真理，正是多恩的魅力所在。《梦》中的"你如此真实，以至于想想你就足以／使梦境变为真实，寓言变成历史"，将梦境与现实的对照在悖论中显得更为深刻。多恩的《神圣十四行诗》第14首中"自由"与"奴役"、"贞洁"与"强奸"形成悖论，大胆的说辞侧面反映出诗人对宗教的狂热情感。克拉肖在《一首歌》中通过"死亡"与"新生"、"活生生的死亡"和"垂死的生命"、"我死了"却"活在你身上"等充满悖论的语言表达对圣爱的追寻。马维尔的《爱的定义》中的论调"不能圆满的爱情"比"圆满的爱情"更可贵以及"宽宏大量的绝望"等矛盾修饰叙述了他对真实爱情的理解。

2.3 玄学派的代表

众多学者著作中关于玄学派诗人的囊括不尽相同，而多恩、赫伯特、克拉肖和马维尔则是学界公认的代表人物。灵感来源于生活，诗人的创作不可避免地与其生平经历相关联，而这一习惯为后世了解诗人所处时代的世风世貌提供了极具价值的参考。玄学派代表之间虽未形成组织，但他们秉持相似的创作原则，运用一脉相承的诗艺使这一时期的文学增色不少。

多恩出生于16世纪晚期的一个罗马天主教家庭，他在牛津大学和剑桥大学受过教育，而后在伦敦学习法律。这期间他过着声色犬马、风流纵欲的生活，这些都在他早期创作的爱情诗歌中以口语体的形式、露骨的表述、热烈的情感表现。多恩的才华受到了一些王公大臣的赏识，过了一阵春风得意的日子，但命运并未一直眷顾他，1601年，他因与掌玺大臣的内侄女私奔结婚而被解职下狱。中年时为前途着想，他放弃了天主教转而信奉英国国教，1621年任职圣保罗大教堂的教长，成了优秀的牧师。生活的转机使他钟情于宗教诗的创作，一心侍奉上帝，暗自为年轻时犯下的罪过忏悔。多恩青年时的放荡以及中年以后的虔诚都深深地烙在他的传世作品中。

赫伯特生于一个古老的威尔士家族，年轻时受过良好的教育，他很早便显现出对宗教的热爱。在剑桥三一学院毕业后因受英王詹姆斯一世赏识而在国会任职两年，随后担任乡村教堂的神父，此后便全身心投入宗教事业之中。赫伯特主要以宗教诗而闻名，他受多恩影响最深，因此在赫伯特的许多诗作中都能看到多恩的影子。赫伯特的诗集《圣殿》凝结了其毕生心血，这本诗集在他去世后的 1633 年出版，收获了无数赞誉。

克拉肖是伦敦一位清教徒牧师的儿子，在剑桥大学学习期间，他展现出非凡的语言天赋。他毕业后在剑桥任职牧师，但 1644 年毅然前往法国并在那里改信罗马天主教。在法国，克拉肖的朋友将其引荐给查理一世的妻子亨丽埃塔·玛利亚，但依附流亡宫廷的生活注定不会长久，后来女王给罗马教皇写了推荐信，克拉肖得以在罗马天主教会谋得一份职务。克拉肖的宗教抒情诗一方面受到多恩和赫伯特的影响，另一方面也受到意大利巴洛克风格的影响，因而以荒诞、怪异著称。他的多数作品是献给天主教圣女特蕾莎的，在诗作中将对宗教的热情与感官的享受结合在一起。

马维尔在英国东部一个美丽的花园小镇长大，受教于剑桥大学。他自小研读古典文学和拉丁文法，做过弥尔顿任政府拉丁文秘书时的助手。因其对政治的热衷，1659 年起便在国会下议院做议员。受从政经历的影响，他的许多诗作披露了社会的黑暗、政治的腐败。马维尔的独特之处在于将古典主义与玄学派特色巧妙地结合在一起，他的诗集出版于 1681 年，但可惜并未引起公众注意，直到 20 世纪新批评派的代表艾略特极力称颂玄学派，马维尔的优秀诗篇才得到广泛关注。

玄学派是一个经历重重磨难而再次重现诗坛的神奇流派，它是英国诗歌史以及世界诗歌史上的一颗璀璨明珠，其令人称奇的巧智、浓缩的意象、耐人寻味的奇思妙喻以及充满反转的悖论手法，对于现代诗人的创作是颇具启发性的。

第 3 章　英美现代派文学概述

3.1 现代派文学的概念

　　"现代主义"作为近代以来为人所熟知的批评术语，其诞生与其相应的文学流派的兴起时间并不一致。一如人们总是站在历史阶段之后的某个点回望，才会将莎士比亚所处的时代称作文艺复兴时期，将济慈和雪莱所坚持的理念命名为浪漫主义，"现代主义"这一术语也是这样产生的。尽管从 19 世纪开始现代主义就开始萌芽，但直到 20 世纪 70 年代，它才以明确的姿态出现在《文学词语词典》(*A Dictionary of Literary Terms*) 中：一个用于 19 世纪末以来在所有创造性艺术领域出现的国际性倾向和运动的综合术语（李维屏，戴鸿斌，2011 : 2）。尽管现代主义运动如此声势浩大，它几乎涵盖了整个西方社会——其涉及领域如此之多，从文学领域的诗歌、小说，到艺术领域的雕塑、绘画，甚至是自然科学领域和建筑设计领域；其影响范围如此之广，直至今天，各个领域的学者都不断地对其进行研究探索。若将现代主义文学追根溯源，有人认为现代主义文学早在 19 世纪中期的唯美主义文学中萌芽：1857 年，文学史上出现了波德莱尔 (Charles Baudelaire) 的《恶之花》(*The Flowers of Evil*)，也是在那一年，《恶之花》开始了对传统文学的革命性的颠覆，现代主义文学的序幕由此拉开。英美现代派文学的繁荣表现出一定的多元性和复杂性，而这种繁荣的助推器从来不是一股单一的力量，它具有庞大的思想渊源。

　　首先是颓废主义和象征主义。在西方社会中，"颓废"这一概念具有相当久远的历史。最初它被广泛应用于中世纪的宗教语言，"当时的人们用'颓废'形容有违宗教与道德的腐败现象",但到了 19 世纪末,人们自觉自身已经踏入了新世界,但又有一种被世界囚困的感觉,人们内心世界因无法掌控生活而产生一种战栗情绪,于是他们开始用放纵荒唐的行为来刻意表现"颓废"。现代颓废概念的复苏实际上不仅来源于人们对于线性时间一去不返的无可奈何,又根源于现代人对自我命运的清醒认识(顾梅珑,2008)。人们用颓废来抵抗内心的极度不安,抵抗世界上即将来临的"灾难",所以颓废主义并不是真正的颓废,不是人们让世间事任其发展。颓废主义饱含激情和勇气,令人敢于抛开一切毫无道理又充斥压抑的道德束缚,令人不顾一切去拥抱新的生活。可以说,颓废主义不等于现代主义,却是饱含现代性的。在 19 世纪 80 年代的法国发展起来的象征主义涉及了宗教、艺术、心理等多个领域,被称为是现代主义的肇始,对英美现代派文学产生了深远的影响。象征主义认为"世间万物都充满不可确定性,只有运用象征符号才能将世界上不可穷尽的事物表现出来,只有借助象征形式,我们才能让灵魂交流其最幽秘又混芒的冲动"(何林军,2004)。因而这一运动强调使用象征和隐喻,追求深层次的意义而非直接的描写,为英美现代派文学的创作提供重要启迪。

其次,在欧洲科学界,普朗克的量子论与爱因斯坦的相对论的提出极大地冲击了人们对物质世界的传统观念,电子论、信息论和控制论的发展摧毁了原本根深叶茂的形而上学的骨架,再加上技术革命带来的机械文明促进了交通、通信,人们的思想随着加快的生活节奏和便利的生活条件而变得更加活跃。但与此同时,人们对待事物的看法也更加复杂。世界战争让现代人看见了更多科技、经济发展带来的黑暗的、毁灭性的一面,人们开始对机械、物质和科技表现出抵触情绪和反感的态度,此类态度进一步反映在文学作品之中。由此可见,大多数现代派作家对于机械文明的厌恶是有根可循的。现代派文学作品中,机械文明与物质给人带来更多的压迫感,这种创作者的视角,主要源于作者本身对于现代社会的感触。外部世界不再是浪漫主义所追求的美的世界,现代主义作家也无法像唯美主义者一样沉浸在对美的自我追寻中无法自拔,现代派文学开始随着世界的巨变而产生翻天覆地的变化。

最后，英美现代派之所以能成为一股强大的文学潮流，重点之一在于西方现代心理学的发展。心理学和精神分析的发展，尤其是弗洛伊德（Sigmund Freud）的理论和柏格森（Bergson）的直觉主义理论令作家将创作视线内移，开始关注人类的内在精神世界。在弗洛伊德的理论中，人的整个精神世界是一座海域中的冰山，人们可以感知到海平面之上的小部分冰山，而真正驱动人的行为与心理的是海平面之下的部分，弗洛伊德将其称为"无意识"（李维屏，戴鸿斌，2011：17）。也就是说，人类的行为和心理状态在很大程度上受到无意识心理过程的驱动，而无意识是存储被压抑欲望和冲动的心理层面。此外，弗洛伊德将人的性格结构分为"超我""自我"和"本我"三层结构，其中"超我"对应理性，"自我"是一种中间状态，"本我"则代表着本能，也就是海平面之下最大部分的冰山。弗洛伊德的精神分析学说坚持本能和无意识的决定作用，引导现代派作家深入探索人们的精神领域，在很大程度上影响了英美现代派文学的发展。柏格森的直觉主义理论更是为现代派文学的发展提供了理论基础和一个不同以往的哲学方向。柏格森认为，直觉是一种能把握住世间万物本质的决定性力量，因此他与弗洛伊德一样，将理性边缘化。他们认为理性的力量过于抽象，以至于削弱了人的直觉能力和对宇宙的洞察力，这类思想转变在现代派文学中得到了极大程度的体现。柏格森还前所未有地提出了两种时间观念：其一是由物理学精确处理的科学时间，这类时间不会发生质的改变，是一个固定的概念；另一类时间概念被柏格森命名为"绵延"，这是一种"心理时间"，其表现出的过去、现在和未来可以相互融合、渗透，这类时间处于时时刻刻的质的变化之中。柏格森的理论为英美现代派中的意识流文学提供了灵感和发展路径，启发他们敢于突破传统的线性时间思维，探索人类内心世界中过去、现在与未来相互交织的非线性思维模式。

纵观西方现代主义文学的发展历程，不难发现现代派文学之所以体现出如此复杂、多元的文学特点，其原因不仅在于复杂的历史背景，更在于当时科学技术、哲学思想以及心理学的蓬勃发展。尤其是西方心理学的发展，令现代派作家开始向内探求，试图通过文字深入文学角色的内心世界，探索复杂的人性，这在一定程度上影响了英美现代主义文学的发展走向。

3.2 现代派文学诞生的历史背景

在人类千百年来的演变历史中，不同类型的文学的发展反映出其所处时代的意识形态的变化和政治经济的发展。作为一场革命性的艺术运动，英美现代派文学发展则必然受其特定的社会、历史、政治、文化以及科技因素影响。所以，在 19 世纪末到 20 世纪初这样一个经济迅猛发展、社会格局急剧变化的时期，外部环境的急剧变化必然对文学的发展产生重大影响。

此时的第二次工业革命为西方带来了一场重大社会经济变革，人类生产力达到前所未有的局面。手工业和小规模生产向大规模机械化生产转变，新的技术和机械设备使得工厂生产能力大幅提升，激发了工业对劳动力的需求量，渴望财富的人们开始大规模地从农村地区迁往城市，于是城市人口急剧增加，城市变得更加拥挤。然而工厂对于大量廉价的劳动力的需要并不能真正帮助人们实现财富自由，这就不可避免地导致了工业城市中贫困劳动阶层的形成。与之相矛盾的是，经济的一片大好促使各个阶层的人们纷纷投身于证券交易所，渴望从变幻莫测而势头正强的金融市场中分得一杯羹，城市街道上前所未有地出现了"衣冠楚楚的富商和衣着褴褛的报童摩肩接踵"的场景（李维屏，戴鸿斌，2011：21）。这一时期，西方社会结构开始发生变化，传统社会机制开始解体，新的社会秩序尚未建成，传统道德观念与根深蒂固的宗教思想与当时的社会经济的发展变化产生了强烈冲突，如此矛盾重重的社会局面给人的生活与价值观念带来了强大冲击。此时的电机、有线电话、留声机、白炽灯等发明极大地改变了人们的生活方式，电、石油等成为新的动力资源，然而现代人无论是处于热闹繁华的都市还是日渐萧条的农村，都感受到了一种前所未有的压力，这种压力是由于社会急剧变化、观念受到冲击而产生于人的内心深处的恐惧、无助与慌张。

但真正造就现代人的无助与恐慌的则是战争。20 世纪初对于英国社会来说，本是一个充满希望的开局。然而 1914—1918 年的第一次世界大战大量消耗了国家财富，夺走了世界上将近 1600 万人的生命，给资本主义社会带来沉重打击。战后的英国社会处在战火留下的创伤中久久不能痊愈，这种创伤不仅是对于下层百姓而言，对于中上层的生活优渥的人们亦是如此。长期萧条的国家经济，不断下降的工业生产，持续剧增的失业人口，四分五裂的政治力量和愈演愈烈的政治斗争都在摧毁人们心中的信仰与价值观。战后的美国社会同样遭受了沉重打击，20 世纪 20 年代的经济危机给美国人民造成了严重灾难。新一代青年对于战后的社会秩序感到不满，对于前途感到迷茫、不知所措。人们生活在物质与精神危机造就的水深火热之中难以脱身。这一切都为英美现代派的文学思想发展埋下伏笔。

3.3 现代派文学的艺术特征

通过对现代派文学的分类，我们足以认识到一件事实，即英美现代派文学是一个融合了各种思潮与艺术倾向的集合体。透过这个集合体，我们看到各个流派展现出对待文学的不同态度、处理文字的不同手段以及展现艺术的不同角度，但更有意义的是，百花齐放的文学流派在相互影响、相互渗透中，凝练形成了共同的文学特征。

首先，英美现代派文学在思想层面上产生了转变，其表现在于现代派文学作品中显露出的前所未有的"对于人类世界的危机意识"（袁可嘉，1980a）。在工业化进程飞速的现代社会，自然景观为城市景观所取代，人们从自然界游移至摩天大楼之间，这种转变首先在物质环境中产生，其次对精神层面展开作用。人口大量向城市涌动切断了原本密切的人际关系，人与人之间变得疏离和陌生，人的内心由此而生的孤独感便成了促成异化的推手之一。于是，英美现代派文学作品中开始展示恐惧，不仅是恐惧巨变的社会为人类带来的负面影响，更是恐惧由此造成的人类基本关系的畸形与脱节，而这种恐惧在某种意义上可以被称为对于人类社会的危机意识。可惜的是，英美现代主义并未凭借其先进的危机意识发起真正的变革，但现代派文学作品中流露出的恐惧心理和迷茫心态深深地影响了整个 20 世纪。

其次，英美现代派文学在表达层面作出了突破，其显著表现在于它对自柏拉图（Plato）以来就占据统治地位的理性发出的战书——强调非理性的重要性。受尼采哲学的影响，英美现代派文学将目光转向人类非理性的一面，即身体。他们开始探索人的无意识，注重人的知觉而非人的心灵，并在文学创作中着墨描写人类的心理状态和精神世界，力图表现人类思维的变化无常和人类知觉的重要作用。与此同时，英美现代派文学一改浪漫主义和唯美主义对美的执着追求，转而将创作的笔触移向"丑陋"，文学作品开始描写人类的丑陋、阴暗的一面，"以其人物的异化、主题情节的荒诞及陌生化的写作手法，表现了世人焦虑、放荡、隐秘、阴暗的非理性状态"（王艳文，刘丽霞，2011：131）。由"审美"到"审丑"的转变满足了现代人在复杂、疏离的工业社会之中不满情绪的宣泄，也在一定程度上纾解了他们对于社会转变的不满与焦虑。

最后，英美现代派文学在技巧层面实现了前所未有的变革，走向创作形式的推陈出新。内心独白、非线性叙述结构、内心意识流以及对语法、词汇和标点的非传统运用等一系列文学创作技巧推翻了传统文学形式与结构，将现代人的荒原一般的精神世界放大在读者眼前。在主观性、非理性和无意识被现代派文学作品予以革命者的姿态的同时，客观性、理性和意识同尼采之前的身体一般，被厚重地掩埋至隐秘无人的角落。可以说英美现代派文学技巧上的变革是一场新时代文学实验的狂欢，文学家和创作者的勇敢和激进拓宽了文学创作的边界，刷新了传统文学世界的认知，也给未来世界的文学创作以无限启迪。

3.4 现代派文学的流派及发展

与其所处的时代一样，现代主义并不单一，它由众多形式各异、各具规模的文学流派组成，其中包括象征主义、未来主义、意象主义、表现主义、意识流和超现实主义。

兴起于 19 世纪 80 年代的法国的象征主义（symbolism）被认为是现代主义文学的肇始，也是现代主义的核心，更是现代文学与传统文学的分界线，其依据便是象征主义在题材和手法上成为与传统文学的一道分水岭：在题材上，象征主义转向都市阴暗与人性丑恶；在手法上，象征主义主张用物象来暗示内心世界。法国象征主义涉及诗歌、绘画、音乐和戏剧等多个艺术领域，但主要在诗学中发展，诗人们通过符号、象征和隐喻来表达感情、思想和精神层面的意义，注重对于内心精神世界的探索。在意象派的理论中，弗林特（F. S. Flint）主张直接处理"事物"，无论是主观的还是客观的；绝对不使用任何无益于表现的词；至于节奏，用音乐性短句的反复演奏，而不是用节拍器反复演奏来进行创作。庞德（Ezra Pound）则主张六个"不"：不用多余的词语，不用抽象词，不用劣诗来复述好散文已讲过的东西，不要以为诗歌艺术比音乐艺术简单，不要袭用别人的修饰性词汇，不用修饰语或只用好的修饰语。象征主义的代表作家包括法国诗人波德莱尔（Charles Pierre Bandelaire）和马拉梅（Stéphane Mallarmé），这一文化运动对 20 世纪初现代主义的发展产生了深远的影响，塑造了许多艺术领域的新形式和风格。

未来主义（futurism）是 20 世纪初在意大利兴起的一种文学艺术流派，于 1909 年由意大利艺术家弗季奥·马林蒂（Filippo Tommaso Marinetti）在法国创立。未来主义流派作家以极端的态度否定传统文化，他们强调现代科技、工业文明以及未来社会的变革；他们强调直觉和神秘，反对理性和逻辑；他们致力于创造迎合未来发展趋势的新形式的艺术，否定传统与陈旧。除了弗季奥·马林蒂之外，未来主义的代表作家还包括法国诗人阿波利奈尔（Guillaume Apollinaire）。未来主义后来迅速传播到其他国家，成为现代主义运动的一部分。

意象主义（imagism）是 20 世纪初在英美文学界兴起的一种诗歌运动，这一运动主要起源于英国，但在美国也得到了重要发展。意象主义注重形象和精练语言的运用，提倡书写自由诗和诗歌中的自然的节奏感。英美意象主义代表如艾米莉·狄金森（Emily Dickinson）、埃兹拉·庞德（Ezra Pound），他们提倡"直接的表现"和"用最少的词表达最多的意义"的创作原则，并且表现出对东方文学和艺术的浓厚兴趣。意象主义被认为是美国现代派诗歌的起点，1917 年后逐渐消亡，代表作家除了埃兹拉·庞德，另外还有卡尔·桑德堡（Carl Sandburg）和威廉姆·卡洛斯·威廉姆斯（William Carlos Williams）。

表现主义（expressionism）是兴起于 20 世纪初的德国，在 20 年代臻至巅峰的一种艺术流派。表现主义认为仅通过文学去复制世界是毫无意义的，他们强调通过夸张、变形和独特的视角表达内在情感和思想，其作品常常具有激烈的情感、对社会不满的表达以及对个体心灵的深刻探索。表现主义在美国的代表有戏剧家尤金·奥尼尔（Eugene O'Neill），其代表作《毛猿》是反映西方社会中现代人寻求自我身份的典型作品。表现主义的高潮大致在第一次世界大战前后，但其影响一直持续至 20 世纪中期。这一艺术流派在一定程度上反映了当时社会和个体面临的变革和困境，成为 20 世纪初现代主义艺术的一部分。

意识流文学（stream of consciousness）兴起于第一次世界大战后的法国。作为一种文学技巧，意识流通过模拟一个人内在的思考过程，力图呈现一个角色的思维过程、感觉和意识流动的方式。意识流写作将传统的叙述与写实剔除，不受传统的语法和结构限制，以更自由、非线性的方式展现思维的深度和复杂性。由短语、图像、声音或者其他感知和思考的元素组成的意识碎片变成了意识流文学中的重中之重。其代表作家有法国的马歇尔·普鲁斯特（Marcel Proust）、爱尔兰的詹姆斯·乔伊斯（James Joyce）、英国的弗吉尼亚·伍尔夫（Viginia Woolf）以及美国的威廉姆·福克纳（William Faulkner）。

超现实主义（surrealism）是从达达主义（dadaism）发展而来的一种社会思潮和文艺运动，它从 1924 年发展到 20 世纪 60 年代，强调梦幻、潜意识和超理性的表达；倡导自由联想，即无意识地连接各种不同的想法和形象，而不受逻辑和传统的约束；表现一系列奇异、不寻常的意象。安德烈·布列东（André Breton）、保尔·艾吕阿尔（Paul Éluard）、路易斯·阿拉贝尔（Louis Aragon）等超现实主义作家喜爱使用自由联想、梦幻的叙述和奇异的情节来创造出具有超现实主义特征的文学作品。

在 20 世纪的世界变革中，日益膨胀的商品经济、高速发展的工业以及不断恶化的政治局势伴随着战争、灾难和流亡一起，彻底颠覆了人们的心理与生活。其中，明显变化之一就是传统诗歌文学地位与诗人社会地位的下降。诗歌脱离贵族与皇家的欣赏范围，诗人下沉至平民百姓之中，进入乡野，流淌在平民阶层之中，随之而来的是——结构宏大的史诗、内容详尽的长篇叙事诗、浪漫主义抒情诗和形式规整的十四行诗等，这些发展了数百年的传统诗歌形式为人们更加喜闻乐见的小说所取代，传统诗歌的文学地位风雨飘摇。但现代主义诗歌不是对传统文学彻底颠覆摧毁，而是在创新与革命之中体现出了否定之否定规律，在否定的过程中推陈出新。可以说，现代派文学是西方历史社会发展和西方文学发展的逻辑结果（董洪川，2003）。

英美现代派的发展之一便是诗歌内容的变化，这种变化最显著。尽管诗人们仍旧以诗歌的写实性作为创作的重点，但他们不约而同地将创作主题从外部环境转向了人物的精神世界，于是文学作品中被忽略的更具真实性的人物内心被史无前例地放置在聚光灯之下。表面看来，现代派诗歌不再接受传统诗歌的描写内容，而是将人物内心完全设置成创作焦点，实际上，现代派诗歌仍旧注重实际和作品的真实性，只不过创作的重心的内移将传统诗歌的创作方式彻底边缘化，令人们误以为是现代派对传统的全盘推翻。另一方面是诗歌形式的变化，这种变化最具革命性，也最吸引人的目光。英美现代派诗歌不再只是追求内容的精练和规矩板正的诗歌形式，而是在内容变革的基础上讲求诗歌所能创造出的视觉效果：在诗篇总体上，有些现代主义作家力求赋予诗歌一定的形态，以达到形式与内容合二为一的效果；在诗篇细节处，他们则采用晦涩的表达方式与生僻的用词，传达出 20 世纪资本主义社会所呈现的别具一格的时代语言。

尽管不是所有人都认可现代派的变化，甚至有人声称这种变革是要摧毁百年来塑造的传统，英美现代主义仍旧在文学发展进程中留下了浓墨重彩的一笔，影响了后续的文学创作。

3.5 现代派诗歌代表作家

英美现代派诗歌的发展中，庞德（Ezra Pound）、艾略特（T. S. Eliot）、卡明斯（E. E. Cummings）等作家起到了支柱性作用，虽然他们笔下产出的作品很难同维多利亚时代的小说一样平易近人、通俗易懂，却在英美文学发展历程中发挥出不可小觑的力量。

一般认为法国象征主义是西方现代派文学的序曲，意象派诗歌是英美现代主义诗歌的开端。在这个很多文学史著作将其称作为英美现代诗歌的开端之中，埃兹拉·庞德作为 20 世纪意象主义运动中的领军人物，必然占据一席之地。庞德的《诗章》（*The Cantos*）同他所处的时代一样，充满了繁杂的意象。诗中，多种意识、语言、文化和历史、音乐、现实交织在一起，营造了庞大且不同以往的意象世界，并且在这个意象世界中，庞德凭借其别出心裁的艺术构思和标新立异的艺术技巧为英美现代主义树立起一座气势恢宏的里程碑。他将各种史料、文稿、卷宗、法案、书信等加入诗作中，显示出了一种"非诗化"（unpoetic）倾向，同时，他又热衷于将中国意象引入英文诗的创作——他在中国诗作中发现了一种名为"意象叠加"的创作手法，由此创作了《地铁站一瞥》（*In a Station of the Metro*）。庞德的作品富于革新与创造力，是 20 世纪的英美现代派发展的先导。

20 世纪的 30 年代到 50 年代曾被人们热切地称为"艾略特时代"，艾略特提出的一整套崭新的文学批评和鉴赏标准及其标新立异的诗歌创作技巧引发了一场轰轰烈烈的文学革命。从 1917 年发表的《普鲁弗洛克的情歌》（*The Love Song of J. Alfred Prufrock*）、1922 年的《荒原》（*The Wasteland*），再到历时弥久的《四重奏》（*Four Quartets*），艾略特借助的意象是如此猎奇、丑陋，但从中释放出的情感又是如此强烈、炙热，现代人贫瘠如荒原的精神世界在艾略特的诗作中表露无遗，且他一如既往地专注资本主义社会中的异化、贫困与堕落。但艾略特享有盛誉的同时也遭受着源源不断的追问与指责，因为他在《荒原》之中"把纷繁复杂地缠结在一起构成生活的肮脏的和美丽的事物展现在我们面前"（陈庆勋，2006）的行为是那样令人不快，使得传统文学的捍卫者感到既不满又恐惧，尽管如此，批评界呼啸的风声仍旧没能阻挡住艾略特的一身奇才及其对待诗歌的一片赤诚。

卡明斯不落窠臼，相比于庞德和艾略特，他对于现代派诗歌的变革更为彻底，他对于诗歌技巧的采用也更为大胆，更令世界震惊。首先，卡明斯彻底推翻了传统诗歌中所保留的一切创作技巧与方法，用碎片化的诗歌形式取而代之，其经典诗作《一片树叶孤零零地飘落》（*A Leaf Falls Loneliness*）在英美现代主义文坛中掀起波涛。其次，在诗歌的内容上，词汇、语法的剧烈变化同样让人震撼。卡明斯通过创造的新词、变异的语法在诗歌的世界里自由驰骋、任意发挥，从而达到自己的创作目的。更让人无奈的是，卡明斯出版的诗集大都采取了奇异的书名（例如《K》和《是5》），令读者困惑的同时也让图书管理员感到棘手和不知所措，因为他们此前从未对这样奇怪的书名进行过分类。我们不得不承认的是，知识与想象力的天平在卡明斯这里持正了，也正是因为在诗歌创作中如此大胆的尝试，卡明斯才成为同时代诗人中最具革新意识的诗人之一，美国诗坛与英美现代主义也因此熠熠生辉。

第 4 章　互文性理论概述

4.1 互文性概念的理论渊源

4.1.1 索绪尔的语言符号系统观

瑞士语言学家费尔迪南·德·索绪尔（Ferdinand de Saussure，1857—1913）是结构主义学派和现代语言学理论的奠基者。索绪尔尝试在复杂的语言现象中总结出同一性和一般规律，他所提出的共时与历时、能指与所指、横组合与纵聚合等语言概念对 20 世纪后半叶的结构主义、后结构主义和许多其他学科的发展产生了深远影响，包括文学理论、社会学和人类学等领域。索绪尔的思想也为理解语言和文化提供了新的视角，其中关于语言符号的非指涉性和差异性的观点尤其为"互文性"概念的提出奠定了基础。

语言符号是非指涉性的，如《结构主义和符号学》（*Structuralism and Semiotics*）所述："索绪尔对语言研究的革命性贡献，在于他否定那种关于主体的'实体的'观点，而赞成一种'关系的'观点。"（霍克斯，1997）索绪尔反对语言符号直接指涉现实世界中的客体，而是指向语言符号系统。他将语言符号划分为能指（signifier）和所指（signified），且两者的关系是任意的，认为"语言符号连接的不是事物和名称，而是概念和音响形象"（索绪尔，2017：94）。"语言是组织在声音物质中的思想"，"思想离开了词的表达，只是一团没有定形的、模糊不清的浑然之物"（索绪尔，2017：152）。语言符号还具有差异性。单个语言符号的意义产生于与其他语言符号的横组合和纵聚合之差异联系中。

因此，语言符号并不是单一、稳定的，而是相对、联系的单位，彼此在庞大的关系网络中相互交织。这一结构主义语言符号观为互文性概念的创立提供了理论基础。

4.1.2 巴赫金的对话理论

米哈伊尔·巴赫金（Bakhtin Michael，1895—1975）的对话理论是他整个文学和语言理论体系的核心概念，它们在深度上探讨了语言的社会性、文学作品的构建方式以及文化交流的本质，是互文性概念的直接理论来源。

巴赫金将索绪尔的结构主义语言观称为"抽象客观主义"，并认为"语言与其意识形态内容的分离，是抽象客观主义最大的错误之一"（巴赫金，1998a：417）。他认为结构主义对语言的探索将语言完全束缚在封闭独立的系统中，抹杀了社会语境和历史场景的重要性。因此巴赫金的研究更加关注"活的语言中超出语言学范围的那些方面"（巴赫金，1998c：239），即对话关系。他将"对话交际"看作"语言的生命真正所在之处"（巴赫金，1998c：242），将语言置于人类社会和历史语境中分析其对话性。

与互文性概念相关的对话理论包括三个层面：第一个层面是"复调"（polyphony）。巴赫金在《陀思妥耶夫斯基的诗学问题》（*Problems of Dostoevsky's Poetics*）一书中表明陀氏创造了一种新的小说体裁，他认为文学作品中的角色并非简单地传递作者的声音，而是具有独立的声音和观点。每个角色都被看作是一个独特的声音，具有自己的言语和思想。这些独立的声音并非孤立存在，它们在作品中相互关联、交织，形成一种有机的整体。不同声音之间形成了互文性关系，丰富了文学作品，使之更加复杂和生动。第二个层面是"狂欢节化"（carnivalization）。狂欢节化被视为一种破坏传统规范和权威结构的过程。通过对传统、权威的嘲讽、颠覆，打破了固有的秩序和规则，促使不同阶层的文化、思想和观点相互交融表达，形成更为丰富的对话，为文学作品赋予了更为开放、多元和反传统的特质。第三个层面是"杂语"（heteroglossia）。巴赫金认为"语言在自己历史存在中的每一具体时刻，都是杂样言语同在的；因为这是现今和过去之间、以往不同时代之间、今天的不同社会意识集团之间、流派组织等之间各种社会意识相互矛盾又同时共存的体现"（巴赫金，1998b：71）。杂语强调语言并非统一的、单一的体系，而是由多种语言、语体和文化元素构成的复杂网络，这种异质性反映了社会中存在的多元语言体系和多样文化的并存，也反映了语言的形成和演变与社会关系、权力结构等密切相关。

巴赫金的对话理论对传统的文学理论提出了挑战，突破了以往单一作者声音和作品封闭性的观念，为互文性概念奠定了理论基础。

4.2 互文性理论出现的学术背景

西方 20 世纪的文本理论经历了前后两个时期的发展，前期囊括了符号学、结构主义等流派的文本理论；后期主要包括后结构主义和解构主义文本理论。20 世纪早期的文本理论以科学化、中心化、结构化为主要特点。它将文本看作是自足的、封闭的客体，在独立于社会和历史场景的纯文本语境中追求揭示普遍适用的规律和结构，将语言视为文本的中心，强调文本内部元素之间的关系和结构，认为文本的意义来源于这些内在结构的运作。20 世纪 60 年代末和 70 年代初，以结构主义向后结构主义的转向为标志，文本理论逐步迈入后现代主义范畴。20 世纪后期的文本理论对结构主义进行了批判，质疑其忽略社会历史语境、结构固化和封闭性的观点，反之强调文本的多样性、开放性、非中心性和互动性。这一时期的理论着力凸显多种文本形式（如视觉、音频、电影等）的相互关系，认为文本的意义是依赖于文化、历史和社会语境的，语境对文本理解至关重要。

互文性概念脱胎于 20 世纪 60 年代法国的"如是"理论研究小组（Tel Quel Group）。该学术小组成立于 1960 年，是一支由一群年轻的法国文学理论家和作家组成的团体。这个团体的成员对文学、文化和社会理论进行了颠覆性的重新思考，对 20 世纪中叶的法国文学理论产生了深远的影响。作为该学术小组的一员，朱莉娅·克里斯蒂娃（Julia Kristeva，1941—）于 1966 年在《如是》杂志上发表《词语、对话和小说》（*Word, Dialogue and Novel*）一文，在反思和宣传巴赫金对话理论的基础上首创互文性概念。"如是"小组的理论探索极具创新性和颠覆性，"极端的"论述和文章在当时的法国学术界树立起理论造反派的形象，这一研究倾向在 1968 年法国的社会动荡和五月风暴的催化下，以同年出版的《整体理论》（*Théorie de l'ensemble*）作为标志达到高峰，当中收录了克里斯蒂娃的《文本的结构化问题》（*Problèmes de la structuration du texte*）、《符号学》（*Semeiotikè*）和德里达的《延异》（*Différance*）等。该书反对结构主义将文本视为封闭实体的研究方法，突出社会和历史语境的重要性，当中所表达出的符号批判思想和主体批判思想构成了互文性概念的直接理论语境。

4.3 互文性理论的提出与嬗变

互文性概念自 1967 年由克里斯蒂娃提出，又经罗兰·巴特（Roland Barthes，1915—1980）在《文本理论》（*Theory of the Text*）中详细阐释后得到学术界的广泛接受和青睐，逐渐被结构主义、解构主义、女性主义等理论挪用、调整和改造，最终大致朝着两个方向嬗变，即广义互文性和狭义互文性，又称解构的互文性和建构的互文性。"所谓广义，就是用互文性来定义文学或文学性，即把互文性当作一切（文学）文本的基本特征和普遍原则；所谓狭义，是用互文性来指称一个具体文本与其他具体文本之间的关系，尤其是一些有本可依的引用、套用、影射、抄袭、重写等关系。"（秦海鹰，2004）

广义互文性沿袭了克里斯蒂娃的逻辑和思想，以罗兰·巴特为首要代表人物，趋向于对文本概念作宽泛而模糊的解释，包括非文学的艺术作品、人类的各种知识领域、表意实践，甚至社会、历史、文化等等；狭义互文性以吉拉尔·热奈特（Gerard Genette，1930—2018）和麦克·里法特尔（Michael Riffaterre，1954—）为主要代表人物，偏离了克里斯蒂娃最早的互文性理念，将文本局限于文学文本，使它成为一个可操作的描述工具。

4.3.1 广义互文性

4.3.1.1 广义互文性的提出——朱莉娅·克里斯蒂娃

朱莉娅·克里斯蒂娃是法国的文学理论家、语言学家、心理分析学家，她于 20 世纪 60 年代首次在《词语、对话和小说》中提出"互文性"这一概念，后又在《封闭的文本》和《文本的结构化问题》中进一步阐释其定义和特质。

克里斯蒂娃的互文性理论继承和发展了巴赫金对话理论，又兼容了结构主义语言学、精神分析、马克思主义等学说，为文本的研究提供了新的角度和方向。克里斯蒂娃对结构主义语言学进行大胆超越，将社会、文化和历史语境纳入文本分析中，她将文本视作一个包容多元元素、有机交织的语言结构，文本不仅仅是文学作品，也是意义生产过程，甚至可以是任何符号系统和文化实践。此外，克里斯蒂娃笔下的文本不是一个静止的实体，而是一个充满动态性的生产过程。文本的意义和解读随着时间和不同的文化语境而变化，同时也受到作家和受述者的主体性的影响。

在文本观的基础上，克里斯蒂娃进一步形成了互文性理论。她将文本划分为"现象文本（phenotext）"和"生成文本（genotext）"，而"互文性"便产生于这两者间交流的"零度时刻"（zero moment）。克里斯蒂娃的互文性理论基于对巴赫金对话理论的反思和发展。巴赫金在《陀思妥耶夫斯基诗学问题》中认为陀氏的小说里存在一种对话关系，这种对话性不仅存在于人物之间，还体现在人物和作者的关系中。克里斯蒂娃颠覆了巴赫金对话理论中主体间的对话性，认为"文字词语之概念，不是一个固定的点，不具有一成不变的意义，而是文本空间的交汇，是若干文字的对话，即作家的、受述者的或（相关）人物的，现在或先前的文化语境中诸多文本的对话"（Kristeva，1986：35）。

克里斯蒂娃的互文性概念具有广阔的社会历史视野，她将社会、历史和文化语境纳入文本的研究，强调文本间相互交织、引用、变形和重新解释。克里斯蒂娃还将弗洛伊德对意识和无意识的划分引入互文性理论，考察"过程中的主体"在互文性运作中的功能。

4.3.1.2 广义互文性的发展——罗兰·巴特

广义互文性源于克里斯蒂娃所提出的互文性概念，强调文本之间的广泛、多层次的关联，包括了对整个文学传统、文化体系和语境的引用和影响。这一概念超越了单一文本之间的关系，考虑了更为广泛的文学和文化框架。克里斯蒂娃的互文性概念提出后，由于过度晦涩难懂，长期处于法国学术界的边缘位置，直到巴特对该概念进行重新阐释，才得以被各理论学派广泛接受。巴特在法国《通用大百科全书》（*Encyclopédie*）中编纂了长达 3 万字的词条来介绍克里斯蒂娃的互文性概念，"明确地把具有互文性特征的'文本'作为一个有特殊理论意图的新概念提出来，使它区别于传统文人所推崇的'文章'或语言学家所研究的'语篇'"（秦海鹰，2004：21）。

基于克里斯蒂娃的互文性概念，巴特在《作者的死亡》（*The Death of the Author*）和《语篇的乐趣》（*The Pleasure of the Text*）中进一步拓展了互文性的内涵。首先，巴特对"文本"的理解远远超出了书面文字的意义，他使用这一术语来描述广泛的符号系统，包括语言、图片、电影等各种形式的表达。对他而言，文本是一个开放的、多义的结构，它不应被理解为一个已经封闭的作品，而是一个开放给读者不断解读和重新构建的符号网络，他强调写作和阅读的开放性，侧重读者一方。传统上，作者通常被视为作品的创造者和权威，但巴特否认这种作者对文本意义的专制和垄断，在《作者的死亡》中表明"读者的诞生应以作者的死亡为代价来换取"（巴特，1995：301）。作者的死亡宣告着读者的解放，读者不再仅仅是作品的接受者，而是作品意义的共同创造者。

其次，巴特还在《语篇的乐趣》中提出"快乐"和"极乐"两种审美体验，分别在"可读文本"和"可写文本"中反映出来。"快乐文本是一种符合、充满、保证欣快的文本，它是来自文化并且和文化没有发生冲突的文本，与之相联的是一种舒适的阅读实践。"（Barthes，1975：14）它的能指和所指相互对应，读者可以凭借寻常的阅读习惯和文化背景接收到文本所传递的信息，体会到一种陶醉、欣喜的感受。"而极乐文本是一种将失落感置于读者头上，使读者感到不舒服（有时甚至达到厌恶的程度）的文本。它将读者的历史、文化、心理假定毁于一旦，将读者的趣味、价值、记忆连贯性损失殆尽，给读者和语言的联系造成危机。"（Barthes，1975：14）此处的能指和所指发生断裂，读者可以在充满障碍的阅读过程中体会到一种夹杂着痛感的极乐。

4.3.2 狭义互文性——吉拉尔·热奈特、米切尔·里法泰尔

1976 年，热奈特和托多罗夫主编的《诗学》杂志第 27 期推出了"互文性研究"专号，其中刊登的文章明显表现出希望摆脱"如是"小组的意识形态语境的倾向。与克里斯蒂娃等先锋派理论家的阐释不同，他们在先前概念的基础上重新梳理了这一概念，力图使它更清晰、更具有操作性。

热奈特在《隐迹稿本》（*Palimpsests*）一书中提出了包括互文性的 5 种跨文关系（transtextual relations）：第一种是互文性（intertextuality），即"两个或若干个文本之间的互现关系，从本相上最经常地表现为一文本在另一文本中的实际出现"（Genette，1997：1-2），包括引用、用典和抄袭等。热奈特将互文性概念局限在一个非常狭小的范围里，是五种跨文本关系中最局部、最具体、最明显的一种，几乎只包括准确意义上的引文。第二种是类文性（paratextuality）。"类文本由所有那些我们不能肯定属于一部作品的文本的东西构成，但是这些东西通过使文本变成一本书来帮助呈现文本"（Allen，2000a：104），例如标题、副标题、前言、后记、插页、版权页等。类文本性为读者的阅读提供了导向性要素，有效重申了作者的意图。第三种是元文性（metatextuality），即文本与文本间形成的评论关系，包括显性元文性和隐性元文性。第四种是超文性（hypertextuality），又称承文本性，指"任何连接文本［我称之为承文本（hypertext）］与先前的另一文本［相应的，我称之为蓝本（hypotext）］的非评论性攀附关系"（Genette，1997：5）。第五种是统文性（architextuality），关注"支撑整个体裁或语类系统的基本的、不变的（或者至少是缓慢进化的）基本建构材料"（辛斌，2006），包括言语类型、文学体裁、叙事模式等。20 世纪 70 年代末开始，里法泰尔同样以结构主义为圆心，但从读者阅读和新文体学角度出发，将互文性定义为读者对一部作品与其他先前的或后来的作品之间关系的感知，重点考察互文性在文本中留下的、可供读者感知的异常痕迹，建立了不同于热奈特的互文性理论体系。

综上，广义性互文指的是文本之间的相互关系，包括对其他文学作品、文化符号、历史事件等的引用、影响和对话；狭义性互文则指的是作品对

特定文本进行直接引用或参照，包括明确的引文、模仿、转述等形式。前者强调了文本的多层次性和与广泛文化语境的关系，而后者更专注于具体作品之间的直接联系和相互影响。

第 5 章　玄学派与现代派诞生的历史文化背景的相似性

互文性理论奠基人克里斯蒂娃多次强调，对于文本的关照必须放在宏大的社会文化背景之下，脱离文化文本的孤立文本是不存在的。任何文本都有其他文本的痕迹，因此"进行文本分析时，互文性可以被用来识别文本中不连贯的现象和互异成分，可以始终以跨历史的视角分析意义的流动效果"（萨莫瓦约，邵炜 译，2002：135）。T. S. 艾略特认为个人才能与其所处的文化传统有着深厚的联系，传统对一个人的熏陶来自家庭、教育、婚姻、交往等个人经验的多重领域，这些形成一个人充满个人人格思想与艺术魅力的背景知识是世人认识文学天才们的重要途径之一。虽然约翰·多恩和 T. S. 艾略特的生活年代相距 300 年，但是两个人所处的社会时代具有很高的相似性，包括政权更迭、宗教冲突、战争影响以及科学发现。

5.1 政权的更迭

英国的 17 世纪被称作"革命和复辟时期"，是英国历史上最为动荡的时期之一，政治冲突此起彼伏，王权出现了多次更迭，发生了两次社会及宗教色彩浓厚的政治革命；而英美现代派诞生时的西方社会刚刚经历了两次世界大战，人们的传统观念被冲垮，整个社会处于非理性的无政府状态。

英国女王伊丽莎白一世在 17 世纪之初（1603 年）去世，詹姆斯一世继位后信奉君权神授，实行专制统治，曾经的"黄金时代"不再，国家从统一逐渐走向分裂。查理一世（1625 年继位）执政后，不仅政治上独裁，宗教暴徒劳德（Lord）助纣为虐成了国王的政治暴徒，新教徒们为了反对这种皇权统治，主张另一种神权思想，即个人判断是非的神圣权利，他们自愿放弃今生的享乐，以期来生获得永久的幸福快乐。议会和皇室之间矛盾重重，纷争不断，既有教派分离又有宗教的杂糅，矛盾中心为清教徒反对支持国王的保皇派。1649 年奥利弗·克伦威尔革命，将查理一世推上断头台，实行军事独裁下的联邦制国家。奥利弗·克伦威尔死后查理二世登上王权的宝座，曾经被推翻的君主制死灰复燃，也就是英国历史上的斯图亚特王朝复辟。新的独裁统治孕育了又一场政治危机，1688 年，英国资产阶级和新贵族发动了推翻查理二世的继承人詹姆斯二世的非暴力、无流血的政变，史称"光荣革命"。"光荣革命"将詹姆斯二世推下了国王宝座，其女婿荷兰的奥兰治王室的威廉王子被请到英国接替詹姆斯二世的王位，英国封建王朝的专制统治宣告结束，君主立宪政体建立，这对英国政治、经济、历史、文化以及文学等方面都产生了极其重要和深远的影响。

以多恩为代表的玄学派诗人们所处的 16 世纪末 17 世纪初是英国历史上动荡不安的时代。文学深受时代的影响，文学批评丧失了标准，文艺复兴时期的十四行诗、白体诗等不再受文人墨客的青睐，以多恩、马维尔和赫伯特为代表的"玄学派"应运而生，在某种意义上来说玄学派的诞生也是政权更迭的产物，譬如玄学派诗人安德鲁·马维尔（Andrew Marvell，1621—1678）就曾经是位政治人物，做过弥尔顿任拉丁秘书时的助手，在王朝复辟之后又以议员身份活跃于国会内外，在一首歌颂克伦威尔的诗歌中，他描写了被国会绞死的国王查理一世：

> 他做的想的都不平常，
> 在那个可纪念的现场：
> 眼睛坚定地看着不动
> 斧子的锐利锋刃。
>
> 也没有粗俗的诅咒，
> 要求神明把无助的君权搭救；

只把大好头颅横放

斧下，犹如平时上床。

（王佐良，何其莘，2006：251）

在描写查理一世壮烈"牺牲"的景象之后，马维尔又描写了克伦威尔的风云际会，代表不可抗拒的历史力量：

你是战争和命运的儿子，

不懈地挥军进击，

为了最后功成，

永远擎剑前行。

剑是威慑的力量，

使黑夜的精灵伏降；

权利靠计谋获取，

还要靠刀剑保持。

（王佐良，何其莘，2006：252）

在这首颂诗中，马维尔描写了王朝复辟时期的历史人物，不论是讲述克伦威尔还是查理一世，语言生动、精粹，作为玄学派的代表，其创作内容和风格都深受所处时代历史背景的影响。

互文性理论不仅指的是某一文本对先前文本的借鉴和吸收，而且从宏观层面上关注文本之间内在的相互影响和联系，尤其重视社会历史文本的存在和参与。政权的更迭不仅影响了玄学派的诗歌创作，也深深地影响了现代派诗人的艺术创作，譬如在艾略特的《小吉丁》一诗中：

如果我想起在暮色中驾幸此处的国王，

想起三个或更多的人被推到断头台上，

想起一些人死在其他地方，死在此地，

死在异邦，全都被遗忘，

想起一个双目失明的人悄悄离开人间，

为什么我们纪念这些死者

应该胜于纪念那些垂死的人？

（艾略特，赵萝蕤，张子清 译，2000：88）

此处"国王"以及"三个或更多的人"指的是英王查理一世和他的两个近臣托马斯·温特沃斯伯爵和大主教劳德，其中的死亡暗指1649年3人被清教徒处死，其他被牵涉的人也被处死；那个"双目失明的人"指英国诗人约翰·弥尔顿，他拥护克伦威尔，反对查理一世；"那些垂死的人"指在伦敦空袭和当时战争中的受害者。

英美现代派诞生的19世纪末20世纪初，欧美主要国家都先后较快地进入了垄断资本主义阶段，从19世纪70年代到第一次世界大战爆发的40余年间，德国、法国、英国、美国等国家的经济获得了迅猛发展，英、德、法三国的产品占据了国际市场的五分之三（曾艳兵，2012：14），垄断的资本主义唯利是图，对外进行殖民掠夺，对内进行盘剥，资本主义的垄断和帝国主义化使其固有的矛盾日益尖锐和不可调和，从而造成了民主运动、民族独立和解放运动的高涨，也刺激了经济危机的发生，加速了战争的爆发。两次世界大战给人类社会带来了毁灭性的灾难。第一次世界大战（1914—1918）有30多个国家参战，15亿人卷入了这场战争，造成了2000多万人的死亡；第二次世界大战（1931—1945）比第一次世界大战更加疯狂，直接死于战争的人数是"一战"的3～4倍，人类几千年建构起来的所谓理性、道德人伦等观念在战争的硝烟下烟消云散，人类杀人的技术愈来愈先进，包括轰炸机、原子弹、潜水艇，救人的医术也愈来愈高明，在"杀"与"救"之间，人类处于荒诞的生存状态，是"杀出一片不毛的宇宙，还是救出永生的人类？"（曾艳兵，2012：15），对此英美现代派作家没有丝毫的乐观，人们渐渐意识到原来人类所崇尚的伟大、光荣的理想境界，只不过是少数野心家用来坑害亿万普通民众的美丽谎言！在这种时代背景下，尼采愤而向世人宣告："上帝死了！"现代派作家们对人类的本性产生了怀疑，对人类未来的命运和前途感到焦虑和绝望，当代奥地利作家彼得·汉德克说："天堂的大门已经关闭，现代人已没有任何希望，他们的灵魂将永远在这个世界上徘徊游荡。"（章国锋，1992）"二战"结束后许多民族国家诞生，俄国十月革命胜利，世界处于两大阵营的冷战时期，这种人与人之间的敌对、冷酷关系，也给西方世界带来了沉重的危机感。往日的"日不落"国家英国由于战争走下了神坛，现代派大师艾略特发出了"伦敦桥倒塌了、倒塌了"的叹息。

约翰·多恩和 T. S. 艾略特都经历过政权的更迭。多恩生活在 16 世纪末至 17 世纪初，当时伊丽莎白女王的统治即将结束使得王位争夺愈演愈烈；农村的"圈地运动"使得大批农民流离失所、饥寒交迫，社会矛盾激化。因此人民反抗、起义频仍，1549 年，罗伯特·凯特领导反圈地起义，武装的贫民冲进了市区，为了向圈地的地主们示威，起义者们在营地一次杀了两万头羊。T. S. 艾略特移居英国后维多利亚女王统治的时代已结束，"日不落"帝国逐渐走向衰落。人生经历的相似性为二者的诗作具有互文性特征奠定了基础。

5.2 宗教的冲突

克里斯蒂娃指出："所有文学作品都是从社会、文化等因素构成的'大文本'中派生的。"17 世纪的宗教改革特别是在马丁·路德的宗教改革之后，出现了新的教派——清教，宗教改革是这一时期的重要的时代文化特征；而现代派所处的西方世界在经历了两次世界大战后人们出现了信仰危机，尼采宣布"上帝死了"。

16 世纪的宗教改革确立了英国国教的主导地位，英国的 16 世纪也是一个充满了宗教改革和反宗教改革的矛盾、天主教和新教冲突的一个世纪，宗教纷争伴随着都铎王朝君主个人的不同倾向而时时激化：亨利八世创立了英国国教，继位的他的长女玛丽却因笃信天主教而烧死了不少新教徒，而到了亨利八世的次女伊丽莎白女王执政的时代又开始重申国教教义，这些矛盾和冲突以及钦定版《圣经》的问世（1611 年），对 17 世纪的宗教诗歌的诞生产生了重要影响。17 世纪重要的时代特征之一就是宗教改革，继马丁·路德宗教改革之后，清教徒人数日益增多，清教兴起，他们反对天主教的腐败，主张进一步净化英国国教，倡导节约、克制、清苦，抵制享乐。

宗教观念的改变和文学思潮的发展密不可分，在这种复杂的时代背景下，宗教改革运动下的宗教思潮在某种程度上影响和塑造了 17 世纪英国文学多元化的形式和内容，以奇思妙喻、巧智而著称的玄学派诗歌成为这一时期主要的文学思潮之一。以多恩为代表的玄学派诗人面对宗教冲突感受到压抑和痛苦，因此这些诗人逐渐内省、沉思，他们的诗歌情感强烈而复杂。玄学派诗人笔下的宗教诗深受时代语境的熏陶，在人类历史的长河中宛如一颗颗珍珠，发出艺术的光芒，诗人们经过宗教的洗礼，经过内省，把看似毫不相关的意象强扭在一起，充分挖掘每个意象的深刻内涵来阐释一个抽象的概念，如多恩在《病中赞上帝，我的上帝》中将地图、海峡、重病、地理探索等意象描写，经过沉思来表达自己的宗教情怀。17 世纪的宗教诗人"对文学的贡献就在于他们以宗教的热忱写出了卓越的抒情诗"（胡家峦，2000）。

对于多恩所处的时代而言，旧信仰正在被新学说、新信仰所代替，社会变动频仍，悲惨的境遇令民众对其原来所信仰的宗教充满了怀疑和犹豫，出身于天主教家庭的多恩对他兄弟亨利因宗教被监禁的可怕命运感到非常恐惧，以至于他放弃了天主教而皈依英国国教。多恩出生在一个笃信天主教的家庭里，受过良好的高等教育（剑桥大学和牛津大学），还参加过打败西班牙无敌舰队的战役，因多才多艺被任命为掌玺大臣埃格顿的秘书，但是本来前程似锦的人生由于跟埃格顿的侄女秘密结婚而毁于一旦，婚后生活颠沛流离，只能靠朋友接济。多恩在妻子离世后开始从宗教上思考一些抽象的哲理性的问题，对人生的意义进一步探索。1614 年，多恩被国王任命为法学院牧师，1621 年任伦敦圣保罗大教堂教长，直至逝世（1631 年）。这期间他写下了诸如《死神，你别骄傲》《圣十四行诗》等宗教诗篇，他的布道受到了伦敦各个阶层的认可，布道的过程在劝诫受众的同时，也是劝服自己的过程，多恩人生后期创作的宗教诗大多呼唤主的解救，解救他逃离这世俗的混乱的世间，有的评论家指出多恩的几首杰出的宗教诗是在他的妻子死后，转而从宗教上去思考一些抽象问题的产物，因此可以被认为是继续对人生意义的有益探索。譬如《砸烂我的心，三位一体的上帝》

（*Batter My Heart，Three-personed God*）：

> 砸烂我的心，三位一体的上帝；因为您
>
> 仍旧只敲打、呵气、磨光，试图要修补；
>
> 为使我爬起、站立，就该打翻我，集聚
>
> 力量，粉碎、鼓风、焚烧，重铸我一新。
>
> 我，像被夺的城池，欠另一主子的税赋，
>
> 努力要接纳您，可是，哦，却没有结果；
>
> 理智，您在我身中的摄政，本应保卫我，
>
> 却被捕成囚，并被证明是懦弱或不忠实。
>
> 然而，我深深爱恋您，也乐于为您所爱，
>
> 可是我，却偏偏被许配给您的寇仇死敌；
>
> 让我离婚吧，重新解开，或扯断那纽带，
>
> 抢走我，归您所有，幽禁起我吧，因为
>
> 我永远不会获得自由，除非您奴役我，
>
> 我也从不曾保守贞洁，除非您强奸我。

（但恩[1]，傅浩 译，2016：226）

作为迄今为止人类历史上最为复杂、最为动荡不安的一个世纪，20 世纪的西方社会整体呈现出一片非理性的、无政府的混乱状态。尤其是 20 世纪初期，西方资本主义国家开始步入工业化、都市化，旧的社会秩序开始瓦解，新的社会秩序尚未形成，因此，西方社会的人们开始变得无所适从，尼采"上帝死了"的论断意味着西方国家固有的信仰成了虚无，这就加深了人们的恐惧感和孤独感，传统的文化观念被摧垮，西方社会出现了复杂的、异常的文化状态。被称为"爵士时代的桂冠诗人"的司各特·菲茨杰拉德说："一切神明统统死光，一切仗都已打完，以往关于人的一切信念完全动摇。"西方文坛泰斗艾略特认为，现代历史的特征是混乱和徒劳；英国诗人奥登认为现在的时代是"焦虑的时代"。英美现代派文学就是在这样一种

---

[1] 因翻译原因，本书采用"多恩"的名称，引文及引文出处与原作保持一致采用"但恩"的名称。

历史背景下产生的，这些现代派作家们准确地把握住了这一时期人们的精神面貌和心理特征，在他们的作品中突出表现了社会上普遍存在的这种焦虑感、孤独感和异化感。他们不遗余力地表现了西方文明的沉沦和堕落以及由此引起的道德瘫痪和精神危机。为了更生动、更逼真地反映现代经验和现代意识，他们在自己的艺术道路上勇于探索，大胆实践，采用各种新颖独特的创作技巧来描绘现实生活，揭露社会本质。

艾略特所处的西方世界在经历了两次世界大战后人们出现了信仰危机，第一次世界大战以血淋淋的事实向人们证实了西方传统的以理性为核心、以基督教义为基础的资产阶级价值观的破灭，现代人对战争暴力的恐惧，对人生的恐惧，使得西方文化中的基督教关于"博爱""正义"的信仰出现了危机，原有的、传统的信念破灭了。对移居英国的艾略特而言，英国国教的正统观念吸引了对新英格兰基督教出身有所怀疑的艾略特，使得他渴望对自身的宗教信仰进行革新，最后皈依了英国国教（1927年），在《兰斯洛特·安特罗斯》的序言里，艾略特公开宣称："政治上，我是保皇党；宗教上，我是英国教徒；文学上，我是古典主义者。"艾略特的宗教皈依以及宗教思想深深地影响了他以后的创作，发表在1930年的《灰星期三》就是一首宗教色彩浓厚的诗歌，是艾略特皈依英国国教后创作的：

> 这是死亡与诞生之中一个紧张的时刻
>
> 三个梦在蓝色的岩石中越过的
>
> 寂寞的地方
>
> 但当从这颗紫衫摇下的声音飘远
>
> 让另外的紫衫震动并且回答。
>
> （艾略特，裘小龙 译，2017：123）

首先这首诗的题目就跟基督教的节日"四旬斋"有关，诗歌内容穿插了若干宗教的内容，而且该诗以祈祷结束，诗人在物质和精神两个世界里徘徊，希冀得到神灵的指引，诗人一改以前的诗歌风格，"不再发泄对生活的牢骚"而是站在宗教立场上贬低物质世界，夸大精神生活的作用，《灰星期三》"在艾略特发展历程上的意义在于它代表了一个转折"（张剑，

1995）。《阿丽尔诗》标题下的《玛丽娜》取材于莎士比亚戏剧《泰尔亲王配力克里斯》，剧中亲王失去了他的幼女，误以为女儿已经离世，但是女儿长大成人后出乎意料地奇迹般地回到了父亲身旁，艾略特借用父女相认的情节，隐喻他自己在宗教中找到生活的真正意义，海上航程的艰辛隐喻寻找宗教历程的艰辛，一种失而复得的惊喜体验。

> 龙骨翼板的外板漏水，船缝需要堵紧
>
> 这个形式，这张脸庞，这种生活
>
> 活着为了生活在一个超越自我时间的世界里；让我
>
> 为这种生活摒弃我的生活，为那没说的词摒弃我的词，
>
> 那苏醒的嘴唇张开，那希望，那新的船只
>
> 哪些海洋哪些海岸哪些花岗岩岛屿向着我的船骨
>
> 画眉透过浓雾啼啭
>
> 我的女儿。
>
> （艾略特，裘小龙 译，2017：138）

艾略特还专门研究过约翰·多恩的布道，牧师对他而言有一种莫名的吸引力——在弥漫着宁静安详气氛的教堂中看到虔诚的信徒们，仿佛将他引入一个清晰明丽的境界，帮助他逃离世俗的混乱无序以寻求内心的平和静谧（刘燕，2001：141）。

5.3 战争的影响

克里斯蒂娃在互文性理论中重新诠释了"文本"，文本不再局限于文学作品，而是包括社会历史文化习俗等一切外部符号的存在，文学文本与社会文本共同构成了一个文本整体。战争是人类历史的一部分，战争在人类心中留下难以磨灭的创伤，包括看得见的现实创伤和看不见的精神创伤。在多恩所处的 16、17 世纪的英国深受战争的影响，国内"圈地运动"引发了农民的反抗，许多地区都爆发了反圈地运动，国外进行殖民扩张。英国打败西班牙无敌舰队奠定了其海上霸权的基础，加速了英国海外贸易和殖民掠夺的进程、扩大了资本主义原始积累，多恩先后参加了远征西班牙加

的斯港和亚速尔群岛战役；而 20 世纪的西方世界爆发了两次世界大战，给整个世界带来了毁灭性的灾难，西方人对人类的本性产生了怀疑，如何借助诗歌呈现难以直面的心灵创伤、反思战争的残忍和战后人与人、人与社会的关系成为诗人们关注的重要议题。

英国历史上的 17 世纪是个动荡的时代，历史的车轮刚刚进入 17 世纪，代表英国"黄金时代"的伊丽莎白一世女王就去世了，随之登上王室宝座的是詹姆斯一世、查理一世、克伦威尔、查理二世、詹姆斯二世和威廉二世，短短的一百年间，出现了七个王的更迭。其间爆发了非常著名的两次内战，第一次内战（1642—1647）是王军和国会军的交战，最终以克伦威尔统帅的国会军得胜结束；第二次内战爆发在 1648 年，以英国的国会军粉碎苏格兰和王军的进攻宣告结束，查理一世被处死，克伦威尔执政，但是其去世后，国内局势动荡不安，查理二世复辟，查理二世去世后，其弟弟登上王室宝座，即詹姆斯二世，1688 年议会发动了光荣革命，罢黜了詹姆斯二世，其后其女儿玛丽和女婿荷兰执政王威廉登上英国国王的宝座。此后英国国内资产阶级对爱尔兰和苏格兰封建势力作战，对外同荷兰和西班牙作战，形势动荡不安。这就是英国玄学派诞生的历史背景，诗人多恩死在内战之前大概十年，但是"在他的突兀的节奏里已经隐约听见铁骑践踏大地的声音了"（王佐良，1997：136）。文学是时代的产物，玄学派也不例外，王佐良先生曾经评价道："多恩不是靠一些纤巧的手法来炫世的，他背后有深厚的文化和一个广大的想象世界。"（王佐良，1997：137）期间玄学派的代表诗人安德鲁·马维尔还为胜利者——克伦威尔写过颂歌："他这么善良、这么正直，/ 足以担当最高的信义，/ 却不会拘泥于命令，/ 照旧依托共和国之手；/ 他这么适合统领，/ 却如此愿意唯上帝之名是从。"（沙玛，彭灵 译，2018:198）"17 世纪 30 年代，清教徒已不只是一种信仰崇拜的方式，更是一种亚文化。"（沙玛，彭灵 译，2018：86）

马维尔的《花园》一诗作为"牧歌"（pastoral）之一，描写了"花园境界"（garden-state），诗歌由一个现实世界的花园所引起的冥想，表达了诗人理想的精神境界，在那所乡间花园里没有都市的寻欢作乐，头脑可以清醒地进行自我认知，因而感到幸福快乐，这种"花园境界"的理想与诗人所处的社会环境和人生经历是密不可分的，韦治伍德（C. V. Wedgwood）在她的《十七世纪英国文学》一书中曾经犀利地指出："这首最可爱的花园诗是对英国失去了的和平的一首挽歌。"（转引自杨周翰，1985：173）在诗人马维尔 20 岁之前，英王查理一世和议会的关系还处在僵持阶段，但是 1640年以后情况急转直下，1642 年爆发了第一次内战，1648 年爆发了第二次内战，次年查理一世被处死，接着爆发了同爱尔兰、苏格兰以及荷兰、西班牙的战争，诗人的这首诗就是创作于这个历史背景下，诗中表达了其出世思想以及出世和入世的矛盾心理。动乱的、血腥的、充满了战争威胁的历史语境深深地影响了诗人的创作，譬如《关于已故护国公殿下之死的诗篇》（*A Poem upon the Death of His Late Highness the Lord Protector*）一诗就是在克伦威尔去世一周年之后所作，这首诗赞美了克伦威尔的英勇与军事才能，被认为是现存的克伦威尔挽歌中最优秀的诗篇。但是随着时局的骤变，即 1660 年英王查理二世复辟，克伦威尔的尸首被挖出斩首，马维尔的政治立场发生了转变，他创作出诗歌《不幸的情人》（*The Unfortunate Lover*）赞美查理高尚的品德，称赞他是一位英勇的国王，诗人运用象征手法，将"不幸的情人"隐喻为查理一世，将查理一世描绘为殉道者，在这首诗中，人民不安的"海"和"风"变成了国王的"叹息"和"泪水"，"他把国家的荒凉揽在自己身上"：

> 那是在一次海难中，当时
> 一切由大海掌控，风也为所欲为，
> 我那可怜的爱人在羊水里漂浮着，
> 还未出生，就又被抛弃。
> ……
> 大海借给他这些酸苦的泪水
> 他的双眼总能忍受。
> 他厌倦了随风而来的叹息
> 借由他澎湃的胸膛发出怒吼。

> 他看见的每一个白昼都把
>
> 担惊受怕的云朵分裂。
>
> 雷鸣如狂风般咆哮不息，
>
> 就像身处地球的葬礼。
>
> （Marvell，王艳文 译，2013：89）

在这段诗行中，"海难"喻指英国内战，"大海"和"风"象征着一切与查理一世为敌的力量，包括克伦威尔领导的革命，诗人马维尔将查理一世塑造成一个史诗级英雄般的人物，他身处"狂风"和"雷鸣"肆虐的恶劣环境中，但他能忍受一切的苦痛，勇敢地承担起历史的重担。综上所述，克里斯蒂娃互文性理论定义的文本包含了文学文本和社会文本的内涵，战争影响下的诗人们的文学文本与社会文本构成了一个文本整体。同样在《割草人反对花园》（*The Mower against Gardens*）和《割草人达蒙》（*Damon the Mower*）两首诗中都能透射出17世纪英国圈地运动（Enclosure）的影子，诸如："他首先围出一个方形的区域"（He first enclosed within the gardens square）以及"虽然吹着牧笛的牧羊人／用数不过来的羊群塞满平原，／我的这把镰刀／要比他所有的羊群发现更广阔的土地／／有了这个每一年我都在这封闭的天地里／剪下金羊毛"（Though the piping shepherd stock/ The plains with an unnumbered flock，/This Scythe of mine discovers wide/ More ground than all his sheep do hide./With this the golden fleece I shear/Of all these closes every year）等等。诗人马维尔深受所处时代战争影响的另外一首诗歌是《阿普尔顿府邸颂》：

> 用呼啸的镰刀和结实的手肘，
>
> 他们平贴着草地一路屠戮。
>
> 一个人无意间切开一只长脚秧鸡
>
> 它还来不及让自己的翎毛长全。
>
> 他从它的胸口抽出
>
> 这鲜血淋淋的刀刃。
>
> 他担心这早夭的生命

会给命运带来不祥的征兆。

（Marvell，王艳文 译，2013：70）

这段诗行中出现了大量与战争有关的词汇，譬如"杀戮、战场、战斗、掠夺、尸横遍野、血淋淋"等，一群割草人在割草，镰刀"呼啸"，青草被"屠戮"，一只长脚秧鸡被镰刀"切开"，这种暴力与伤害的场面被淋漓尽致地呈现给读者，这首表达美好平和的"花园"出现这种毁灭和破坏的意象，使得诗歌中的理想境界处于"危机"甚至毁灭的边缘，颠覆了整首诗歌的氛围。在描写爱情的《美丽的歌手》（*The Fair Singer*）一诗中，诗人马维尔将恋爱双方的较量比作战争的两方："我所有的军队必须被摧毁，/ 她同时得到了风和太阳的双重优势。""风和太阳的双重优势"是指古代军队交战的时候，一方处在一个背向太阳而且顺风的位置，这两点都是利于战局的，交战的时候只要能得到其一就拥有不小的优势，十分有利于把控战局。诗人马维尔一生都致力于追求一个花园般的和谐美好的理想社会，但是在实现这一理想的过程中不断地体现出了各种矛盾和挫折，尤其是查理一世与克伦威尔的对抗，他的声望"基本来自他对查理二世时期的暴政与腐败的揭露与批判"。

英美现代主义文学运动的兴起是历史发展的必然结果，它的崛起与发展离不开社会的演变和历史的变迁。英美现代主义文学运动诞生在 20 世纪初期，当时的西方社会正处于一个动荡不安、矛盾重重而又急速现代化的时代，传统的社会机制开始瓦解，新的秩序尚未建立，传统的道德观念与陈旧的宗教思想同工业化、城市化的现代科学和技术之间发生了激烈的冲突和碰撞。对英美现代主义文学发展产生影响最大的是第一次世界大战，这场战争持续了 4 年（1914—1918），参战各国死伤 2000 多万人。仅仅英国一国就动员了 800 万人，死 78 万人，伤 200 万人，死伤总数远远超过了"二战"。那场史无前例的浩劫不仅夺走了千百万人的生命，消耗了大量的财富，而且还造成了亿万人的心灵创伤，原来人们相信随着社会进步，人类社会会越来越文明，但是这场战争打破了人们的美好愿景，既定的价值观受到质疑，虚无感、幻灭感弥漫于社会整体，壕沟战、重炮轰击战、毒气战、空袭战以及潜水艇封锁战展示了空前的野蛮，人类社会几千年的文明积累下的高贵的、美丽的瑰宝付之一炬。硝烟弥漫的战争之后，整个西方社会满目疮痍，英美两国以前固有的矛盾更加激化。首先战后的英国经济处于长期的萧条。工业生产下降、失业人口剧增，全国性的大罢工持续不断，政治力量四分五裂，派别斗争日益激化。国际上曾经的大英帝国在战后逐渐失去了海上霸权以及全球贸易、金融等方面的优势，再加上亚洲、非洲等民族独立运动和解放运动的影响，英国统治阶级陷入四面楚歌的境地。正如现代派诗人艾略特在其长诗《荒原》（The Waste Land）中所描述的，象征着大英帝国辉煌历史的泰晤士河却漂浮着人们扔掉的空瓶子等垃圾而且"伦敦桥正在倒塌、倒塌、倒塌"：

> 可爱的泰晤士，轻轻地流，等我唱完了歌。
>
> 河上不再有空瓶子，夹肉面包的薄纸，
>
> 绸手绢，硬的纸皮匣子，香烟头
>
> 或其他夏夜的证据。

（艾略特，赵萝蕤，张子清 译，2000：10）

与英国隔洋相望的美国同样也无法摆脱第一次世界大战留下的阴霾，传统的道德观、价值观受到了冲击，曾经的"美国梦"化为乌有，战后的美国在经历了短暂的经济繁荣之后爆发了历史上最为严重的经济危机，美国历史进入了长达十年的大萧条时期。战后的西方世界就像小说家菲茨杰拉德在他的小说《人间天堂》中所描写的"所有上帝都死光了，所有战争都打完了和所有信仰都动摇了"的所谓人间天堂，人们崇尚金钱、向往成功，奉行物质主义至上的价值观，上帝已不再是人们崇拜的偶像。工厂停业、物价飞涨、银行倒闭，人们心灵深处感到空虚与迷茫，"一个动荡不安、矛盾激化而又急速现代化的世界必然要求文学对其作出相应的反应"（李维屏，戴鸿斌，2011：23）。战后英美社会的严酷现实和历史大语境在激发了现代派作家们的创作灵感的同时，也为现代派文学在两国的诞生、发展和繁荣奠定了必要的社会条件，"现代主义文学的问世既是现代主义作家对混乱时代的必然反应，也是他们对昔日文学传统的反拨和反叛"（李维屏，戴鸿斌，2011：ii）。

克里斯蒂娃认为，现代派小说具有更多戏拟式的语言游戏以及多线交错切割的叙事技巧等特征，在她看来，文学不再是一个需要用主体理性来穷尽的意义本体，而是一个意义产生、充满各种联系的交织的动态过程。

T. S. 艾略特移居英国时正值第一次世界大战，战争不仅从物质上毁灭了欧洲，而且从精神上埋葬了西方人们心中的上帝，战争的残酷和非正义性给艾略特的精神世界染上了悲观和怀疑的色彩，"一战"使得英国国内经济严重衰退，世界文化、经济、商业以及金融中心逐渐让位给美国，伦敦作为大英帝国的首都，其世界影响力日渐削弱，艾略特笔下的伦敦失却了往日的辉煌，丧失了精神维度和宗教意义上的神圣性。在《荒原》的《死者葬仪》一章中，说话者以上帝的口吻道出了荒原人信仰缺失、精神无所寄托的现实，满怀激情地发出如下的哀叹：

> 这些攫住不放的根是什么，什么树枝从
>
> 乱石的垃圾碓中长出？人子啊，
>
> 你说不出，也猜不透，因为你仅仅知道
>
> 一堆支离破碎的意象，那儿阳光直晒，
>
> 枯树不会给你遮阴，蟋蟀的声音毫无安慰，
>
> 干石没有流水的声音。
>
> （艾略特，裘小龙 译，2017：72）

如果说《荒原》是反映诗人彼时彼境的精神危机的代表作，其作品《空心人》更加充满了悲观和虚无主义的色彩，受战争影响创作出的两部作品表达了西方世界整整一代人的精神幻灭和无望。随着第二次世界大战的爆发，艾略特渴望为战争出力、有所作为，他成了一名空袭时的民防队队员，组织引导居民隐蔽。战争不仅打破了艾略特正常的生活秩序，观众锐减也让他的剧本写作陷入了危机。因此，他再次回归诗歌创作，以笔为剑，为战争中绝望的人民带来希望和信心。艾略特在创作《四个四重奏》的后三首时正值第二次世界大战激烈进行中，诗人在诗歌中表达出希望战争能涤荡人类的灵魂：

> 俯冲的鸽子
>
> 带着炽烈的恐怖火焰

> 划破夜空，那火舌宣告
>
> 人涤除罪愆和过错的途径。
>
> 那唯一的希望，否则就是失望，
>
> 在于火葬柴堆的选择，
>
> 通过烈火，从烈火里得到拯救。
>
> （艾略特，赵萝蕤，张子清译，2000：89-90）

在这段诗行中"鸽子"具有双关意义，一方面象征着德国的轰炸机，飞临伦敦上空、轰炸伦敦，另一方面意指基督教的圣灵，当它向下飞时，带着一团圣火。不管是象征轰炸机还是象征圣灵的"鸽子"，供人们选择的只有这个火葬堆还是那个火葬堆。因此不难看出诗人们的创作深受战争阴霾的影响。

5.4 科学的发现

17世纪的科学发现包括哥白尼的天文学发现、炼金术的发现等对玄学派诗人的创作产生了重要影响；而20世纪的科学发现譬如爱因斯坦的相对论、弗洛伊德的心理分析等深刻影响了现代派作家的创作理念和审美意识。

在17世纪之前，相较人文学科和宗教神学，自然科学没有引起西方国家人们的高度重视，但是文艺复兴之后，其"人本主义"精神激发了人们勇于探索未知领域的好奇心和求知欲，人们愿意接受新鲜事物，思想和观念也因此解放和更新，人类在自然科学领域的探索活动日益加强，科学革命兴起，自然科学领域取得前所未有的成就。新的科学理论和思潮、新的思维方式与旧的传统思想观念的矛盾冲突深深地影响了17世纪文学家们的文学创作，自然科学激发了这一时期玄学诗人们丰富、奇特而又富有哲理的想象力和思辨意识，对玄学诗歌的创作产生了深远的影响。"十六世纪末、十七世纪初英国知识界关心的、不能逃避的问题有两个：宗教信仰和刚刚抬头的科学思想。"（杨周翰，1985：50）新文化思潮的涌现促进了科学的进步与发展，进一步解放了人们的思想。资产阶级和新贵族所带来的平等自由思想完全颠覆了君臣父子之间的传统地位，打破封建社会等级制度的旧秩序，这在约翰·多恩的诗句中得到了淋漓尽致的展现："还有那新学，叫人怀疑所有的一切，/ 而火的元素啊，已经被人全然扑灭；/ 太阳弄丢了，接着是地球，没有人，能凭自身的智慧，去为它指点行程。"（And new Philosophy calls all in doubt，/The element of fire is quite put out./The sun is lost，and the earth，and no mans wit/Can well direct him where to look for it.）（晏奎，2005：142）文艺复兴的浪潮冲破了封建专制和宗教神学思想对人的束缚，促进天文物理等自然科学的不断发展。哥白尼日心说的出现，向根深蒂固的基督教教义所奉行的地球中心理论提出挑战，让社会传统价值观不断分崩离析。炼金术的盛行也为多恩的诗歌创作提供丰富素材。正如《爱的炼金术》中诗人将炼金术的成果与恋爱结果相联系：

> 哦，全都是骗局：
>
> 还没有炼金术士获得过金丹，
>
> 除了给怀胎的炉鼎添光环——
>
> 假如他顺便碰巧炼制出
>
> 某种气味芳香的东西，或药物，
>
> 同样，恋人梦想浓而久的欢乐，
>
> 却得到一个仿佛冬天的夏夜。
>
> （但恩，傅浩 译，2016：119）

玄学派诗歌特征之一就是在诗歌中融入了自然元素，自然科学的发展影响了文学的创作。天文、地理、化学等各个领域都有了新的发现，譬如哥白尼的日心说、哥伦布的航海大发现等，文学是时代的产物，玄学派也不例外，其玄妙的特性是有其客观依据和历史背景的，王佐良先生曾经指出，玄学派诗人的意象"往往取自天文、地理、科学发现、海外航行之类"（王佐良，1996：75）。

多恩生活在地理大发现和冒险的时代，因此他在诗歌中使用了诸如半球、黄道带、美洲、宝石矿等意象。例如《早安》中的"让航海者到新大陆去吧，/ 让地图向别人显示一个个世界吧"，《上床》中的"哦，我的美洲！我的新发现的土地，/ 我的王国，一个人治理时最为安全，/ 我的宝石矿，我的领土"，以及《旭日》中的"那盛产香料黄金的两印度（Both Indias of spice and mine）"。这些意象都彰显出地理大发现的影响下的产物。再譬如在《赠别：关于哭泣》一诗中：

> 在圆球上头，
>
> 手边有图样的工匠，能够绘就
>
> 一个欧洲、非洲和一个亚洲，
>
> 很快把原来的空无造就成万有，
>
> 同样，有你在，
>
> 每一颗眼泪
>
> 都长成地球，依照你形象的世界，
>
> 直到你的泪与我的混合，淹没
>
> 这世界，以源自你，我的天穹，融化的洪波。
>
> （但恩，傅浩 译，2016：117）

这段诗行中，诗人已经有了地理大发现时代影响下的创作理念和文学想象，譬如"圆球""地球"以及地理概念"欧洲、非洲、亚洲"等词汇的使用。哥伦布的航海大发现以及世界贸易中心从地中海向大西洋转移，促进了英国海外贸易的发展，而且英国位于从欧洲到美洲的通道上，有利的地理位置，海外扩张速度加快，对外贸易迅速发展，这些航海探险和地理大发现拓宽了人们的视野，增长了人们的见闻，继而人们的思想观念、道德观念以及宗教观念都得以转变，人们对世界的认识打破了中世纪教会思想的藩篱，体现在多恩诗歌中不仅有崭新的意象，还有一些充满了时代气息的描述时空的新词。譬如，在《早安》一诗中："我的脸在你的眼里，你的脸在我的眼里出现，/真实、纯朴的心憩息在脸上；/我们哪里能把两个更好的半球发现，/没有凛冽的北风，没有西沉的夕阳？"诗中使用了"半球"等词汇，因此衬托出爱情的新的比喻和意象，使人耳目一新。

"多恩的爱情诗是文艺复兴后期一种独特的产物"（裘小龙，1984：211），经过文艺复兴这一历史变革的洗礼，人摆脱了中世纪教会枷锁的羁绊，在当时的英国社会，圈地运动和机器工业的发展，一些敏感的人文主义作家觉察到旧的信仰、价值观、伦理规范等已经瓦解和分崩离析，诗人们直面"幻灭"上下求索，一些诗人开始形而上地思考个人的存在价值，多恩即是其中有代表性的一个。"火的元素已被完全扑灭；/ 太阳和地球都消失了，没有 / 一个人的智慧能指导他到哪里去找寻 /……一切分崩离析，毫无连贯可言，/ 所有正常的支撑，所有的关系：/ 君、臣、父、子，都是忘却了的事，/ 因为每一个人都独自想着他必须是 / 一只凤凰，而这种凤凰 / 绝无仅有，仅仅只是他一个人。"（《一周年》）该诗体现了诗人茫然中的摸索，也反映了那个时代天文科技的发展。按照哥白尼和伽利略的天文学说，星系的中心是太阳，而不是地球，在旧的传说中，人类宇宙的周围是被火包围着的，但是随着科技的发展，之前旧的传说被抛弃了，所以诗中"火的元素已被完全扑灭"，"一切分崩离析"。在马维尔的《爱的定义》一诗中，诗人运用天文学和几何学知识进行比拟：

> 他们的爱是斜的线条，
>
> 会在各个角度遇合，
>
> 我们的爱却真实地平行，
>
> 没有限度，但永不相交。
>
> 因此联结我们的爱
>
> 被命运妒忌地阻碍，
>
> 虽是心灵的融洽，
>
> 却遭晨辰的对立。

（王佐良，1997：145）

伴随着科学技术的发展，科学仪器的出现诸如摆钟、望远镜、显微镜等使人们的思维方式也发生了改变。譬如在多恩的《早安》一诗中，多恩以地理大发现为背景，将自然科学领域的航海新发现与个人的爱情世界并置起来，恋人之间的亲密关系被喻为自成一体又相互拥有的新型关系，抒发了时代发展带给人们的精神启迪和思维拓展，"让航海发现家向新世界远游，/ 让无数世界的舆图把别人引诱，/ 我们却自成世界，又互相拥有。/ 我映在你眼里，你映在我眼里，/ 两张脸上现出真诚坦荡的心地。/ 哪儿能找到两个更好的半球啊？/ 没有严酷的北，没有下沉的西？"，诗人把恋人之间的关系喻为相互独立又彼此拥有的新世界（但恩，傅浩 译，2016：149）。在多恩的另一首《告别辞：节哀》中，诗人将恋人之间的离别比喻成宇宙中天体的运动，自然科学的常识已经渗透进诗歌创作，"地动会带来灾害和惊恐，/ 人们估计它干什么，要怎样，/ 可是那些天体的震动，/ 虽然大得多，什么也不伤"，恋人之间的离别被形象地比喻成日月星辰之间的运动，圆规、风浪、天和地的震动无不受到当时航海发达、科学兴起的影响，爱情诗里渗透出天文学的科学发现。

以约翰·多恩为代表的玄学派诗人的创作由于受自然科学新发现的影响，该流派的诗歌中充斥着他们独创的"新词"，"英国玄学派诗歌的新词以及动态意象常常源自 17 世纪的自然科学和技术术语"（吴笛，2011）。譬如多恩笔下的"黄金的延伸""地动"，马维尔笔下的"舆图""平行线的延伸"，以及乔治·赫伯特诗中"你是神圣的矿藏，产出黄金，/ 这是青年和老年得以复原 / 防止衰败的滋补剂；/ 你是贮藏宝石的橱柜"等（Herbert，2004：71），其中"黄金""宝石""滋补剂"等词语都是与 17 世纪科学发展密不可分的词汇。

西方古代医学传统认为宇宙是由土、水、气和火四种元素构成的，炼金术的兴起，正是在四种基本元素理论的基础上发展而来的，在多恩所处的时代炼金术十分盛行，多恩诗歌中多次出现了以炼金术为题的诗歌，譬如《爱的炼金术》和《夜祷》中，"还没有炼金术士获得过金丹，/ 除了给怀胎的炉鼎添光环"，"因为我是每一具供爱神 / 实验过新式炼金术的死躯壳"。多恩的炼金术的意象，虽然表达出诗人在不同语境中给出的含义不尽相同，但是这些意象的创造揭示出其创作是时代的产物，王佐良先生曾经发出感慨"到 17 世纪中叶，英国科学才真正发出改变时空的可怕力量"（王佐良，何其莘，2006：9）。

克里斯蒂娃在《词、对话、小说》中对互文性进行了定义并反复强调了社会历史文本的重要性，她提出："将历史插入到文本中，以及将文本插入到历史当中。"（Kristeva，1986：39）20 世纪的科学技术取得了广泛进步，工业革命让资本主义社会的物质文明得到高速发展，但使贫富差距加大，这一时期爱因斯坦的相对论、弗洛伊德的心理分析等科学发现，也深刻影响了艾略特的创作理念和审美意识。在艾略特的诗作中，常常揭露西方的文明危机，受到弗洛伊德泛性论的影响，他把产生危机的原因常常归于人的动物本能失控和情欲泛滥（李万敬，2003）。艾略特受到波德莱尔"现代都市的藏污纳垢之处拥有诗性的可能，卑污的现实与幻象可能合二为一，如实道来与异想天开能够并排呈现"的影响（戈登，许小凡 译，2018：30），开始将诗作的重心转移到城市生活。

> 这条街上
>
> 没有开始，没有进展，没有平静，没有终结，
>
> 只有没有言语的喧哗，没有滋味的食物。
>
> 没有拖延，没有加速，
>
> 我们将建设这条街的开始和终结。
>
> （艾略特，裘小龙 译，2017：183）

19 世纪末 20 世纪初，科学技术的迅猛发展改变了人们的生活方式、思维方式和价值观念，譬如爱因斯坦的相对论、普朗克的量子论以及"熵"的观念、非欧几何学等都改变了人们对世界、对社会以及对人类自身的看法，现代世界已经从牛顿的封闭时代，发展到了爱因斯坦的相对阶段。科学技术作为生产力，它的迅猛发展极大地推动了现代西方经济的发展，在新的经济结构中，人的自由度反而愈来愈低，异化的程度越来越深，这使得西方人在精神上更加惶惑与无所适从。在另一方面，物质文明的高度发展反而使得人类的精神文明极度空虚，人类失去了精神家园，面对茫茫宇宙发出"我是谁？""我从哪里来？""我到哪里去？"的哲学提问。英国诗人叶芝在他的《基督重临》（1920）里写道："一切都四散了，再也保不住中心，/ 世界上到处弥漫着一片混乱。"（袁可嘉，1980b：64）现代的西方社会呈现出浮躁和功利，人们失去了冷静的眼光和平和的心境，总是用一种焦虑的目光来审视他们的生活地位和相互关系。"一切固定的古老关系以

及与之相适应的素被尊崇的观念和见解都被消除了，一切新形成的关系等不到固定下来就陈旧了。一切固定的东西都烟消云散了，一切神圣的东西都被亵渎了。"（马克思，恩格斯，周扬 编，1984：48）

克里斯蒂娃将文本看成是由"文化（或社会）文本、不同的话语、言说方式、在体制上得到认可的并构成文化的结构和体系"构成的（Allen，2000b：36）。约翰·多恩和 T. S. 艾略特的诗歌作品是当时社会的缩影。两人所处的社会时代，其背景都涵盖着政权的更迭、宗教的皈依、战争的影响和科技的发展。政权的更迭使得王室成员争权夺利愈演愈烈，造成社会的动荡不安，贫苦百姓基本生活难以保障，使得两人渴望诗以咏志，揭露社会矛盾。宗教的皈依让两位诗人在社会这一大环境下重新审视自己的信仰，对原有基督教义的质疑和反省，以及对追寻真正信仰的坚持不懈，让两人最终得以皈依英国国教。战争让两人看到了殖民扩张的残暴行径，加剧了社会的不稳定，所以更加渴望在战争的创伤后寻求心灵的慰藉和信仰的抚慰。科学技术的不断进步和新思潮的涌现促进了思想的解放，两人的诗歌如实展示了社会状态和民众的精神状态，揭示了所在时代的变化和社会的冲突。因此，政权更迭、宗教皈依、战争影响和科学发现的社会时代背景为他们的诗歌创作提供了第一手素材，其创作形式、技巧以及内容都得以革新，复杂时代背景催生下的创作理念在社会时代背景的互文性影响下不谋而合。

第 6 章　玄学派与现代派具有的
文学特征的相似性

英国玄学派和英美现代派诗歌两大流派在叙事主题、陌生化的叙事手法、仿拟的艺术手段、时空意识以及审美意识等方面具有极大的相似性。本章在着重探讨两大流派的相似性的同时，也对二者相似性的内在原因加以探讨和研究。

6.1 叙事主题

玄学派诗歌的叙事主题基本分为爱情主题、"及时行乐"主题和批判现实主义主题；现代派诗歌的叙事主题也基本围绕这几个方面，但是现代派诗歌深受时代文化的影响，所以在某种程度上带有存在主义哲学的韵味，大多运用象征主义表现手法，具有一定的荒诞性，二者都是当时社会文化历史影响下的产物。

6.1.1 爱情主题——真爱难寻 VS 爱情荒芜（有欲无爱）

英国玄学派诗歌大多以情爱为主题，而且基本上都可以归类为 Carpe Diem 诗歌，譬如安德鲁·马维尔（Andrew Marvell）的《致他的娇羞的女友》（*To His Coy Mistress*）和罗伯特·赫里克（Robert Herrick）的《劝少女们珍惜好时光》（*To the Virgins，to Make Much of Time*）以及乔治·赫伯特（George Herbert）的《生命》（*Life*）等，玄学派诗人们以巧智运用奇思妙喻阐述爱情或者艳情主题，抒发"花开堪折直须折，莫待无花空折枝"的感慨，发出李白那种"人生得意须尽欢，莫使金樽空对月"的千古呼唤，"可惜岁月易白头，一番春尽一番秋，人生及时须行乐，漫叫花下数风流"的规劝与叹息。诗人安德鲁·马维尔在《爱的定义》（*The Definition of Love*）一诗中诠释了爱情：

> 他们的爱是斜的线条，
>
> 会在各个角度遇合，
>
> 我们的爱却真实地平行，
>
> 没有限度，但永不相交。
>
> 因此联结我们的爱
>
> 被命运妒忌地阻碍，
>
> 虽是心灵的融洽，
>
> 却遭晨辰的对立。
>
> （马维尔，王佐良译，1997：145）

诗人指出，人世间的真爱是罕见的，无时无刻不受到生活枷锁的羁绊，若想找到真爱"除非那晕眩的天穹倾陷，/大地在痉挛中崩裂；/当我们会合，整个星界将/坍缩，成一面天球图"与我国汉代乐府诗《上邪》表达出的"我欲与君相知，/长命无绝衰。/山无陵/江水为竭，/冬雷震震，/夏雨雪，/天地合，/乃敢与君绝！"具有异曲同工之妙。

玄学派诗歌代表约翰·多恩的爱情主题的诗歌不是一成不变的，"1601年的婚姻是他爱情诗创作中的一条分界线"（裘小龙，1984：220）。在这之前多恩对纯洁的爱情持有怀疑的态度，如在《歌》中她对女性持有怀疑态度，认为世间是没有纯洁的女人的：

> 去，去抓住一棵陨星，
>
> 让人形草也怀孕胚胎，
>
> 告诉我，过去的岁月哪里去找寻，
>
> 是谁把魔鬼的脚劈开，
>
> 教教我如何听美人鱼歌唱，
>
> 或如何躲开嫉妒的刺伤，

去弄清

什么风

能将老实人提升。

……

你会咒骂恶语

天下无一地

住着女人，忠实又美丽。

（李正栓，2016：26）

但是他婚后创作的爱情诗充满了奇思和妙喻，表达爱情的忠贞。譬如《别离辞：莫伤悲》中圆规、黄金意象的使用，歌颂爱情的伟大和美好，"两个灵魂打成了一片，/ 虽说我得走，却并不变成 / 破裂，而只是向外延伸，/ 像金子打到薄薄的一层…你的灵魂是定脚，并不像 / 移动，另一脚一移，它也动。/ 虽然它一直是坐在中心，/ 可是另一个去天涯海角，/ 它就侧了身，倾听八垠；/ 那一个一回家，它马上挺腰"（卞之琳，1983：29）。丈夫即将离家远赴他乡，但是妻子永远是他生命的中心，无论他走到哪里，妻子都是他生命的中心，夫妻虽然远隔千山万水，但是就像黄金一样，再远也不会扯断，两个人虽然是独立的生命个体，但是灵魂却融在了一起，就像圆规的两只脚一样亲密无间，不离不弃，起点又是终点，美好的爱情和人生理想的写照跃然纸上。

抛开多恩情诗对爱情的纯洁与否的主题，哲学思辨是其情诗的又一显要特征。譬如多恩的哲理情诗之一《告别辞：哭泣》："让我把泪水洒在你的面前；/ 你的脸把泪水铸成钱，打上了印记，/ 经过这番铸造，泪水就成了有价值的东西，/ 因为泪水这样 / 怀着你的模样；/ 泪水是许多悲哀的果实，更多的象征——当一滴泪滴下，/ 那个你也掉落在其中。/ 于是你和我都是虚无，在不同的海岸上小停。"多恩这首告别情诗，可以被誉为"一泪见大千"的富有哲理的情诗典范。诗中"泪水、钱币、虚无、地球"等奇喻堆叠在一起，面对爱人的涕泪涟涟，诗人也不免泪闸开启，楚楚花容、涟涟泪雨神奇地化铸出印有玉貌的钱币，奇妙的比喻之后，诗人吟诵出"泪水是许多悲哀的果实"，衍生出"虚无"意象，这是统领全篇的诗眼，一幅"梨花一枝春带雨"的爱人形象跃然纸上，一切传统意义中的价值都是虚无的，爱人离别时的泪水才是世界和生活的真正意义，"爱情的本身要成为人生的理想，使这短促而苦难的人生丰满"（裘小龙，1984：213）。该诗以思辨情蕴的理性美使读者能够共情，感叹玄学奇喻诗人的睿智！诗人以奇想的构思，汇集了迥然不同的感性意象，凸显了多恩好思辨、超越传统的独特的诗歌创作手法（《一堂讲影子的课》）。多恩在诗行中利用日常生活中常见的正午前后太阳下人影的长短，阐述"爱的哲学"："静静地站好，我要给你，/ 爱人，读一篇爱情哲学讲义。"诗歌开篇之后，诗人把爱情比作正午前后的人影的长短：幼小的爱情长大时，伪装和阴影从身边流逝，但是爱情消逝的时候，它的来日苦短，恰如正午过后的人影，上午的影子已不在，如果爱情变黯淡，"正午过后，下一分钟就是夜晚"。如果说多恩是一位哲学诗人，那他的艳情诗就是关于性爱哲学的诗。多恩将爱欲情怀以富有哲理的想象和推理展示给读者，贯穿其中的主旋律是欢愉和享乐，玄学派在英国诗歌史上占有非常重要的一席之地，但是他们"对于爱情的看法仅仅是他们对于变动中的宇宙、世界、社会的不同观察和思考的体现"（王艳文，周忠新，2005：92）。

一言以蔽之，玄学派诗歌的爱情主题传递出的是"真爱难求，要及时行乐"，而以艾略特为代表的英美现代派诗人笔下的爱情，可以概括为：有欲无爱。譬如在《荒原》中虽然总体上来说，诗人描述的是文明的颓败和传统的衰微，但是具体到人的时候，则表现为两性关系的堕落，男人与女人无法正常地交流，更谈不上产生浪漫的爱情了：

> 他，满脸疙瘩的青年人来了，
>
> 一家小房产代理经纪，目光肆无忌惮，
>
> 下等人里的一个，信心在他的身上，
>
> 就像一顶丝帽在布雷福德的百万富翁的头上。
>
> 时候正合适，如他所猜，
>
> 饭已用完，她又是厌烦又是疲倦，

对将她置身于爱抚之中的尝试，

她没说要，可也没有推。

他脸色通红，意志坚定，立刻进攻；

探索的手没遇到任何防御；

他的虚荣不需任何反应，

将无动于衷当作由衷的欢迎。

……

她转身在镜中看了一会

几乎丝毫没感到她离去的爱人；

大脑里听任一个刚形成一半的念头通过，

"好吧，这件事是干了；我高兴这算完了"。

（艾略特，裘小龙 译，2017：87）

　　这是第三章"火的布道"中，化身为盲先知提瑞西亚斯的"我"看到了在小寓所杂乱的环境中女打字员和小办事员的有欲无情的苟合。"好吧，这件事是干了，我高兴这算完了"，这句话透露出她对这个男人及他们关系的毫无留恋，没有真爱、没有羞耻，只有横流的欲望，他们的交往只是动物般的毫无羞耻感的欲望冲动，而这种缺少了爱的滋养的欲望是贫瘠的，失去了使生命生生不息的再生能力，丝毫没有爱情因素和道德的约束。女性处于奢华的房间、珠宝以及香料的氛围中，甘于被"金屋藏娇"，主动地用奇香异水去诱惑男性"今晚我心情很乱，是的，很乱。陪着我"。即使男女结婚了，过着上流社会奢华的女人，也过着无爱的孤独寂寞的婚姻生活，在第二章"弈棋"中的上流社会的女性，不时地自言自语、神经兮兮，不知道"我现在该做些什么？我们明天该做些什么？我们究竟该做些什么？"那个没有出场的名叫丽尔的女人，想着怎么通过镶牙和打扮来讨好退伍归来的丈夫，她因为已经生育了 5 个孩子而选择堕胎，她对婚姻生活充满了深深的厌倦。每天无所事事的贵族女性，每天坐在奢华的房间或酒吧里八卦，她们"不说话、不知道在想什么、什么也不知道、什么也没看见、什么也不记得，甚至不知生死"。她们对婚姻的评价是"你不喜欢，但总能凑合过吧"，就像"弈棋"一章中所暗示的，男女两性变成了各执一子的对弈，因为爱的缺失和荒芜，男女关系演化成仅剩情欲和阴谋的竞赛，本应平等的关系变成一方试图驯化另一方，在情欲之网下纵情声色、爱情荒芜。即使曾经有过一段美好的隐秘往事的"风信子女郎"，现代派文学中十分少见的爱意的象征，虽然代表了美和爱，但是她的形象是脆弱的而且沉默不语。她的出现并没有带来爱意的复苏，反而令诗人陷入恐惧和凄凉苦涩的心境中无语凝噎，就像庞德所言，"没有性征、失去行为能力"。她的形象就像女先知西比尔一样，生命不断萎缩，难以被挽留，看着心爱的女郎的"我"，也像瓦格纳歌剧《特里斯坦与伊索尔德》中的特里斯坦一样，在弥留之际不视、不语、不知，在不死不活的状态中等不到大海中伊索尔德代表希望的船，失去了青春，没有了爱的能力，虽然面对着心爱的姑娘但无法表达，一种哀莫大于心死的绝望。"从某种意义上来看，《荒原》是对现代社会两性关系的探讨之作，诗歌中的众多女性成为展示社会现实的媒介。"（葛桂录，2017：232）在《普鲁弗洛克的情歌》一诗中，主人公普鲁弗洛克在犹豫、恐惧和自嘲后，同样无法表达自己的爱，在痛苦中幻想着愿意同"海底的姑娘"一起溺水而亡。

玄学派和现代派虽然对爱情的表现不一，但是两大流派的爱情主题是不谋而合的，诗人们以爱托物，表达对社会、对人性的探索和追求。

6.1.2 及时行乐主题

"及时行乐"一词，最早来源于拉丁文"Carpe Diem"，也就是英语中的"seize the day"，汉语一般翻译为"抓住今天""把握今天""抓住机遇""珍惜今天"或"珍惜时光"，后来有人干脆把它直接翻译为"及时行乐"。据记载，古罗马诗人贺拉斯（Horace）最早在其诗歌《歌集》（Odes）中使用了"Carpe Diem"这一词语。"及时行乐"是西方诗歌中的一个重要主题，诗歌中的讲话者强调人生短暂、时光飞逝，从而告诫他的听众——通常是不愿改变自身情境的贞女——要尽情享受眼前的快乐，诗人一般用玫瑰花象征容貌娇艳的短暂和最终死亡的必然。T. S. 艾略特认为"及时行乐"主题是"欧洲文学中最伟大的传统事物之一"（Eliot，1960）。"及时行乐"

思想在经过漫长的中世纪之后，在文艺复兴时期重新得以重视，比如莎士比亚等文艺复兴时期的作家创作了不少及时行乐主题的诗作，而在 17 世纪的玄学派诗歌中，"及时行乐"的主题更是得到了非常集中的表现，诗人强调及时享受生活、享受爱情、抓住时机、及时行乐。可以说，"及时行乐"思想对西方后世的诗歌创作产生了较大影响，尤其是 17 世纪以约翰·多恩为首的玄学派诗人们在诗歌创作中将这一主题思想发挥得淋漓尽致。譬如罗伯特·赫里克（Robert Herrick，1591—1674）的《劝少女们珍惜好时光》：

> 花开堪折直须折，
> 光阴总是在飞驰；
> 今日花笑同一朵，
> 明日笑容会消逝。
>
> 太阳花灯天上悬，
> 越近高处路越短；
> 太阳越是向西沉，
> 路程终点越临近。
>
> 青春年华最美好，
> 血气方刚热情高；
> 青春年华若虚度，
> 一天不如一天好。
>
> 抓紧时间别羞怯，
> 能得悦时及时悦；
> 一旦错过好年华，
> 千古遗憾悔成河。
>
> （李正栓，2016：33）

在这首意境优美、格调清新的诗中，诗人奉劝少女要及时行乐，才不枉费大好的时光，与大诗人李白的《将进酒》中"人生得意须尽欢，莫使金樽空对月"有异曲同工之妙。

另一位玄学派诗人安德鲁·马维尔在《致他的娇羞的女友》一诗中也旁征博引地描写了一位恋人劝说自己的情人不要犹豫、羞怯了，快点接受他的爱，要及时行乐以免枉度青春时光：

> 我们如有足够的天地和时间，
> 你这娇羞，小姐，就算不得什么罪愆。
> 我们可以坐下来，考虑向哪方
> 去散步，消磨这漫长的恋爱时光。
> 你可以在印度的恒河岸边
> 寻找红宝石，我可以在亨柏之畔
> 望潮哀叹。我可以在洪水
> 未到之前十年，爱上了你，
> 你也可以拒绝，如果你高兴，
> 直到犹太人皈依基督正宗。
> 我的植物般的爱情可以发展，
> 发展得比那些帝国还寥廓，还缓慢。
> 我要用一百个年头来赞美
> 你的眼睛，凝视你的蛾眉；
> 用二百年来膜拜你的酥胸，
> 其余部分要用三万个春冬。
> 每一部分至少要一个时代，
> 最后的时代才把你的心展开。
> 只有这样的气派，小姐，才配你，
> 我的爱的代价也不应比这还低。
>
> 但是在我背后我总听到
> 时间的战车插翅飞奔，逼近了；

而在那前方，在我们面前，却展现
一片永恒沙漠，寥廓、无限。
在那里，再也找不到你的美，
在你的汉白玉的寝宫里再也不会
回荡着我的歌声；蛆虫们将要
染指于你长期保存的贞操，
你那古怪的荣誉将化作尘埃，
而我的情欲也将变成一堆灰。
坟墓固然是很隐蔽的去处，也很好，
但是我看谁也没在那儿拥抱。

因此啊，趁那青春的光彩还留驻
在你的玉肤，像那清晨的露珠，
趁你的灵魂从你全身的毛孔
还肯于喷吐热情，像烈火的汹涌，
让我们趁此可能的时机戏耍吧，
像一对食肉的猛禽一样嬉狎，
与其受时间慢吞吞地咀嚼而枯凋，
不如把我们的时间立刻吞掉。
让我们把我们全身的气力，把所有
我们的甜蜜的爱情揉成一球，
通过粗暴的厮打让我们的欢乐
从生活的两扇铁门中间扯过。
这样，我们虽不能使我们的太阳
停止不动，却能让它奔忙。

（杨周翰，1985：155）

　　这首诗的主旨是劝告女友要及时行乐，接受"我"的求爱。诗歌首先
采用了夸张的手法，把《圣经》中的大洪水、遥远的印度、人类历史上的

大帝国等都拉进诗里，对女友的赞美也是极尽夸张之能事，愿意"用一百个年头来赞美你的眼睛，凝视你的蛾眉／用二百年来膜拜你的酥胸，／其余部分要用三万个春冬"。其次，诗人运用玄学巧智，俏皮而又新颖地说"坟墓固然是很隐蔽的去处，也很好，／但是我看谁也没有在那儿拥抱"。最后，诗人使用了三段论的手法，假设了一系列的时空情境；在空间维度，为了得到情人之爱，他将在离印度恒河很远的英国的亨柏河畔独自忍受爱的煎熬；在时间维度，他的爱发端于公元前 4000 年诺亚洪水的时代，这种爱千年不变并将延续到犹太人皈依基督教的那天（预计要到世界末日前夕才会发生），"我们如果有足够的时间"，但是在诗歌的第二段话风突变：一片永恒沙漠，寥廓，无限；蛆虫染指你的贞操；汉白玉的寝宫里再也不会回荡着我的歌声；隐蔽的坟墓里没有人会在那里拥抱。诗人旁征博引地说明青春短暂、稍纵即逝、时不我待，在诗歌的末尾，主人公铺陈出解决的办法，即"像一对食肉的猛禽一样嬉狎……把我们的甜蜜的爱情揉成一球，通过粗暴的厮打让我们的欢乐／从生活的两扇铁门中间扯过"，传递出及时行乐的主题。

玄学派诗人笔下的及时行乐诗表面上是在催促情人放掉贞操观，及时行乐，但是实际上有着它社会历史原因。首先，及时行乐主题是那个时代的脉搏，也是当时上层社会生活糜烂的写照；其次，诗人如此追求肉欲享乐，采用大肆渲染性的描写，其深刻用意是剖析诗人抑或诗中讲话人内心深处"灵与肉的矛盾"以及"清教思想和人文主义、出世和入世的矛盾"（杨周翰，1996：191）。

"任何文本的建构都是引言的镶嵌组合；任何文本都是对其他文本的吸收与转化"（克里斯蒂娃，史忠义 译，2015：87），譬如现代派诗人 T. S. 艾略特在其《普鲁弗洛克的情歌》一诗中写道：

> 将来总会有时间
>
> 让黄色的雾沿着街道悄悄滑行，
>
> 在玻璃窗上擦着它的背脊，
>
> 将来总会有时间，总会有时间

准备好一副面容去见你想见的面容，

总会有时间去谋杀和创造，

去从事人手每天的劳作。

（艾略特，裘小龙 译，2017：8）

在这段诗行中，诗人笔下对"将来总会有时间"和引出的变奏，使读者情不自禁联想到马维尔的《致他的娇羞的女友》。在这首典型的及时行乐诗中，诗人马维尔运用巧智和奇思，表达了"摘花需及时"的主题，通过互文，艾略特表达出了现代人的既想及时行乐又不敢而犹豫不决的文学主题。

6.1.3 批判现实主题

"文艺最重要的属性是审美，文学是文艺的一个重要分支，因而文学应当表现和反映体现价值体系的政治之美。"（王艳文，周忠新，2012：18）T. S. 艾略特指出："17 世纪的诗人具有一种感受机制，可以吞噬任何经验。"（艾略特，王恩衷 编译，1989：31）玄学派诗人邓恩就是代表之一，艾略特评价多恩说："对约翰·邓恩来说，一个思想是一种经验，修饰他的感性。"（艾略特，裘小龙 译，2017：23）随着诗人的入世渐深，多恩逐渐把纯真的爱情和污浊的世道加以比较，对爱情的赞美逐渐从单纯美好加入了世道的险恶和人情的薄凉，在歌颂爱情美好的同时，对社会现象加以批判。

天啊，让我爱吧，闭起你的嘴，

或是责骂我的痛风，或偏瘫，

嘲笑我的五根白发，或破产；

财产增你的身份，艺术强你的思维，

去为事业忙碌，去为位置钻营，

尊重这位阁下，或服从那位大人，

看着帝王的面容，或钱币上铸出的面容

出神；你愿意怎样，都可来一来，

这样你就会让我爱。

唉，唉，谁因为我的爱情受损？

我的叹息又压沉了谁的商船？

> 谁说我的泪水淹没了他的田？
>
> 什么时候我的寒冷毁了一个早春？
>
> 什么时候那充满我血管的
>
> 炽热把一个名字添上了瘟疫死亡单？
>
> 士兵找到战争，律师找到那些依然
>
> 争吵打官司的蠢材，
>
> 虽然她和我相爱。
>
> （裘小龙，1984a：193）

在这首爱情诗中，诗人对爱情的赞美逐渐有了深度，不再是一味地歌颂爱情至上，而是夹杂着对社会现象的批判。"去为事业忙碌，去为位置钻营，／尊重这位阁下，或服从那位大人，／看着帝王的面容，或钱币上铸出的面容／出神"，多恩把帝王和铸到钱币上的帝王并列在一起，认为二者都是一样的，没有高低贵贱之分，到底能有多少价值？那些忙于蝇营狗苟、善于钻营的人无法享受生活的美好，实现不了真正的人生价值。从情人的叹息到商人的船只，诗人淋漓尽致地运用"巧智"和"奇思"，对宏观和微观世界中的事物进行类比，促使人们去深思，因而对社会现实予以批判。

在玄学派诗人多恩的诗歌题材中，大多是不同主题的写作题材相互渗透、交叉重叠，爱情诗中有政治和宗教题材，如《周年纪念日》（*The Anniversarie*），宗教诗中掺杂爱情与暴力，如神圣十四行诗《砸烂我的心》（*Batter My Heart，Three-personed God*）和《亲爱的基督，让我看您那光洁的原配》（*Show Me，Dear Christ，Thy Spouse so Bright and Clear*），诗人通常拒绝单一题材的写作方式。譬如在诗歌《周年纪念日》中：

> 所有君王，及所有宠臣，
>
> 所有名誉、美貌、才能，
>
> 造时光的太阳自身，随时光流逝，
>
> 如今，都比那时老了一岁，
>
> 那是你我初次相见的时节：
>
> 所有别的事物，都趋向毁灭，

唯独我们的爱情不衰败；

这，没有明日，也没有昨日，

一直跑，却不曾从我们身边跑开，

而忠实保持它最初、最后、永久的日子。

两座墓必掩埋你我的遗体，

若一座即可，死不算离异。

咳，我们，一如别的王子，

（我们在彼此心中堪称王子，）

死时终必离弃眼睛，和耳朵，

其中常充满甜咸的泪水，和誓约；

但唯有爱情常住的灵魂

（别的思绪是房客）到时将验证

这一点，或当躯体移入墓穴中，

灵魂从墓穴迁出时，上空将增长爱情。

我们将获得完满的幸福，

但不比所有其他人更幸福。

在这土地上，我们是君王，仅我们

能够做如此君王，做如此臣民；

谁又比我们安全？除了彼此，

谁也不可能对我们做叛逆之事。

让我们抑制真和假的恐惧，

让我们高尚地相爱、生活，年复

一年，直到年届六十春秋

写道：这是我们在位统治的第二度。

（但恩，傅浩 译，2016：96）

在第一诗节中诗人列出了君王、宠臣、明仕、美人以及才子等社会的上层阶层、达官显贵和闻达人士，等级秩序显露无遗，且在诗歌的前三行中的第一个实词分别是"君王""名誉""太阳"，既显示了王权的威严，也因为太阳与时间相关而暗示王权潜在的变动；在第 23～24 行中"在这土地上，我们是君王，仅我们／能够做如此君王，做如此臣民"与前面提及的权力变动相互呼应，恋人死后灵魂进入天国，在天国里每个人既是国王又是臣民。英国学者帕特里奇推断该诗极可能创作于詹姆斯一世 1603 年登基之后，诗中对王室的忠诚压制了恋人间的纯洁浪漫氛围（Partridge，1978：81），尽管该诗没有对宫廷政治进行道德层面的贬抑，但是多恩借爱情题材表达出了他的政治民主思想，极有可能针对国王詹姆斯一世鼓吹的君权神授论，也为多恩一心想要接近政治中心的理想埋下了伏笔、留下了余地。

依据文学社会史学理论的观点，玄学派诗歌作品中充斥着丰富的历史信息，英国学者曾德（William Zunder）发现多恩爱情诗中包含着丰富的历史信息，譬如在《旭日》（*The Sun Rising*）一诗中：

> 忙碌的老傻瓜，没规矩的太阳，
>
> 你为何要如此，
>
> 透过窗户、帘栊把我们窥视？
>
> 恋人的季节必与你运行相当？
>
> 没礼貌爱训人的家伙，去呵责
>
> 迟到的小学生，臭脸的伙计，
>
> 去告知宫廷猎手，国王将驰猎，
>
> 去召唤乡下的蚂蚁干收获的活计；
>
> 爱情，都一样，不知季节、气候，
>
> 或时刻、日月，这些时光的碎布头。
>
> （但恩，傅浩译，2016：74）

诗中的主人公以讨厌的口吻大声斥责早晨升起的太阳，指责它打扰了他与爱人相处的美好时光，并宣称拥有了爱情就相当于拥有了权力、财富、地位、荣耀等一切世俗美好的事物，曾德认为《旭日》一诗具有社会等级的内涵，其中的太阳意象暗指詹姆斯国王（Zunder，1982：40-41）。多恩与爱妻是秘密结婚，二人虽然婚姻美满，但是遭到上层人士包括他的岳父对他的反对，甚至他的职务也被解除，并被投入监狱，在这首诗中诗人将太阳意象降格，让其听从诗人的调遣，命令它做好自己分内的事，如去斥责迟到的小学生和慢吞吞的伙计，去告诉国王就要出去打猎等等，对于诗人来说，爱情胜过一切，不受季节和气候的影响，能够穿越时空，因此在诗歌的末尾"既然你职责 / 是温暖世界，那温暖我们就完事。/ 在这里照我们，你就无处不在了；/ 这床是中心，这四壁，你的轨道"。多恩"对太阳的谩骂和谴责可以认为是对干涉他同安妮恋爱、结婚的上层社会权贵（包括他岳父）的斥责"（周忠新，王梦，2009：46）。让那些"迂腐的老傻瓜们"各司其职，不要对他们的甜美爱情横加干预、指手画脚，主人公最后安然地接受了"太阳的温暖照耀"这一行为则意味深长，傅浩在给这首诗歌的"去告知宫廷猎手，国王将驰猎"一行的注释是"英王詹姆斯一世酷爱打猎"，因此不难看出多恩的诗歌对现实社会的指涉和批评。

　　布雷勃克认为："倘若艾略特不是他时代的最著名的诗人，他本会成为最杰出的批评家。"（艾略特，裘小龙 译，2017：20）艾略特反对后期浪漫主义的空泛的抒情，提出思想感性化，并以博学进行了有意识的实践，譬如在诗歌《序曲》中的诗句"世界旋转，像个古老的妇人在空地中拣煤渣"揭示出世界是荒唐与无序的；《窗前晨景》中人们的空虚灵魂被喻为"女仆们潮湿的灵魂 / 在大门口沮丧地发芽"；《南希表妹》要跳"所有的现代舞"；众多《波士顿晚报》的读者们"像一片成熟了的玉米地在风中摇晃"。《斗士斯威尼》中的斯威尼是同名系列诗中的一个荒淫之徒，他一生"一无所有，除了三件事 / 那就是一切，那就是一切，那就是一切，那就是一切 / 出生、性交、死亡"，等等。诗人以犀利的目光、睿智的心灵发现人性的"丑"和"恶"，明鉴物欲横流与情欲横流对人性的侵蚀，痛斥世俗主义对传统人文教育和人文主义精神的污染和腐蚀，用自己的笔揭示出来予以批判，发出了"群氓终归是群氓"的断言，抒发自己的愤怒和感慨。譬如在《海伦姑姑》一诗中：

> 海伦·斯林斯比女士是我未嫁过人的姑姑，
>
> 在近时髦地段的一栋小房子里居住，
>
> 前前后后，足足有四个仆人把她照顾。
>
> 现在她去世了，天国里一片静默，
>
> 她居住的那条街尽头，同样阒寂无声。
>
> 百叶窗已拉下，殡仪员擦了擦他的鞋——
>
> 这样的事以前也发生过，他清楚。
>
> 那些狗倒是被照看得好好的，食料挺足，
>
> 但过了不多久，那鹦鹉也一命呜呼。
>
> 德累斯顿出产的钟依然在壁炉上滴答响，
>
> 而那个男仆坐在那张餐桌上，
>
> 把那第二号女仆在膝盖上抱紧——
>
> 女主人在世时，他曾一直那样谨慎小心。
>
> （艾略特，裘小龙 译，2017：33）

在这首诗中，一个谨小慎微的上流社会的一位老处女离世了，她死后只留下了狗、鹦鹉和一座德国产的钟表，诗人对海伦姑姑直接的描绘泼墨不多，而描述更多的是通过她去世后的情景，从侧面让读者了解到这个人物。艾略特运用戏剧化的表现手法描绘出"海伦姑姑"的离世以及在她的尸骨未寒之际，她的男仆和女仆在餐桌上的偷情一幕，揭示出人与人的隔阂和世态炎凉、人情冷漠的主题。

诗人艾略特批判现实主题在《荒原》中的"风信子女郎"形象的塑造上展现得也是淋漓尽致：

> "一年前你赠给我风信子；
>
> 他们叫我风信子女郎。"
>
> ——可当我们回来晚了，从风信子花园而归，
>
> 你的臂膊抱得满满，你的头发湿透，
>
> 我说不出话，眼睛也看不见，我
>
> 不死不活，什么都不知道，

注视光明的中心，一片寂静。

（艾略特，裘小龙 译，2017：73）

《荒原》发表于 1922 年，反映了经历了第一次世界大战后西方世界一代人的幻灭和绝望，往昔的人类文明和传统价值观的衰落。该诗捕捉住了一片荒原般的"时代精神"，人们虽生犹死，因为他们"每个人的目光都盯在自己足前"。诗中说话者站在荒原上，过着虽生若死的生活，在无聊间隙回忆起珍贵的青年时代——"风信子女郎"是美好回忆的代表，也是诗人艾略特心中女性之美和爱意情怀的具象，寥寥几句诗行，诗人传递给读者的是西方社会的犹如荒原般的无望，美好的回忆只能是过去的，现实社会带给人们的是"不死不活"的状态。除此之外，诗人艾略特在该诗中还以生动的笔触描绘出被死亡阴影笼罩下的英国大都市伦敦，在诗中不断插入伦敦城的描写：

虚假的城市，

在冬天褐色的晨雾之中，

伦敦桥上人群涌流，如此多的人，

我从未想到死亡牵连了如此多的人。

（李维屏，戴鸿斌，2011：119）

诗人艾略特说："《荒原》是对生活中的一种个人的、毫无意义的牢骚的发泄。"在他的笔下，伦敦城是虚假的，就像诗中描绘出的渔王的荒凉土地一样，那么多的人时时刻刻被死亡威胁。在《荒原》第四章"水里的死亡"中："腓尼基人弗莱巴斯，死了已两星期，/忘记了水鸥的鸣叫，深海的浪涛 /利润与亏损。/海下一潮流 /在悄声剃净他的尸骨。在他浮上又沉下时 /他经历了他老年和青年的阶段 /进入漩涡。/外邦人还是犹太人 /啊你转着舵轮朝着风的方向看的，/回顾一下弗莱巴斯，他曾经是和你一样漂亮、高大的。"（艾略特，赵萝蕤 译，2000：16）在这短短的 10 行诗中，诗人云淡风轻地描述了一幅令人毛骨悚然的水葬镜头，以叙述者的口吻告诫他的同胞："想想弗莱巴斯，他曾经也同你们一样英俊潇洒。"诗人似乎在暗示读者，荒原上的水同春天一样充满了死亡的阴影。诗人对"一战"后的西方现实世界发出了无声的批判和辛辣的讽刺。诗歌的末尾更是耐人寻味地以一首著名的儿歌"伦敦桥倒塌了"结束，揭示出西方世界仿佛荒原一般不可救药、难以复苏，但是荒原究竟是否得到了拯救，诗人没有给出答案，这种开放性的结尾，虽然模棱两可，但是却表达了诗人对现实的无奈，哲学家维特根斯坦说"凡是不能说的一切，只能保持沉默"，艾略特的"沉默"恰恰诠释出诗人的批判现实的叙事主题。

在《四个四重奏》的《小吉丁》中：

老人衣袖上的灰尘
全是烧过的玫瑰留下的灰烬。
浮悬在空中的灰尘
标志着一段历史终结的地方。
现在吸进去的灰尘曾经是一座住房——
墙壁、老鼠和护壁板。
希求和失望的死亡，
这是空气的死亡。

嘴巴里、眼睛上
是洪水，干旱、
死水和死沙
在争先。
干透了的贫瘠土壤
咯咯地干笑，
朝着无效的劳动呆呆地张望。
这是土的死亡。

水和火继承
这城、野草和牧场。
水和火嘲弄

我们拒献的牺牲。

水和火将要破坏

圣殿和唱诗班席位的已损毁的基础,

那已被我们忘却的基础。

这是水与火的死亡。

在拂晓前难以确定的时刻

漫漫长夜接近终结

又回复到无终点的终点

吐着火舌的黑鸽

在它飞归而消失在视界之外

（艾略特，赵萝蕤译，2000：83）

　　《小吉丁》是艾略特《四个四重奏》中的最后一部，诗中的"小吉丁"是英国一个具有历史意义的小村庄，在这个村庄里坐落着 17 世纪英国内战时期国教徒聚居点的一个小教堂，是诗人艾略特和其祖先生活中非常具有纪念意义的四个地点之一。这首诗发表于"二战"期间的 1942 年，诗歌描绘了一次德国空袭后的场景，当时的世界处于危险之中，该诗围绕着四大元素之一的火写成，在这首诗中，火既是人们所处的世界中的毁灭性、灾难性的元素，又是净炼之焰，给人带来拯救的希望。艾略特当时是在伦敦街头的一名巡防队员，目睹了战争中的硝烟弥漫和人生的无常，诗歌在有限与无限、瞬间与永恒之哲学思辨的基础上探讨了生与死这一哲学命题，将肉体的死亡和精神的延续作了讨论，主张"开始就是结束，结束就是开始"，为有限与无限、瞬间与永恒增添了迷幻的哲学思辨色彩。在这三段诗节中诗人描述的是 19 世纪 40 年代正处在战火中的英国，德军空袭期间，在爆炸之后，尘埃悬浮在伦敦上空达数小时之久，然后逐渐落在人的衣服和袖口上，积一层白色灰尘，诗人作为当时的巡防队员，目睹了遭到空袭重创的伦敦，"吐着火舌的黑鸽"指的是德军的轰炸机，诗人以这种独特的方式描绘了战时的惨景以及人们面对残酷战争的恐惧和无望，诗人提出了那个古老的问题：如何解脱罪恶与谬误？火的净化依然是唯一出路，"在干柴堆和柴堆的选择之中，从火焰到火焰去获得拯救"。经历了两次世界大战的艾略特在"二战"的至暗时刻写下了这部深刻而美丽的沉思录，这篇哲理诗向世人抛出了关于人生和永恒的核心问题，即什么样的人生才是有意义的人生。

6.2 陌生化和戏仿的叙事手法

陌生化（defamiliarization）是 20 世纪初由俄国文艺理论家维克多·鲍里索维奇·什克洛夫斯基（1893—1984）在《作为技巧的艺术》（*Art As Techinique*，1917）一书中提出的文学理论，所谓"陌生化"就是"使之陌生"，使对象变得困难，就是要审美主体对日常生活的感觉方式支持的习惯化感知起反作用，增加感受的难度和时间长度。文学陌生化手法不仅可以用在语言技巧方面，还可以用在体裁、立意、布局构思和表现手法等方面（周忠新，2009）。玄学派诗歌的重要特点之一就是运用"奇喻""巧智"以及逻辑哲学的"三段论"等陌生化表现手法；现代派诗歌在俄国形式主义文学批评理论的影响下，其陌生化表现手法也是重要的文学特征之一。

譬如，在多恩的《挽歌十九：上床》（*Elergy 19：To His Mistris Going to Bed*）诗人使用了典型的玄学奇喻来描写情人们的第一次幽会时的惊与喜，以达到陌生化的效果：

> 请恩准我漫游的手，让它们去走：
> 上上、下下、中间、前前、后后。
> 我的亚美利加哟，新发现的大陆，
> 我的王国，仅一人占据时最稳固；
> 我的宝石的矿藏，我帝国的疆土，
> 发现你如此，我感到多么地幸福！
> 进入了这契约，即获得自由权利；
> 我的手落在了哪里，印就盖哪里。
> （但恩，傅浩 译，2016：59-60）

什克洛夫斯基指出："艺术的目的是要把熟悉的东西通过艺术手法的加

工变得不熟悉，使我们对它感到陌生、新鲜，从而对它发生兴趣，产生去仔细观察和了解它的强烈愿望。"（钱佼汝，1989：30）这段诗行中的"新大陆""印章"表达了情人间的狂喜与新奇，方位名词"上上、下下、中间、前前、后后"暗示了情人身体的敏感部位，随着手的移动则含蓄地表达了情人幽会的独特美感，读者被诗人的陌生化的语言表现形式和意象所吸引，因而产生强烈的兴趣，审美过程被延长，隐藏在文本下面的艺术审美张力得以实现。再譬如玄学派诗人安德鲁·马维尔在《致他的娇羞的女友》一诗中"让我们趁此可能的时机戏耍吧，/像一对食肉的猛禽一样嬉狎"。什克洛夫斯基认为审美过程是艺术的目的，审美过程越长、难度越大，艺术效果就越好，从一般常理上来说，"恋人"与"食肉的猛禽"是八竿子打不着的两个概念，似乎难以类比，但是诗人却利用它们之间的一个类似点"捕食"进行"似非而是"的诡辩，即恋人的"捕食"是为了享受爱情的愉悦，就像食肉猛禽的"捕食"为了享受美餐一样，及时行乐的恋人在这里被类比成一对食肉猛禽，这种类比增加了阅读难度，因而读者的审美过程被拉长，读者的兴趣被吊起来，诗歌的艺术效果就实现了。

艺术之所以存在就在于使我们恢复对生活的感受，使我们感觉到事物，使石头像石头的样子。艺术的目的是表达人们在感知事物而不是认知事物时的感受。艺术的技巧就是要使事物变得"陌生化"，使形式变得困难，增加感知的难度和时间的长度，因为感知过程本身就是审美目的，必须把时间拉长（钱佼汝，1989：30）。

玄学派诗人理查德·克拉肖（Richard Crashaw，1613？—1649）也是位文学造诣颇深的诗人，他的诗歌风格深受多恩的影响，其中的比喻令人叹为观止，譬如《圣女·玛格德琳》一诗："如今不论他走向何处，/在加列利的山区/或者更不受欢迎的地方，/他总有两座喷泉忠实相随，/两个能走的浴池，两个哭泣的动体，/两个可以手提的简要海洋。"（王佐良，何其莘，2006：249）什克洛夫斯基指出，文学语言是一种经过艺术加工以后有意变得"困难"的语言，诗歌语言就是一种困难的、粗糙的、受到阻碍的语言，克拉肖诗歌中的"相随的喷泉""能走的浴池""手提的海洋"这些奇特的意象都是诗人运用陌生化的写作手法，意指人的眼泪，玄学派诗歌中的这种丑的、超常的夸张才思塑造出来的意象，反而给作品带来意想不到的审美张力，给人耳目一新的感觉，进而实现了"陌生化"的审美效果。

这种陌生化的似非而是的诡辩技巧被 20 世纪现代派诗人充分利用，战后的西方社会呈现出极其丑陋的一面，现代派诗人为了再现这一情景创造出使人耳目一新的意象，为现代派诗歌注入了新鲜的血液，如 T. S. 艾略特在《荒原》（*The Waste Land*）一诗中写道：

> 四月是最残忍的月份，哺育着
>
> 丁香，在死去的土地里，混合着
>
> 记忆和欲望，搅动着
>
> 沉闷的根芽，在一阵阵春雨里。
>
> 冬天使我们暖和，遮盖着
>
> 大地在健忘的雪里，喂养着
>
> 一个小小的生命，在干枯的球茎里。
>
> （艾略特，裘小龙 译，2017：71）

俄罗斯语言学家波捷勃尼亚（Alexander Potebnya，1835—1891）认为："如果没有形象，就不存在艺术，尤其不会有诗歌。"（转引自朱刚，2006）在这短短的诗节里，诗人一反常理使用了三个令读者震惊的十分突兀的意象：残忍的四月、死的土地上的丁香和暖和的冬天，这与人们日常所感知到的"春意盎然的四月""清香四溢的丁香"以及"寒风凛冽的冬天"截然相反，读者的感知遇到矛盾不得不被延长！在艾略特笔下，四月被描绘成"最残忍的月份"是因为在四月，万物是从已逝的春天里复苏过来的，而丁香花的绽放也是从已逝的春天大地上孕育而生，这种"记忆"显然带着一种死的痛苦，这种"欲望"也伴随着求生的渴望和挣扎，即这种复苏和绽放都是伴随着春天的死的痛苦，而冬天的大雪却能让人"忘却"所有的痛苦记忆。因而相比之下，冬天比四月更让人感觉安慰和被慰藉，它用枯干的根须维持着万物的生命。"文学领域的审美偏离主要是指对常规语言表达进行改造和美化的话语修辞活动，从而以陌生化的语言形式编织出审美的文本。"（谭善明，2017：15）。也就是说陌生化的审美感受正是体现在这类"偏离"之中，在这首诗中诗人艾略特通过这三个突兀的不符合常理的意象，即"偏离"，使读者仿佛看到了一幅幅战后西方社会所呈现出来的极度荒唐、贫瘠、枯涩和绝望的画面。现代派诗歌一度被认为晦涩难懂，一方面是因为所处的 20 世纪初期的现代社会复杂多变、不可捉摸，诗人们为了再现这一现实不得不采取这一手法，他们汲取了玄学派的诗风，再加上自己的创新发展，但恰恰是这一"玄妙"使得读者感到"陌生"，使对象形式变得困难，增加感受的难度和时间长度以实现审美目的和感受力。现代派诗人笔下的陌生化的意象还有很多，譬如《波士顿晚报》一诗中：

《波士顿晚报》的读者们

像一片成熟了的玉米地在风中摇晃。

当暮色在街头稍稍加快步子，

在一些人身上唤醒生活的欲望，

给其余的人带来了《波士顿晚报》。

我登上楼梯，按着门铃，疲惫地转过身，

像一个人转身向罗奇福考尔德点头告别——

如果这条街是时间，他在街的尽头，

我说："哈里特表弟，给你《波士顿晚报》。"

（艾略特，裘小龙 译，2017：32）

一切艺术形式都是通过感知才产生审美效果的，在艺术感知中，感知过程本身是第一要素，因为艺术审美产生于艺术的感知过程，文学形象的感知与非文学形象的感知不同，它有意识地使被感知对象变得困难，使它和读者固有的体验不甚相同甚至完全相反，使得意义的获得变得艰涩，延长了读者的体验过程，即陌生化的感知过程（estrangement），而陌生化带来有趣的审美体验，文学中的陌生化包括文学形式、内容以及语言等诸多层面上的陌生化手法。这首诗中的意象包括《波士顿晚报》的读者们、玉米地、楼梯、门铃、表弟、暮色、街头以及其余的人，其中《波士顿晚报》是贯穿全诗的核心意象，告诉读者这个世界至少由两部分人组成，一部分是活跃的，能够由于某种欲望唤起后去搅动这个世界，但是这部分人是少数，大多数人即"其余的人"甚至连生活的欲望都已丧失，他们麻木、冷漠，仿佛行尸走肉，他们只是等着晚报来消磨时光，哈里特表弟是其中的一位。艾略特对大众读者的描写发人深思、耐人寻味。"成熟了的玉米地"带给人们的应该是丰收的希望，但是"在风中摇晃"的玉米地则随时有被风吹倒的可能，反而让人增添了绝产的不安，这个比喻意象暗指那些在大街上没有思想的人随风摇摆，《波士顿晚报》被带给那些丧失了判断是非标准、毫无教化可能的"其余的人"，艾略特把大众报纸的麻醉作用比喻成了精神鸦片，在这种鸦片的麻醉下，大众已经走到了时间的尽头，毫无希望。"暮色""风"的意象暗示生活或者命运，他们能够唤起一些人的欲望，但也给其余的人提供了使之麻木、漠然的因素，当暮色稍稍加快了步子，使人联想到生活的节奏，"如果这条街是时间，他在街的尽头"，诗人把大街比作时间，大街是有尽头的，但是难道时间也是有尽头的吗？罗奇福考尔德是一位法国著名的散文家，是位清醒的悲观主义者，早已消失在历史的烟尘中，他愤世嫉俗地评议他所处的社会，其中充满了幻灭和忧郁感，诗人艾略特的这句"向罗奇福考尔德点头告别"是虚拟的，是对罗奇福考尔德的那句"德行消失于利欲之中，正如河流消失于海洋之中"的点拨，读者会被这种陌生化的写作手法带入沉思，因而感知被延长，这种独特的意象塑造和意境，使读者的感知和理解过程被延长加深，读者不禁感叹现代社会中的芸芸众生如此缺乏思想，毫无自主地在报刊宣传工具的宣传控制下摇晃！诗人艾略特内心深处的美好愿景、幻想在现实社会中只是一座空中楼阁，一股悲凉的命运之感袭上心头，诗歌的审美张力得以实现。

诗歌语言作为文学语言的一分子，具有很强的"文学性"，它有别于日常用语，具有晦涩、非通顺、障碍重重等特征，而"困难的形式使读者摆脱习惯性的经验，克服反应的自动化，达到延长审美感知的目的，让文学魅力得到了张扬"（郭晨，王艳文，2021：58-59）。艺术的技巧之一就是使得文学对象陌生化，陌生化的手法包括语言、意象、内容、主题等，使形式变得困难，增加感觉的难度和时间长度，因而带来有趣的审美体验，艺术的审美张力得以实现。现代派诗歌作品《序曲》中"世界旋转，像个古老的妇人／在空地中拣煤渣"是陌生化艺术手法成功运用的另一案例，西方现代世界衰败没落、凄凄惨惨，在这个意象中表达得淋漓尽致、惟妙惟肖；以及《空心人》中："我们是空心人／我们是稻草人／互相依靠／头脑子塞满了稻草。唉！／我们在一起耳语时／我们干涩的声音／毫无起伏，毫无意义／像风吹在干草上／或像老鼠走在我们干燥的／地窖中的碎玻璃上／有声无形，有影无色，／瘫痪了的力量，无动机的姿势"，这些陌生化的意象，真实却不美甚至丑陋，但是诗人的陌生化文学手段反映了真实的生活，反映战后西方社会麻木、迟钝、病态的现实世界，是时代的写真，描绘出一幅西方"现代人"的精神空虚的画像，悲观和虚无主义色彩弥漫在整首诗中，诗人通过已知揭示未知，"使石头成其为石头"，通过读者熟悉的形象让他获得新的知识体验，即通过没有思想、木讷的稻草人或老鼠形象揭示出战后西方人的毫无生机、呆头呆脑的形象。

　　"文学的写作伴随着对它自己现今和以往的回忆。它摸索并表达这些记忆，通过一系列的复述、追忆和重写将它们记载在文本中，这种工作造就了互文。"（萨莫瓦约，2002：35）吉拉尔·热奈特使用"超文性"来指所有把一篇乙文和一篇已有的甲文联系起来的关系，而且这种移植不是通过评论的方式来实现，超文的具体手法包含了对原文的某种转换或模仿。戏仿是对原文进行转换，有的以漫画的形式反映原文，有的挪用原文，但是不管哪种方式，它都表现出和原有文学之间的直接关系。戏仿的目的或是出于玩味和逆反，或是出于欣赏，戏仿几乎总是取材于经典文本或是教科书里的素材。现代派大师艾略特对玄学派代表安德鲁·马维尔有意进行了戏仿，在《致他的娇羞的女友》一诗中：

　　　　但是在我背后我总听到

　　　　（But at my back I always hear）

　　　　时间的战车插翅飞奔，逼近了；

　　　　（Time's wingèd chariot hurrying near；）

而在那前方，在我们面前，却展现

（And yonder all before us lie）

一片永恒沙漠，寥廓，无限。

（Deserts of vast eternity.）

（杨周翰，1985：155）

这短短的四行诗，韵律短促急骤，一反前面文雅舒缓、娓娓道来的韵律，内容也从刚才描述的人的欢乐突然变成了永恒的寂寥，表达了时不我待的急切心情，"时间的战车插翅飞奔"，如果再这样蹉跎，一切都会随时光远去，未来只会看到无望的、没有生机的沙漠。诗人运用巧智将话题转到"死亡之思"，向爱人进言："坟墓固然是很隐蔽的去处，也很好，/但是我看谁也没在那儿拥抱。"既然如此，你又何必如此矜持？难道留着你的美丽和贞洁让蛆虫去享用？诗人把一件事关生死的大事以调侃诙谐的语调轻描淡写地阐释出来。戏仿一般是指对著名大师的作品风格或具体作品的仿拟，以一种幽默或夸张的方式，通过改写、置换等写作技巧，或表达新的思想，或传达某种神韵，或表现熟悉的情景或情境，或进行讽刺等，从而构成对被戏仿对象的承继，这也属于互文的一种，此类互文的运用使作品内涵更加丰富、联想空间域扩大。马维尔的这四行诗在两百年后被现代派代表诗人艾略特在《荒原》一诗中全文引用：

甜蜜的泰晤士，轻轻地流，直至我唱完歌，

（Sweet Thames, run softly till I end my song,）

甜蜜的泰晤士，轻轻地流，我唱得不响，不多。

（Sweet Thames, run softly, for I speak not loud or long.）

但在我的背后，在一阵冷风中我听到

（But at my back in a cold blast I hear）

骨头咯咯作响，并咧着嘴大笑。

（The rattle of the bones, and chuckle spread from ear to ear.）

……

但在我的背后，时复一时我听到

（But at my back from time to time I hear）

喇叭和马达的声音，在春天

（The sound of horns and motors, which shall bring）

为波特夫人带来斯威尼。

（Sweeney to Mrs. Porter in the spring.）

（艾略特，裘小龙 译，2017：83-84）

　　"引用行为"本身是具有改造作用的，一句话或一段话被引用到另一个文本中，必然会由于"引用行为"在新的语境中产生不同的反响（谢占杰，2018：46），这是《荒原》第三章"火的布道"中的一段，诗人艾略特对马维尔的有意戏仿，在这首诗中，佛要求他的众门徒悟出如何躲避情欲的熊熊烈焰，如何过一种神圣的生活，最终达到涅槃新生，避免生死轮回，火的象征是毁灭性的。《荒原》反映了战后西方世界整整一代人的精神幻灭和绝望，诗人笔下的荒原——现代社会处于一片混乱和衰退中，诗歌的主题是荒原的拯救。"火的布道"描述的是情欲之火造成的猥亵，空洞而虚伪的爱，诗歌呈现出伦敦城各种各样的画面，曾经"甜蜜的泰晤士"，如今周遭再也见不到任何仙女的踪影，"我，铁瑞西斯"，一个能占卜未来的人物，看到了一个女打字员和一个脸上长着疙瘩的青年之间有欲无爱的关系，赵萝蕤先生认为这个铁瑞西斯实际上就是冷眼旁观的诗人自己。"但在我的背后，时复一时我听到 / 喇叭和马达的声音"是对马维尔诗中的"但在我背后我总听到 / 时间的战车插翅飞奔，逼近了"的有意戏仿，原文中的"时间的战车"被"喇叭和马达"所代替，既形成了一个对现代社会的讽刺，用现代社会的东西代替原来想表达的东西，同时又引出后面的两个人物：波特夫人和斯威尼，暗示现代社会男女之间的媾和。诗人使用了戏仿，增加了读者的想象空间，表达了对都市的思考以及对荒原拯救的思考，在诗歌的末尾诗人连用了五次"燃烧吧，燃烧，燃烧，燃烧，燃烧"，表达了诗人急切的心情，现代人一方面受着欲望之火的折磨，一方面又渴望着拯救，拯救还没有到来，他已经燃烧殆尽，彻底堕落或彻底沦陷了。在文学批评中，模仿一词通常有两种不同用法："其一，说明文学或其他艺术形式的性质，其二，表示一部文学作品和它仿照的另一部作品之间的关系，其中模仿还用于描述那种有意仿效某一古典作品，但借以表现作者本人时代题材的文学作品。"（艾布拉姆斯，吴松江 译，2009：248-249）艾略特在这段诗行中是有意模仿马维尔的诗行，借以表达西方现代社会的荒芜景象以及人们之间有欲无爱的精神荒原。

6.3 独特的时空意识

"时与空是文学文本的两个必要维度，每一种时间与空间的组合都赋予了文学作品不一样的'现实感'与'历史感'。"（苏琳，2020：146）英国玄学派与英美现代派诗歌作为世界文学史上的两大重要流派，二者的代表作品都具有文本的超时空性。首先玄学派文本呈现出碎片化的时空特征，譬如"这四壁是你的轨道，昨日太阳从这里离别，可今日又在此处"；而现代派文本恰恰也是突破时空限制，呈现出时序的错位与颠倒特征，譬如《情歌》一诗中的时间不再是历时的、线性的，而是空间意识流化地展现给读者。

16 世纪和 17 世纪自然科学的迅猛发展，诗人们的时空意识都发生了根本转换，他们有别于以前的作家，特别是有别于中世纪被宗教思想所统领苑囿的作家。譬如多恩的诗行"爱情，都一样，不知季节、气候，/ 或时刻、日月，这些时光的碎布头"（《旭日》），"虽说那是一小时前，而恋人的每个小时都仿佛地久天长"（《遗产》）。在这些诗行中，诗人多恩表达了爱情超越时空的思想，对超越时间的永恒爱情的向往和对人生意义的尊崇，诗人时间概念的表达充分地展现了崭新的时空意识。在玄学派诗人安德鲁·马维尔的诗歌《阿普尔顿府邸颂》中时空意识也一反中世纪的创作理念和手法，诗人在文学空间里对宇宙空间展开了想象的翅膀，马维尔利用其模糊的身份在费尔法克斯府邸创作出了《阿普尔顿府邸颂》，一个过去是现在的参考，未来是确定的但是当下有着多种可能性的世界。在这首诗中，马维尔把自己设想为一位幽默的有自主权的画家自由地对费尔法克斯进行幻想、打交道甚至是批判。在这首诗中世界已经发生了质的飞跃，"世界不再是原来的模样，/ 猛然一掷变成粗鲁的堆砌，/ 海湾和沙漠，悬崖和石块，/ 出于疏忽而全被颠来倒去。／你的小世界也不过是这样，／只有在更好的秩序中驯长，／你是天国中央，自然之膝，／唯一的地图通向极乐天堂"（Marvell，2013：241）。《花园》一诗是玄学派诗人马维尔的一首表达理想的"花园境界"（garden-state）的诗，也被学界认为是诗人表达个人出世厌世态度的作品，诗人描绘出一幅现实的花园景象：

> 多才多艺的园丁用鲜花和碧草
>
> 把一座新日晷勾画得多么美好；
>
> 在这儿，趋于温和的太阳从上空
>
> 沿着芬芳的黄道十二宫追奔；
>
> 还有那勤劳的蜜蜂，一面工作，
>
> 一面像我们一样计算着它的时刻。
>
> 如此甜美健康的时辰，只除
>
> 用碧草与鲜花来计算，别无他途！
>
> （杨周翰，1985：168）

在这段诗行中，"园丁"在花园中用各种"鲜花"和"碧草"制作了一个"新日晷"，用颜色各异的植物对应着不同的时间刻度，"日晷"是和时间紧密相连的意象，对应着时间的流逝，诗中的叙说者体会到时间的紧迫，花园中不仅"勤劳的蜜蜂"需要一面工作，一面计算着它的时刻，就连温和的太阳都要急迫地沿着黄道十二宫奔忙，"计算时间的'日晷'和'太阳'穿过'黄道十二宫'运行的意象，都暗示这座花园受到时间的制约，而受到时间制约的任何事物都是可朽的，短暂的，不完美的"（胡家峦，2001：59）。诗人笔下的时空艺术手法，诠释出世间万物无论蜜蜂还是太阳都为时间紧迫而奔忙，作为叙述者的"我"也必须行动起来，因为人生短暂、时不我待，安逸的花园生活注定是短暂的。

在马维尔的另一首诗歌《致他的娇羞的女友》中，诗人简直把时空观念玩弄在股掌之间，这首诗歌的内容以及题材不少文人墨客都曾歌咏吟诵过，人家一般把情人约会放在幽静的花园之类的地方，但是马维尔在这首诗中一下子把空间扩大到印度，把时间从创世记扩大到世界末日，他愿意花上若干个世纪去赞美爱人身体的各个部分，只有这样的"气派"才配得上她的身份：

> 你可以在印度的恒河岸边
>
> 寻找红宝石，我可以在亨柏之畔
>
> 望潮哀叹。我可以在洪水
>
> 未到之前十年，爱上了你，
>
> ……
>
> 我要用一百个年头来赞美
>
> 你的眼睛，凝视你的蛾眉；
>
> 用二百年来膜拜你的酥胸，
>
> 其余部分要用三万个春冬。
>
> （杨周翰，1985：155）

　　诗人宏大而又跳跃的时空观，丝毫不会使读者有突兀之感，仿佛在向自己的爱人娓娓道来自己的倾慕之情，时间的战车不等人，没有人会在隐蔽的坟墓里拥抱，抒发出爱情要珍惜、青春一去不复返的情怀，诗人运行于时空之上，指出趁时光还早，像一对食肉的猛禽一样相互嬉狎，与其受时间慢吞吞地咀嚼而凋枯，不如把我们的时间立刻吞掉，通过厮打把我们的欢乐，从生活的两扇铁门中间扯过，即以后的人生路上可能充满了荆棘艰辛，所以我们要及时地享受爱情的甜美。

　　20 世纪科学技术飞速发展，科技改变了人的时空观，也不断刷新着人们对客观事物的感察与认知，改变了人们的时空观念，诗人们大胆地否定单一、线性时间的文学叙述模式，而是"运用现代性的时间观，将战后的精神重建寓于现代主义的审美表达中，重塑了时间秩序与现实价值"（金露，2022：76），为反思战争及其带来的创伤提供了重要依据。现代派文学是在现实主义小说无法充分展现战后人们的生活经验和现代心灵的困境，"作为某种衍生和补偿机制应运而生的"（杨有庆，2015：18）。现代派文学大大有别于传统文学作品中按时空变化秩序或者因果逻辑关系来组织结构的特点，舍弃了传统文学作品中线性叙事在时间和空间上的有序性，而是以人物内心精神活动来安排情节，其结构呈现出放射型和蛛网式的特点。现代派文学作家们发现战后现代社会中时间与空间感的变化，并试图运用诗歌的时空表征即时空意象寻求战后的复兴，他们有意改变传统结构内容，表现对象以"自我"为中心，让自我的各种感受、思绪、冥想、幻觉，甚至胡思乱想、胡言乱语向四处辐射开去，使得现在与过去、历史与未来往返穿梭，记忆的片段、破碎的现实与残留的梦幻互相交织，从而彻底打破原本固有的时空关系，将时空打乱或错置，使故事变得支离破碎，缺乏连贯性，甚至所塑造的人物形象模糊，背景朦胧，时空交错混乱，以期实现以现代性的诗歌叙述手法诠释和重建西方社会"荒原"般的精神世界。艾略特作为英美现代派文学的代表，曾经指出作为艺术家，他需要感觉到远古与现在是同时存在的，因为"正是这种感觉使一个作家能够敏锐地意识到他自己在时间中的地位"（艾略特，裘小龙 译，2017：26）。

　　"时间"是西方现代主义作家共同关注和思考的问题，普鲁斯特的《追忆似水年华》就是要在时间中追回那已经失去的岁月，福克纳的《喧嚣与骚动》也被一些评论家认为是一部试图征服时间的书，海德格尔也认为"存在只有在时间中才能成为可能"。英美现代派的代表诗人 T. S. 艾略特认为："历史由时间形成，时间由意义形成，因此，历史感就是对于时间意义的认识，而时间的意义又必须通过特定的地点才能得以理解。"（曾艳兵，2012：47）他的长篇组诗《四个四重奏》就是围绕着时间这个主题展开的，是探讨永恒和时间的哲理诗，他带领读者在具体的历史维度中探索永恒和时间的辩证关系："一个没有历史的民族 / 无法从时间中得到拯救，因为历史是一个 / 无始无终之时刻的图案。这样，当一个冬日下午，/ 光线渐渐暗淡，在一座僻静的教堂里，/ 历史就是现在和英格兰。"（艾略特，裘小龙 译，2017：235）诗人没有使用纯粹的十分抽象的概念，而是具象与抽象水乳交融地使用，在具象的时空体内穿插进诗人的时空观，西方有评论家认为《四个四重奏》是关于时间的最伟大的作品，王佐良先生认为"该诗是对时间的一部长篇沉思录"（王佐良，1997：437），每变换一个乐章，读者就被带入一个新的时空体。苏联文学理论家巴赫金给"时空体"的定义是：时间与空间关系在文学中被艺术表现出来的内在连接（Bakhtin，1981：84）。该诗根据四个不同的地名分为四个部分，四首诗都有其独特的时空体。首先，它们包含了三种截然不同的时间观，即凡人有生有死的线性时间、四季交替轮回的时间和上帝的超验时间。其次，这四首诗根植于具化的本土空间，即燃烧的诺顿花园、东库克的村庄、干赛尔维其斯和小吉丁。"燃烧的诺顿"是诗人祖先在英国的旧屋，"东库克"是诗人的先祖在英国居住时的一个村庄，"干塞尔维其斯"是美国东海岸的三个岛屿，"小吉丁"是英国另一个有意义的村庄，当时世界正处在第二次世界大战的劫难之中，面对这种世界性的浩劫，诗人在时间中寻找到了精神栖息之地。人生活在时间里，过去、现在和将来，历史也是时间构成的，任何事物的意义都离不开时间，包括文学作品的生命力也在时间里。《燃烧的诺顿》首先抽象地引出"时间"主题，试图打破时间和地点的束缚，把人们带入时空体——玫瑰园中，这是《四个四重奏》的第一乐章，诗人开篇就将读者带进一个回环式的时空中"在我的开始是我的结束"，轮转回环的时间对应的是循环利用的空间，历史在这里仿佛是回环往复的，玫瑰花园所在的诺顿庄园是一所典型的英格兰乡村庄园，修建于 18 世纪，由于年老失修，庄园往日的荣光不再。

> 时间现在和时间过去
> 也许都存在于时间将来
> 时间将来包容于时间过去。
> 如果时间永远都是现在，
> 所有的时间都不能得到拯救。
> 那本来可能发生的事是一种抽象，
> 始终只是在一个思辨的世界中
> 一种永恒的可能性。
> 那本来可能发生的和已经发生的
> 都指向一个终结，终结永远是现在。
> （艾略特，裘小龙译，2017：187）

这些抽象的诗句被诗人以艺术的手法加以变通，诗人在这里交代了各种时间（过去、现在、将来）之间的辩证关系，使得它们不仅是连接的，而且是交叉重叠的。诗人在对园中景象一番描述后，给出的答案是：人只有在时间中才能打破时间的局限性，貌似不运动的物体中其实有着运动，关键是需要深刻理解那富有启示性的时间——"绿叶中孩童的隐藏笑声"。《东库克》是四重奏中的第二首，东库克是诗人祖先居住的地方，后来在 17 世纪离开去了美国，而艾略特又回到了祖先居住过的家园，诗歌从时间涉及历史，探讨了时间变化和持续的关系，"在我的开始是我的结束……你不知道的东西是你唯一知道的东西 / 你拥有的东西正是你不拥有的东西 / 你在的地方正是你不在的地方"。诗人从对时间的思考引发出对历史、人生的深沉思索。《干赛尔维其斯》引出密苏里河这个"神"的形象，它曾经辉煌过但后来被机器崇拜取代，人们从此就将河流的潜在危险忘却了。河象征着人的时间，海象征着大地的时间，当人变老的时候，时间过去的经验有了另一个模式，不再仅仅是个结果，"时间这个毁灭者又是时间这个保存者"，人最终还是要回到"宗教"这片土壤。《小吉丁》是诗人在第二次世界大战中创作的，当现代世界处于危险之中，诗人回忆起历史的象征——"小吉丁"，艾略特当时是一名伦敦街头巡视的巡防队员，诗歌描述了德国空袭后的情景。该诗围绕着火写成，火既是人们生活的这个世界中的具有毁灭性的灾难元素，又是净炼之焰，给人带来最后拯救的希望，诗人在他的领路人带领下走过那像炼狱一般的历程。小吉丁是英国一个有历史意义的村庄，曾经有个宗教团体在此成立，17 世纪的玄学派诗人乔治·赫伯特、理查德·克拉肖都曾来过这个村庄。诗人用象征的手法把季节和地带融合在一起，预示着时间的无限和时间的有限这一辩证关系。

> 冬天一半时分的春天是自己的季节，
>
> 持久不变，近落日的一刻湿漉漉的，
>
> 在时间中暂停，在极地和热带之间。
>
> （艾略特，裘小龙 译，2017：222）

艾略特认为"只有看到所有时间都是同时存在的，人类所有的行为、痛苦、斗争因而也都是同时存在的，哲学上的'道'才能真正得到理解"

（艾略特，裘小龙 译，2017：18）。艾略特在《四个四重奏》中以象征主义手法呈现了关于时间和拯救的可能性，其时空意识上升到了哲学维度。这位现代主义大师离世后，按照他的遗愿，他的骨灰安葬在英国的萨默塞特郡的东库克圣麦可教堂里，墓碑上镌刻了其代表作《东库克》的首尾两句诗："在我的开始是我的结束"，"在我的结束是我的开始"。艾略特的祖先离开母国，漂洋过海到美洲谋生，而艾略特在多年后又选择回归祖先的故土长眠，肯定有其深刻的用意，在某种程度上来说诗人以他自己的所作所为践行了他的"时空观"。

另一位英美现代主义诗歌运动的鼻祖庞德（Ezra Pound，1885—1972）也写下了大量诗歌以及投入大量的精力推进现代艺术的进程，其获得博林根诗歌奖的《比萨诗章》，被誉为现代主义诗歌中的"天书"，发表于1948年，是诗人被羁押在意大利比萨拘留营时创作的诗篇，诗人将"破碎性"（fragmentation）艺术手法发挥到了无人企及的地步，诗歌描述了他希望的泯灭以及对自己的深省。这首长诗超越时空，从当代社会到原始社会，从美洲、欧洲到亚洲、非洲，囊括了多元文化，诗人通过对奥德赛返回家乡、但丁漫游世界和对理想社会的探索三条主线展开，使用平行并置和比较的艺术手法把不同社会、不同历史时期、不同人物置于同一时空层面，这一独特的时空观使其在英美现代派文学领域占有十分重要的一席之地。

> 那丢失的军团或如同桑雅那说过：
>
> 他们就死了，他们死是因为他们
>
> 无法忍受
>
> 卡曼看起来像"一颗萎缩的浆果"
>
> 20 年后
>
> 惠特曼喜欢牡蛎
>
> 至少我想是牡蛎
>
> 云层叠成一座假维苏威
>
> 泰山此侧
>
> 内尼，内尼，谁能继位？

"这样的洁白里，"曾子说，

"你们还能添加什么白色？"

对于可怜的老贝尼托

一位有一枚别针

一位有一截带子，一位有一只纽扣

他们都远在他之下

半生不熟的浅尝者

或只是一伙无赖

以 50 万的价钱把国家出卖了。

（庞德，黄运特 译，1998：136）

在这段诗行中，诗人以碎片化的叙事手段进行了思维层递的飞跃，大胆地切断了诗行与诗行之间在传统意义上的逻辑联系，首先是时间跨度：从 19 世纪美国到 20 世纪的意大利，再到公元前 6 世纪的古代中国。然后是空间跨度：从北美到欧洲然后到亚洲，在独特的时空语境下不同时代的不同人物被并置在一起，讲述了美国诗人惠特曼的饮食偏好、"二战"期间的政治现实和古代中国文人曾子歌颂孔子的美德。跨越时空的历史人物和题材互相审美关照，从诗人到政治人物再到文人墨客，实现了文本的宏大叙事。不仅如此，作为现代派作家之一，庞德的意象主义写作技巧成功地将作品表面杂乱无章的形式（即碎片化的意象堆叠）放置在某种深层的美学结构之中，为其长篇史诗《诗章》的内部结构提供了一种难能可贵的秩序和艺术张力。

现代派诗人们赋予城市和自然意象以现代性的空间功能，言说破碎与危机重重的战后世界，诗人们对单一的、线性的时间大胆否定，运用现代性的时空观念，将战后的精神重建寓于现代主义的审美表达中，重塑了时间秩序与空间秩序的表达方式，是一种崭新的大胆的尝试与改革。

综上所述，玄学派诗歌呈现出的碎片化的时空特征，现代派诗歌呈现出的非线性的时间，甚至时序的错位和颠倒，充分证明二者都具有文本的超时空性。

6.4 审美意识

玄学派诗歌打破了文艺复兴时期的文学传统，运用"奇喻"等玄学手法，在审美意识领域表现出其"现代性"，"多恩的诗歌及祷文的很多意象给人以怪诞、病态乃至阴森恐怖之感"（林元富，2003:93），譬如在《圣骨》中，"那个掘墓的人，一眼看到 / 金发如镯绕白骨"，诗人把爱情主题放到坟墓里加以演绎推理，给人以怪诞、恐怖之感，即"人文主义危机"；而现代派文学的重要审美特征就是其"审丑"，包括主题情节的荒诞、用喻的陌生化等等，譬如"去年你种在花园里的尸体，抽芽了吗？""似乎我们脚下的大地 / 是 / 某个天空的粪便"等，两大流派在审美意识领域具有很大的相似性。

6.4.1 圆形意象的审美

古希腊哲学家毕达哥拉斯把天体看成圆球形，"认为圆球形是最美的形体"（朱光潜，2007：5）。柏拉图也说："神以自身的形象创造宇宙，把它做成了圆形，这是所有形体中'最完美、最自我相似的形体'……圆形是传统宇宙结构中占支配地位的形状。文艺复兴时期英国诗人大多数是以圆形对世界上的一切进行观察和思考的。"（胡家峦，2001：52）玄学派诗人们认为圆是完美的象征，玄学派诗歌作品中充满着圆形意象，既包括具象的如圆规、地球、钱币等，也包括非具象的如爱情的、社会的以及精神的等各个层级。玄学派诗人安德鲁·马维尔的诗歌也以各类圆形意象来抒发诗人内心世界与外部世界的互通与互动，以此来反映人与人、人与世界、人与自然等的多重关系。在《花园》一诗中，马维尔不仅使用了"苹果""葡萄""桃子"等一系列植物圆形意象来描绘自然中的美景，还使用了"太阳""日晷"等圆形意象来表达一种时间概念，诗人将长满了鲜花和碧草的花园比喻为能够测量时间的圆形意象"日晷"，以花园为沉思对象，强调时间观念对花园的影响。

> 成熟的苹果在我头上落下；
>
> 一串串甜美的葡萄往我嘴上

> 挤出象那美酒一般的琼浆；
>
> 仙桃，还有那美妙无比的玉桃
>
> 自动伸到我手里，无反掌之劳；
>
> 走路的时候，我被瓜绊了一跤，
>
> 我陷进鲜花，在青草上摔倒。
>
> ……
>
> 多才多艺的园丁用鲜花和碧草
>
> 把一座新日晷勾画得多么美好。
>
> （杨周翰，1985：167）

诗歌中植物类的圆形意象"葡萄、仙桃、玉桃、苹果、瓜"，天文学中的"日晷"等圆形意象都给人以美好的寓意，折射出玄学派诗歌的审美张力。在马维尔的另一首诗歌《致他的娇羞的女友》中，男主人公的那句"让我们把我们全身的气力，把所有／我们的甜蜜的爱情揉成一球，／通过粗暴的厮打让我们的欢乐／从生活的两扇铁门中间扯过"，男女恋人们把柔美的爱情想象成一个球，通过粗暴的厮打，冲出生活的铁门，诗歌表现出的对爱情的狂热激动，反映出了诗人内心的矛盾冲突的同时，也彰显出玄学派诗人们对圆形意象的情有独钟，诗人马维尔借助于圆形意象，表达了对和和美美爱情的向往以及对美好自然界的憧憬。在《爱的定义》一诗中，诗人马维尔用了两次圆形意象表达对真爱的诠释，"经她铁楔的裁决／我们被分置于天球的两极，／（即使爱之宇宙在你我身上转动）／永难拥抱彼此。／除非那晕眩的天穹倾陷，／大地在痉挛中崩裂；／当我们会合，整个星界将／坍缩，成一面天球图"。诗人用了"天球"和"天球图"展示出对圆形意象的审美意识。

17 世纪航海大发现以及天文学等自然科学的发展，对英国玄学派诗人们认知世界产生了革命性影响，他们深受"地圆说"影响，在自己的创作实践中努力体现这一认知，表现出相应的审美观念和意识。在玄学派诗歌代表人物多恩看来，圆形代表着永恒与和满，他对圆形意象情有独钟，在他的诗歌中他以圆形比喻夫妻双方或恋爱中的男女，这种喻指不仅彰显了托勒密传统宇宙论强大的影响力，也说明了多恩对所处时代的文化精神的接受，它"反映了邓恩独特的审美观念、对宇宙空间的哲理思考以及富有时代特性的探索创新精神"（王卓，2020：127），譬如在多恩的那首《别离辞：哭泣》中，使用了诸如"钱币、地球、月亮"等圆形意象，其中一节"在一个圆球的上面／有一个工匠，身边备有摹本，能够布置／一个欧洲，一个非洲和一个亚洲，／并且很快将原来的空无化为实体。／你眼中的每株泪水／也会是这样的情形，／它会成长为一个球体，对，一个印有你影像的世界，／直到你的眼泪与我的眼泪汇合，在这一世界泛滥，／于是我的天国被源自于你的洪水所溶解"（但恩，2006：96），诗人运用巧智在诗行中描绘出圆形的球体、圆形的眼泪，这个圆既是零，又是整个地球，圆球意象象征着化无为有的曼妙，使读者由地理学意义上的圆形球体（地球）和生理学意义上的球体（眼泪），联想到自然界的洪水，一连串圆形意象的重叠与组合，呈现出诗人具有时代特色的艺术才华和审美意识，使得该诗具有更为深刻的含义和更为广阔的想象空间。诗歌《早安》中，诗人多恩把恋爱中的男女双方比喻为两个半球，"你我的脸庞在彼此的眼中遨游，／真诚坦白的心停歇在脸面上；哪里我们能找到更好的俩半球，／没有凛冽的北极、没落的西方？"诗人使用圆形意象，将塑造出的两个半球意象结合到一起，形成一个完整的圆，克服掉各个半球的不足，象征着爱情的完美。更加叹为观止的圆形意象是多恩在《圣物》和《葬礼》两首诗歌中将人的灵魂也比作圆，读者在感叹神奇的同时又增加了一点神圣感，"骸骨上环绕着一只金发手镯时"，"那环绕我臂膀、精致的发编镯子；／那秘密，那标记，你千万不可触碰，／那是我体外的灵魂"，那圈美丽的头发是恋人创造出的奇迹，是爱的永恒与不朽的象征，缠绕在逝者手臂上的那缕环状的头发既是爱的象征又是逝者的守护神，诗人把美好的爱情主题放到坟墓里进行演绎，仿佛一缕发丝，就可以使骸骨不散，成为被永远朝拜的圣骨。诗人使用了怪诞、恐怖的意象，加以悖论式的推演，使读者读后不得不点头承认：死亡固然是命中注定，但是爱情却是可以永恒、不朽。

玄学派诗歌中的圆形意象类型多样，但是这些意象身后无不折射出西方文化中有关圆的完美、永恒以及神圣等审美属性。以 T. S. 艾略特为代表

的英美现代派作家也塑造出多种圆形意象，以表达他们对圆形意象审美的
认可与传承，譬如在《普鲁弗洛克的情歌》一诗中：

还有那下午，那夜晚，睡得如此安详！
为纤长的手指爱抚，
睡了……倦了……或者装病，
躺在地板上，这里，在你和我的身边。
在用过茶水、点心、冰激凌后，我就有
力量把这一时刻推向决定性的关头？
但我虽然已经哭泣和斋戒、哭泣和祷告，
虽然我看到过我的头（微微变秃）在一只盘子中递进，
我不是先知——这也不是什么了不起的事情，
我见到过我伟大的时刻的晃摇，
我见到过那永恒的"侍从"捧着我的外衣，暗笑，
一句话，我怕。

而且，到底是不是值得，
当饮料、橘子酱和茶都已用完，
在瓷器中，在你和我的一场谈话中，
是不是值得带着微笑
把这件事情啃下一口，
把这个宇宙挤入一只球，
把球滚向使人不知所措的问题，
说："我是拉撒路，我将告诉你们一切"——
而万一那个人，把她枕头在脑后整一整，
居然说："那根本不是我的意思。
不是，压根儿不是。"

（艾略特，裘小龙译，2017：11-12）

在这首诗中，诗人艾略特仿拟了玄学派诗人马维尔在《致他的娇羞

的女友》中"让我们把我们全身的气力，把所有 / 我们的甜蜜的爱情揉成一球，/ 通过粗暴的厮打让我们的欢乐 / 从生活的两扇铁门中间扯过。/ 这样，我们虽不能使我们的太阳 / 停止不动，却能让它奔忙"。诗人马维尔在这段诗节中运用圆形意象"球"表达出自己与爱人要不惜余力、急切地、强烈地相爱，但是诗人艾略特在《普鲁弗洛克的情歌》一诗中运用圆形意象"球"，呈现给读者的是主人公普鲁弗洛克的无助、弱小以及无可奈何，这场还没有发生的但是迫切期待中的爱情，要把整个宇宙这只球，滚向那个使之不知所措的问题"我到底要不要去求爱？会不会被嘲笑、被拒绝？""球"代表力量的聚集、强大，如滔滔洪水袭来，使得普鲁弗洛克害怕、徘徊、退缩，他期盼自己能像拉撒路一样死后重生，暗示他的告诫像圣经人物拉撒路对财主们的告诫一样，房间里的谈论着米开朗琪罗的女士们根本不会理会他的一切，包括求爱，他退缩、迟疑、畏畏缩缩，在世人这个宇宙之球的攻击下，他将体无完肤，根本不可能复活，他是无能为力的，除非奇迹出现。现代派诗人圆形意象的运用，表达出主人公的怯懦无能，在心理学意义上来说，是某种人格的分裂。

6.4.2 花园意象的审美

"城市、花园不仅仅只是隆起在大地表面的建筑，它们反映人类的生命活动。"（王艳文，2009：66）17 世纪英国内战前后社会动荡背景下，诗人们利用花园意象表达其功用：提供感官的快乐和心灵的愉悦，这些诗歌以各式各样的花园为主题，反映了诗人对人与自然、艺术与自然之间的关系的反思，呈现出诗人对质朴纯洁的理想花园的向往和无限憧憬，以及他们对现实社会或赞美或批判的态度。譬如罗伯特·勃顿在《忧郁的解剖》中把园林看作是解除忧郁的解药，"独自在孤寂的林荫下漫步、沉思是一件乐事"，受忧郁之苦的人在园林中欣赏草木流泉、鸟语花香可以缓解痛苦，"这种沉思的花园提供了超越自我的途径，使心灵飞升到自然之上"（胡家峦，2006：21）。玄学派诗人安德鲁·马维尔创作的《花园》和《阿普尔顿府邸颂》两首田园诗，承载着其对社会、宗教、审美等各个层面的理想秩序的探寻，传递出诗人在乱世中的处世态度和人生哲学。

马维尔在《花园》一诗中深入地探讨了花园的真正价值，诗人首先赞美孤寂的生活，摒弃世俗的名利，表现了作为退隐之地的花园，接着把女子和花园相比，指出后者胜过前者。代表女性之美的红、白两色不如园林的绿色，随后又把花园描绘为充满感官之美的人间乐园，但是诗人在花园的感官之美后展开了花园的沉思主题，"在这儿，在滑动着的泉水的脚边，/ 或在果树的苔痕累累的根前，/ 把肉体的外衣剥下，投到一旁，/ 我的灵魂滑翔到果树的枝上。它像一只鸟落在那里，高歌，/ 然后整理、梳拢它的银白色的翎翮。/ 在作更远的飞翔尚未准备好，/ 在五色光芒中挥动着羽毛"。《花园》一诗表达出诗人的出世思想，也彰显出他的理想的精神世界，诗中从一个现实世界的花园冥想出作者理想中的"花园境界"（garden-state），这境界的内容是宁静、天真无邪，宛如夏娃没有被创造出来之前亚当所独享的那种孤独者的幸福，宁静、天真，无忧无虑，胡家峦先生认为"这种境界主要指宁静、无邪和幽独，以及沉思灵魂的无上欢乐"（胡家峦，2008：271）。

> 人们为赢得棕榈、橡叶或月桂
>
> 使自己陷入迷途，何等的无畏，
>
> 那些追逐人间美女的诸神
>
> 最终在一棵树里结束征程。
>
> 阿婆罗之所以追逐达芙涅
>
> 只为了让她变成一棵月桂。
>
> 潘神在希壬克斯后面拼命追赶，
>
> 非因她是女仙，是要她变成箫管。
>
> （杨周翰，1985：165-166）

这首诗以牧歌的形式抒发了诗人的理想世界，即与其在人世追逐荣名不如退隐花园，诗人用神话隐喻批评那些为赢得象征世间功名利禄的棕榈、橡叶或月桂而陷入迷途找不到归路的世人，他们为了追逐名利而终日忙忙碌碌，到头来就像追逐人间美女的诸神一样无功而返，只好在一棵树里结束征程。诗人描绘出花园里的宁静和幽独，他在走路的时候被瓜绊了一跤，跌倒在如茵的碧草上，在这伊甸园般的美景中，头脑因乐事减少，"而退缩到自己的幸福中去了"。诗人导引读者一层一层递进，一层比一层更纯净、更超脱，从而进入一个无忧的、自由自在的"花园境界"，当读者徜徉在这美好的境界的时候，诗歌却掉头回到了"原初"的景象"想要独自一个在此徜徉，/ 那是超出凡人的命分，是妄想"，只好安于"用碧草与鲜花"来计算时间的人世普通花园，诗歌花园意象呈现出诗人的自然审美和积极的人生态度和处世哲学，"以哲理入诗而诗不仅不减本色，反而更加动人——这就是玄学派诗的难能可贵之处"（王佐良，2015：99）。

在《阿普尔顿府邸颂》中诗人沿用了田园诗的体例，"却淡化乃至剔除了其承载的歌颂传统乡村社会秩序及其所折射的王权统治结构的元素，并以一种刚健活跃的审美取代了保皇派文化中慵懒散漫的阴柔之风，同时也规避了清教文化对艺术表达的审查和感官愉悦的压抑"（刘炅，2022：27）。17 世纪的田园诗仍保留着古典田园的要素，牧羊人、牧羊女在风景如画的田园里从事着程式化的劳作，马维尔的《阿普尔顿府邸颂》一诗开头的园林也援用了传统的景观视野诗的体例，该诗首先描绘了国会军司令官费尔法克斯退隐到阿普尔顿宅邸，宅邸中的花园呈五角形，每个角都像棱堡，整个花园犹如一座由五个棱堡围起的堡垒，在这个堡垒中，嗡嗡的蜜蜂犹如士兵敲起战鼓，百花展现"丝绸的军旗"（silken ensigns），如同准备再次发起伟大的进攻。但是很快诗歌呈现出阳刚风格和迅速节奏，诗人在追溯府邸的历史之后，其笔下的花园不同于常见的姹紫嫣红，而是充满了军事语汇和意象，"蜜蜂鸣响的号角战鼓鲜花铺展出的战旗、花香装满的弹夹炮筒、各色花卉鸣放礼炮、列队接受检阅"，除此之外马维尔诗中割草人掌控的田园也具有独特的审美，"收割后的田野被比作战火过后的战场，鸟兽尸横遍野，草垛高耸，割草人欢庆胜利 / 丰收"（Marvell，2013：224-225）。

> 哦，你亲爱的幸福的岛屿
>
> 不久前曾是世界的花园，
>
> 你啊，四海的乐园，
>
> 天国培育的乐园使我们欢愉。

　　　　但是，为了把世界排除在外，曾用

　　　　海水的如果不是火焰的剑来守卫；

　　　　我们尝了什么不幸的苹果，

　　　　使我们必有一死，制造了荒芜？

　　　　（Marvell，2013：225）

　　马维尔把内战前的英国喻为人类始祖亚当、夏娃被驱逐前秩序井然的伊甸园，是"世界的花园"和"四海的乐园"，但他同时也哀叹内战中陷入混乱的英国，他描绘费尔法克斯在花园中铲除野草，培育"天国滋养的植物"，使其成为一座和谐的花园。那些被抛掷在一隅的海湾、沙漠、峭壁等构成的荒堆，在费尔法克斯的"小世界"里获得了人类堕落前的和谐与秩序，使它成为"天国的中心"和"唯一的乐园图"。马维尔在貌似混乱的世界看到了一个井然有序的世界。赞美一座府邸、称誉一个家族，阿普尔顿府邸花园承载着对理想秩序的向往，该花园意象的自然审美，代表着一种和谐有序的景观，也折射出诗人身处乱世的困惑和对理想秩序的渴望。

　　"花园包含着人类最广泛的经验，园中可以沉思神圣的真理，沉思月下世界由四种元素构成的不断变化的万物，甚至沉思同样揭示宇宙法则、秩序和对称的人类自身。"（胡家峦，2004：33）英美现代派作家处在一个动荡不安的社会，西方社会多重难以克服的矛盾急剧加深，人们仿佛置身于荒原之中，徘徊、犹豫、彷徨，无所适从，敏锐的现代派作家们感受到了这种前所未有的危机，西方现代社会处于一片混乱和衰退的精神荒原之中，浪漫主义诗人之前想用个人的感受和激情来认识、改造世界的幻梦破灭了，应运而生的英美现代派诗歌，恰恰是这种危机的产物。艾略特的《荒原》就是诞生在这样的历史语境之中。

　　《荒原》第一章"死者的葬仪"中，从荒原的描写引出荒原上的记忆和欲望，一个家道中落的贵族玛丽回忆着已经破灭的但是曾经拥有过的浪漫史：

　　　　"一年前你赠给我风信子；

　　　　他们叫我风信子女郎。"

　　　　——可当我们回来晚了，从风信子花园而归，

你的臂膊抱得满满，你的头发湿透，

我说不出话，眼睛也看不见，我

不死不活，什么都不知道，

注视光明的中心，一片寂静。

（艾略特，裘小龙 译，2017：73）

在这段诗行中，说话者在荒原上虽然过着虽生犹死的生活，但是仍在追忆青年时代的美好经历。诗人艾略特引用"花园"意象中的"风信子女郎"将转瞬即逝的美的形象与缥缈的城中堕落的场景进行对比，并暗示着美好回忆只能是逝去的失败了的往昔经验。在伦敦桥上，"死亡毁了这么多人"，因为他们虽生犹死，因为他们"每个人的目光都盯在自己足前"（艾略特，裘小龙 译，2017：75）。

在《荒原》第五章"雷霆所说的"中，艾略特写道：

在火炬红红地照上流汗的脸之后

在严霜的寂静降临在花园之后

在乱石丛生的地方的受苦之后

又是叫喊，又是呼号

监狱，宫殿，春雷

在遥远的山麓上回想

他曾是活的现在已死

我们曾是活的现在正死

以一点儿耐心。

（艾略特，裘小龙 译，2017：94）

在这段诗行中，诗人艾略特暗示了基督教耶稣在客西马尼园中的被囚、审判以及被钉在十字架上之死，"花园"本应是生机盎然的，承载着人们对美好生活的期许，但是在这里却变成了如霜般寂寥的荒原，诗人独特的"花园意象审美"隐喻出对现实世界的迷茫与恐惧。

艾略特的花园意象的审美还体现在其塑造出的一系列"花园女郎"形象，除了《荒原》中的"风信子女郎"以及成年版本的"风信子女郎"即

《一只处理鸡蛋》中的"媲媲特"以外，还有《一个哭泣的年轻姑娘》中的
女性形象：

> 站在台阶最高一级上——
>
> 依着花园中的一只瓮——
>
> 梳理，梳理着你秀发中的阳光——
>
> 痛苦地一惊，将你的花束抱紧——
>
> 又将花束扔地上，然后转身，
>
> 眼中一掠而过哀怨
>
> （艾略特，裘小龙 译，2017：38）

　　作于 1912 年的这首诗，诗中的花园女郎可以视为艾略特系列花园女郎
的前身原型，"她的头发披在臂上，她的臂中抱满鲜花"，年轻女郎和她所
爱慕的青年进行了一场无言却又彼此心领神会的依依惜别，花园、怀抱花
束、动人女郎与沐浴在日光中的头发构建出纯洁、生动的充满爱意的唯美
画面，体现出诗人对花园意象审美的情有独钟。

　　《四个四重奏》是一首严肃的哲理诗，它描写了一个皈依宗教的人在
寻找真理过程中的种种经历，当现代世界处于第二次世界大战的浩劫之中，
诗人艾略特仿佛是在时间中寻求自己真正的安身立命之地，诗人围绕着时
间主题从自己哲学思想的一个立足点写出了关于个人经历、历史事迹、人
类命运等的所思所想。从某种意义上来说，艾略特早期诗歌反映了西方现
代世界的瓦解，而《四个四重奏》则试图挽救这个危机重重的世界，"《四
个四重奏》是艾略特思想登峰造极的标志，尽管它有保守的、宗教的、神
秘主义的色彩"（艾略特，裘小龙 译，2017：186）。该诗的第一重奏《燃
烧的诺顿》是《四个四重奏》的第一部分，艾略特把它作为四部诗的基础，
它打破时间和空间的束缚，把人们带入玫瑰园中：

> 足音在记忆中回响
>
> 沿着我们不曾走过的那条通道
>
> 通往我们不曾打开的那扇门
>
> 进入玫瑰园中。我的话这样

回响，在你的头脑中。

但扰乱一盆玫瑰花

叶瓣中的泥土有什么用，

我不知道。

其余的回声

占据花园。我们是否跟随？

快，那鸟儿说，找到它们，找到它们，

转过那个角，通过第一扇门，

进入我们第一个世界，我们是否听信

画眉鸟的欺骗？进入我们的第一个世界。

他们在那里，庄严非凡、隐而不见，

在毫无压力地移动，在枯叶上，

在秋天的炎热里，越过颤抖的空气，

于是鸟儿唱起来了，回应那隐藏

在灌木丛中听不到的音乐，

还有未遇见的目光，因为那玫瑰

曾有过人们现在看到的花朵样子。

（艾略特，裘小龙 译，2017：188-189）

　　"燃烧的诺顿"是艾略特参观过的一处居所，从现实方面来讲，它隐喻地揭示了艾略特在诺顿期间内心痛苦的爱和挣扎，诗人当时与患病的妻子处于分居状态，从英国回到美国，遇到了一个名叫艾米丽的女孩并与其坠入爱河，他带着艾米丽返回英国的时候参观了这座别墅，并在此生活了一段时间，艾略特心潮澎湃、诗兴大发。在这首诗中艾略特称颂了他们爱情的"玫瑰园"，用唯美的花园意象赞美自己的恋人，把她比作"光明的中心流泻的光流，闪闪发光"。他感知着过去和现在之间的一种力量而陷入了一种精神状态，寻求现实的一种解决方案和时间实用性的另一种可能性，他不断地从虚幻的愿景和现实中转移意象。他的思想超脱了在婚姻中的感情，作为一个个体，他试图通过个人经历来发现时间的无限性，探索个人生活与人类过去、现在和未来的关系。走进玫瑰园，园中的小鸟、玫瑰花等意象都揭示出他对世界、时间和人类社会的认知，对艾略特来说，每一个主体和客体都具有多重身份，这些身份都是通过时间赋予或被提供的。玫瑰是性欲上和精神上的爱的象征，基督教圣母闺房常被描绘成一座玫瑰园，诗人艾略特的玫瑰园则被联想为那本来可能发生的事，鸟儿出现了，干涸的水池中，阳光造成水和荷花的幻觉，展示出混淆了真实和幻想的景象。花园意象是英美诗歌中十分常见的审美对象，诗人艾略特将其作为隐喻，体现了其对花园意象的独特审美，传递出一种思想或意境。

第 7 章　英美现代派文学的审丑性

7.1 英美现代派文学的审丑性评析 ①

　　作为迄今为止人类历史上最为复杂、最为动荡不安的一个世纪，20 世纪的西方社会呈现出一片非理性的、无政府的混乱状态。被称为爵士乐时代"桂冠诗人"的司各特·菲茨杰拉德说："（在这个时代）一切神明统统死光，一切仗都已打完，以往关于人的一切信念完全动摇。"尼采"上帝死了"的论断意味着西方国家固有的信仰成了虚无。英美现代派文学就是在这样的一种历史背景下产生的，这场漫长的文学运动从思想观念到内容技巧都对传统文学进行了革命性的颠覆，这些现代派作家们把这一时期人们的精神面貌和心理特征用作品恰到好处地诠释了出来，他们展现给读者的是西方文明的沉沦和堕落，以及由此引起的道德沦丧和精神危机。丑的滥觞是现代派文学艺术的一个重要现象，确立丑的地位，是现代文学艺术伟大而重要的贡献，这一贡献是划时代的，它撼动了美在艺术中传统的核心地位，现代派文学既是与传统决裂又是勇敢创新的文学。

　　美学（aesthetics）是 18 世纪中叶德国哲学家鲍姆嘉通为了研究人类的理性与意志之间的感性而创设的一门学科，"它是专门研究人类的包括美感和丑感的感性或感觉的学问"（王洪岳，2003：53）。我国著名美学家、文艺评论家朱光潜也认为"丑，也属于审美范畴"（朱光潜，1982：12），"审美并不仅限于美丽和它心理上的对应物——快感，也包括恰恰是其反面的丑

---

① 本文发表在《江西社会科学》（CSSCI）2011 年第 3 期，收录时有改动。

陋，丑陋也属于审美领域。作为对美丽的否定，丑陋与审美冷漠形成对比"
（Mukarovsky，1964：35）。作为审美范畴的丑是以现实为基础的，现实中
的丑自人类产生意识以来就存在，而美学中的丑则是在人类审美实践的不
断发展中逐步被认识和确立的，并且成为在当代越来越受到重视的审美范
畴。"因为美直接取悦感官，它停留在感性上，拒绝超越感性，所以美是浮
浅的，而丑则刺痛感官引起思考，在痛苦与厌恶的交织中获得精神的真实，
丑是引起思考的形式，需要理智的介入，所以丑是深刻的。"（潇牧，2004：
5）"理性主义时代是审美的时代，而非理性主义时代则是审丑的时代。"
（王洪岳，2003：54）审丑时代是对审美时代的反叛、包含和超越。现代派
文学恰恰是对传统文学的叛逆，是理性缺失时代的产物。

7.1.1 人格分裂的人物形象

伴随着现代社会人类文明的发展与科学技术的进步，人类对于物质世界
似乎可以随意地控制与支配了，但是现代工业文明并没有使人们的梦想如
愿以偿。在工业技术时代，工人们成了流水线的一部分，作为劳动者，他们
生产出的不再是完整的劳动产品。工作上的断裂与分割异化了劳动者，他
们的人格也变得不再完整，而是趋于失常和分裂。传统理性的流失、上帝
的死亡、两次世界大战的恶果，人类数千年的伟大文明毁于一旦，疯狂的
经济竞争导致了社会贫富的极端分化，无度的性自由导致了人类道德的沦
丧，疯狂的拜金主义导致了人格精神的分裂。西方社会呈现出一种前所未
有的社会生态危机，这种现实状况表现于文学，引发了现代派作家们面对
现实和未来的绝望感，他们有意或无意地"异化"人生来揭示社会的丑陋，
使塑造出来的人物形象大多具有分裂的人格。

《了不起的盖茨比》中的威尔逊太太，在现实生活中只是一名修车匠的
老婆，生活在社会的最底层。但是当她成为汤姆的情妇后，整个人发生了
巨大的变化。她在纽约购买代表富贵悠闲生活的香水、宠物狗，甚至在候
车时对于车的颜色还要仔细挑选，千挑万选才坐上一辆自认为与她身份相
匹配的淡紫色的新车。但是在挨了汤姆的一巴掌后，她才猛然清醒，重新
回到修车匠老婆的身份。菲茨杰拉德笔下的威尔逊太太生活在生与死、清

醒与疯狂、谎言与真理的临界线上。

在《八月之光》中，福克纳描绘出在一个衰落、畸形的世界中，具有双重性格以及分裂人格的主人公乔的形象，展现出现代人的内心冲突与模糊，揭露这个时代的混乱与荒芜。乔的身体对于他自己来说似乎已游离在身体之外，每当他受到攻击时，他都会体验到一种莫名其妙的分离感。但他却若无其事地、麻木地体味着自己被揍的滋味，他"平静地躺着，看着那个陌生人俯身从地板上拎起他的头，又狠狠地在他脸上揍了一拳"（福克纳，蓝仁哲 译，1998：215）。当乔试图起身离开时，他的身体仿佛成了一种障碍，成了"它"，他想要是能够把"它"弄到外面去就好了，他看着自己的手在地板上摸索，试图去帮助它们，哄骗并控制它们，他想"它"无论如何也打不开窗子爬出去。在福克纳笔下，乔的内在自我被他有意识地自我分裂开来，从而创造出一种超脱感，所有这些描写使读者感到人物的行为与其感觉之间是分割的、断裂的。

劳伦斯笔下《查特莱夫人的情人》中的克里福德·查特莱爵士，成天坐在机动轮椅上，丝毫没有仁爱之心，除了赚钱没有任何其他精神追求，不仅如此，还丧失了作为男人的本能——性本能，变成了地地道道的赚钱机器；《虹》中的年轻资本家杰拉尔德认为工具性是人的重要功能，工人们就是他赚钱的工具，和用来采煤的其他机器没有任何差别，"人就像是一把刀子：好用吗？别的都无关紧要"（赵国繁，2005：39），在他看来工人就是采煤机器，他们的唯一价值就是采煤，一旦离开矿井，他们就毫无意义，是停止工作的采煤机；英国作家戈尔丁的小说《蝇王》中的那群流落到与世隔绝的荒岛上的小孩们，表现出的是淋漓尽致的动物般的兽性，他们自相残杀，穷凶极恶；美国作家奥尼尔的戏剧《毛猿》中的主人公——杨克，非常自豪地宣称："我是发动引擎的蒸汽和汽油！我是造钱币的黄金！我是用钢铁制成的肌肉，是轮船背后的力量！"但他的结局是：他绝望地惨死在动物园的笼子里；美国剧作家爱德华·阿尔比的戏剧《美国梦》里那位象征着"美国梦"的年轻人，身体健硕、风流倜傥，但是却缺乏头脑、缺乏感情，无异于行尸走肉；所有这些现代派作家笔下的人物都已经异化为工具、异化为动物，他们都被非人化，都具有分裂的人格特征。

　　传统小说的创作模式是：人物—情节—矛盾冲突，随着情节的发展矛盾冲突最终得到解决。可以说，人物尤其是主人公是传统小说的核心。但是在大量的现代派小说中，不再有个性鲜明的人物形象，也没有对人物的外貌描写和对性格特征的揭示，这些作品着重表现的是人的生存困境和自身的存在与体验，现代派小说家借此来反映人生的无意义、无个性和不足道。例如伍尔芙的九部作品中的主人公，《达罗维夫人》中的达罗维夫人，《到灯塔去》的拉姆齐夫人，《雅各的房间》中的雅各，《海浪》中的帕西瓦尔和罗达等都是孤独的，有的跳楼自杀，有的突然离世，有的神秘死亡，所有这些人物形象总在逃逸，作品中的"我"不是"我"，"我"在分裂、在消散，即自我的分裂和丧失。

7.1.2 主题、情节的荒诞性

　　法国诗人波德莱尔的《恶之花》可以说是表现现代审丑意识、现代感性的开山之作。波德莱尔第一次大规模地把表面上绚丽多彩，但内部丑陋不堪、令人厌恶的城市生活写进了诗章。艾略特的《荒原》与波德莱尔的《恶之花》有异曲同工之处。《荒原》是为艾略特赢得世界声誉的诗作，艾略特在诗中有意将原始繁殖仪式与现代人的性堕落对应，将古代渔王的国土和现代西方的精神荒原相比并。《荒原》以都市罪恶，尤其是已失去了上帝督察的情欲为题材。人们从中看到的只有冷漠、灰暗、凄凉、淫乱、无度、信仰缺失、精神空虚和理想幻灭。开篇第一章"死者的葬仪"点明主旨，诗中到处是"死去的土地""一堆堆破碎不堪的形象""枯枝败叶"以及泰晤士河的衰败、伦敦桥的坍塌等。

> 那儿阳光直晒，
>
> 枯树不会给你遮阴，
>
> 蟋蟀之声毫无安慰，
>
> 干石没有流水的声音。只有
>
> 影子在这块红石下，
>
> ……我要在一把尘土里让你看到恐惧。

……

去年你种在花园里的尸体

抽芽了吗？今年它会开花吗？

还是突来的霜冻扰乱了它的苗床？

（孙彩霞，2005：146）

在这样的背景中，艾略特展现了一幅幅现代人纵情于荒淫刺激，男女间有性无爱，没有生机，如行尸走肉般的生活画面。在艾略特笔下，现代社会到处充斥着没有精神支撑的"空心人"。现代社会的人们已经丧失了道德信仰，生活变得迷茫。这里没有水只有岩石，丧失了精神追求的现代人就像枯槁的白骨，生命的律动虚弱甚至枯萎，虽生犹死。"荒原"意象的出现，体现了现代派诗人悲凉而深厚的情怀。

艾略特认为，现代历史的特征是混乱、徒劳和平庸之恶，"恶之所以平庸，在于人们作恶之后意识不到自己的恶"（周忠新，2015）。对于西方文明的沉沦和堕落以及由此引起的道德瘫痪和精神危机，现代派作家们认为传统文学中真、善、美的美学境界是做作的，所以不可能是美的，它们显得陈旧和与时代脱节。他们认为，既然世界是荒谬和恐怖的，那么只有描写病态和恐怖，文学作品才能达到最高的真实，人们才能实现审美的满足，即审丑。

萨缪尔·贝克特的《等待戈多》情节非常简单：乡间一条路，一棵枯树，黄昏，两个流浪汉又来等待戈多，戈多不来，他们继续等待。他们既不知道戈多是谁，也不知道戈多究竟会不会来。等待的时光无聊透顶，他们无话找话、语无伦次，机械地重复着脱靴子、闻靴子、脱帽子、再戴上帽子，以此打发时间，排解等待的烦恼。这种等待，并非现实生活中的等待，而是人类生存状态、精神状态的一种超验的抽象。在贝克特笔下，茫茫的荒野，光秃秃的小树，两个茫然无知的穷汉，世界是那么空荡、凄凉。现实世界的荒诞性表现得淋漓尽致，一方面不存在追求的终极目标，一方面人们又在做永不停歇的追求。剧中无望的等待喻指着现代人与生存价值的隔绝，这是现代人荒诞感的根源。这部剧作在巴黎连续上演400场，并相继被译为20种文字。剧中两个人物没有指望的空等被赋予了无穷尽的意义，人们在两个流浪汉的等待中看到了人类身处的悲剧。

黑色幽默作家约瑟夫·海勒的《第二十二条军规》入木三分地揭示了世界的不可理喻性。"第二十二条军规"无处不在。它明确规定"一个人面对真正即将来临的危险时考虑自身的安全是精神正常的表现。他如果疯了，就可以免去飞行任务，只需亲自提出申请。但如果他提出申请的话，那就说明他没有疯，就不得不执行更多的飞行任务。如果他执行了更多的飞行任务，他就是疯了；如果不执行的话，他就是正常的，就得继续执行飞行任务……"。"第二十二条军规"荒谬蛮横，每一个受它控制的人都深感窒息和绝望，它就是个自相矛盾而又合情合理的陷阱。这种不可理喻的、没有规则可遵循的状况，再一次展示了人类的荒诞处境。

无论是在意识流的小说里，还是在荒诞派的戏剧里，或是在充满典故和象征意义的诗歌里，读者再也读不到什么"大事"了，现代派文学作品成了一些相互之间没有逻辑联系的鸡毛蒜皮的小事的总和。人物的思想被当作行为加以描绘，人物的意念结合也被看成其行为的规律性。现代派作家们在"凌乱"的文本下，删除了文学作品里的所有传统的坐标点，摈弃了对素材的理性选择和组织，他们的这种创作手法实际上是对传统价值评判标准的背叛。现代派文学的代表作家们，用史眼观察世界，反思世界，比常人更深切地感受到生活的荒诞、价值观念的失落和自我意识的破灭。他们把外部的现实打碎、剪裁和拼接，表达哲理观念作为他们的创作目的和最高审美理想。

7.1.3 陌生化的写作手法

20 世纪的西方世界，各种危机此起彼伏，此消彼长，社会现实的残酷为一些传统的唯心主义思潮开辟了土壤。叔本华的"唯意志论"、尼采的"超人哲学"，这些都开了 19 世纪反理性主义哲学思潮的先河，为现代派文学的诞生和发展奠定了坚实的理论基础。他们强调，文学是作家的自我表现，而不是对客观世界的再现，创作只能从自我出发，从主观出发，认为"在我们之外，不存在任何现实的东西，只有个人感觉和智能方面的意识才是现实的。用卡夫卡的话来说，现代派文学描绘的图像是作家'个人的象形文学'"（戴玉英，2005：45）。

现代派小说中，实际时间和空间让位给心理时间和心理空间，特别是"意识流"小说中出现了时序的变换、错位与颠倒。在空间的处理上，想象、梦境、幻觉可以摆脱地域空间的限制。伍尔芙的《达罗维夫人》是一部长篇小说，小说写的是一天内发生的事，但通过主人公的意识流程再现了她过去的一生。一天早晨，达罗维夫人为晚上举行招待会而上街买花，走到伦敦塔附近，忽然听到大钟的报时声。随着时间不断推移，勾起女主人公断断续续的回忆。通过内心独白，逐渐显现出她一生的轮廓。与此同时，在她的想象中交织着另一些与达罗维夫人不相识的其他人的命运遭遇。同样，在《墙上的污点》中，伍尔芙盯着墙上的斑点，可以想到草原，想到树木生长，想到生命的隐秘等，原有的客观实际生活的全貌被分割成一个个生活事件，一个个感受等，从而形成了同传统小说迥异的结构框架。

现代派小说不考虑故事情节，而按人物意识、情绪的流程来构建作品，它突破时空限制，将过去、现在和将来，将此处与彼地交融起来，进行自由剪裁，因而使得现代派文学变化突兀、晦涩难懂。如在《喧哗与骚动》的第二部分开头，小说讲的是昆丁自杀前的内心独白，类似昏迷中的呓语，对姐姐凯蒂如何生活淫荡与人私通怀孕，被抛弃后丢下私生子离家出走的回忆，以及父亲的"教诲"的联想等等全都交织混杂在一起。意识流小说家们偏执于表现那种变态的扭曲的心理活动，使得情节似有若无，人物形象扑朔迷离。过量引经据典的内心独白，往往使作品晦涩难懂，难于卒读。而且现代派作家们也不重视描写环境，没有跌宕起伏、扣人心弦的情节，而只是热衷于表现主观世界，题材的选择往往以个人心理为主，依靠象征、暗示和意识流手法，来描述个人的内心生活等，因而使现代派作品具有极大的模糊性与神秘色彩。

被誉为20世纪《圣经》的《尤利西斯》，表面上看作者乔伊斯讲述给读者的只是主人公布鲁姆平庸而又平常的一天，更确切地说讲述的是18小时45分钟之内发生的事。可这一天却涵盖了主人公复杂的内心世界活动的每一层面。作者随时中断布鲁姆现实世界的生活之线，与希腊神话英雄尤利西斯的十年历险进行比照。人物的内心真正成为与外部世界并列的另一个世界。现实生活中的那个忍气吞声、不敢与情敌对阵的布鲁姆，通过其意识流动，展示了其恍惚迷离的心灵世界。

现代派文学追求荒诞离奇，传统文学中的那种强调审美和谐被取缔了，现代派作家们带给我们的是与之相反的审美体验：艺术震惊亦即陌生化。"陌生化就是要打破自动化感受的定势，冲破审美惯性，使主体用惊奇的眼光关注对象，让钝化的审美复活，在创造复杂化和难化的过程中，增加感觉的难度，延长感觉的过程，体验审美张力。"（周忠新，2009：47）那种陌生化的写作手法使人感到震惊、孤独和不知所措，它使得艺术带给人们某种异样的新奇的体验，这是平庸和无聊的日常生活所不具有的。现代派文学以意识流、超现实等方式，创造各种新奇的形象，让人们在审美震惊即陌生化之后引起对现存事物的反思，在某种意义上来说，它是用艺术的方式改造人类生存观念的文学。

除了打破传统的时空限制之外，现代派文学作家们大胆的、并不给人带来愉悦的语言实验，也恰到好处地诠释了"审丑时代是对审美时代的反叛、包含和超越"这一美学概念。如在《普鲁弗洛克的情歌》中，诗人艾略特把夜幕降临比作手术台上被麻醉了的病人，把街道比作冗长乏味的争执；威廉斯在《致埃尔西》中的诗句"似乎我们脚下的大地／是／某个天空的粪便"，几乎让人读后感到恶心，这些意象可以说和美丽毫不沾边，但这些陌生化的语言意象让读者读后感到震惊，心灵为之震撼。著名学者陈焜指出："提起西方现代派文学，心里总是容易泛起梦魇的感觉。描写噩梦的作品固然恍惚迷乱，不描写噩梦的作品也一样光怪陆离。"（陈焜，1981：123）

7.1.4 结语

现代派文学的美学特征就是对社会现代性的反叛，其作品揭示出了 20 世纪西方社会的异化所导致的人与自然、人与社会、人与人以及人与自身关系的疏离。作为一个道德沦丧、信仰缺失时代的产物，现代派文学以其人物的异化、主题情节的荒诞及陌生化的写作手法，表现了世人的焦虑、放荡、隐秘、阴暗的非理性状态。它反对文学是客观现实的反映的传统美学观，强调表现人对世界的主观感受。在艺术手法上，现代派文学用荒诞的情节来取代传统的故事的逻辑性；用隐晦、暗示性的语言取代语言的鲜明性；用交错、跳跃的心理时间来取代递进的人物时间；用虚幻的具有象征性的场景和人物来取代典型环境中的典型人物这一传统文学表现手法。一言以蔽之，"现代派文学的感性学意义是从审丑的感性学范畴，表达了属于身体的哲学意蕴"（王洪岳，2003：57）。

现代派文学大胆地以非理性方式肢解自然和使人非人化，使丑醒目地、夸张地、令人咋舌但又堂而皇之地成为时代文学艺术的代表，成为美学界不能回避的话题，它的美学贡献在于："实际地提升了丑的美学地位，把丑从对美的依附和反衬中解放出来，使其取得了独立性质，丑从依附性范畴上升为美学的核心范畴。丑成为美学的主要对象之一，是美学的重要进步，具有划时代的意义。"（潇牧，2004：5）现代派作家们通过审丑，即在这种混乱、异化、荒诞而隐晦的表达中，让读者看到潜藏在这些作家内心深处的重建人类秩序的美好愿望。

7.2 从《情歌》看英美现代派文学的审丑性 [①]

19 世纪末 20 世纪初，随着科学技术的迅猛发展，人类不仅没有得到启蒙时代所盼望良久的自由、平等，而且还加速丧失了个体的独特性和仅存的那点自由，西方社会呈现出一片非理性的、无政府的混乱状态，尼采"上帝死了"的论断意味着西方固有的信仰成了虚无，西方哲学由对外部世界的理性思考转向对人的内心神秘世界的探索。这种哲学思潮对 20 世纪现代主义文学运动产生了深刻且深远的影响，现代派作家们对传统文学进行了颠覆，他们试图展现给读者的是西方文明的沉沦和堕落，以及引发的道德危机和精神危机。"丑的滥觞是现代派文学艺术的一个重要现象，确立丑的地位，是现代派文学艺术伟大而重要的贡献。"（王艳文，刘丽霞，2011：131）著名文学评论家、美学家朱光潜指出"丑，也属于审美范畴"（朱光潜，1982：12），西方美学家马克洛夫斯基也认为"审美并不仅限于美丽和

---

① 本文发表在《甘肃社会科学》（CSSCI）2012 年第 5 期，收录时有改动。

它心理上的对应物——快感，也包括恰恰是其反面的丑陋，丑陋也属于审美领域"（Mukarocsky，1964：35），现代派文学恰恰是对传统文学的反叛，是对理性缺失时代的审丑。

T. S. 艾略特是西方现代主义文学最有影响的诗人之一，并且因为对那个时代的诗歌所作出的贡献和所起的先锋作用在 1948 年获得诺贝尔文学奖，其作品在 20 世纪乃至今日仍影响深远。《普鲁弗洛克的情歌》（以下简称《情歌》）是艾略特的成名之作，著名诗人庞德在读了《情歌》后声称艾略特"自己现代化了自己"，并盛赞艾略特是"现代文学运动中的明星"。如果说《荒原》（*The Waste Land*）是诗歌现代主义的宣言的话，那么《情歌》则可以被认为是诗歌现代主义的序幕和前奏。

7.2.1 荒诞的世界

"理性主义时代是审美的时代，而非理性的时代则是审丑的时代"（王洪岳，2003：53），现代派文学诞生的时代恰恰是西方社会的非理性的和无政府状态的混乱时代。艾略特是英美现代派文学的当之无愧的代表，我国著名文学评论家和学者王佐良对他给予极高的评价，"通过他自己的诗，也通过他的一整套文论，艾略特把他的现代主义传播到世界上一切对诗歌革新有憧憬，有实践的地方，在整整半个世纪之内使人们读他，谈他，学他"（王佐良，1988：65）。作为现代派文学的开山之作的《情歌》是诗人艾略特的成名作，它自发表之初就得到了著名诗人庞德的推崇，认为这首诗"有着独特的现代气息"（汉密尔顿，2000：54），并由此预见艾略特在现代文坛的领导地位。

艾略特的家乡是美国的圣·路易斯市，19 世纪末 20 世纪初的圣·路易斯市是一座臭名远扬的城市，商人堕落，下水道失修而到处污水横流，空气污染而导致城市上空乌烟瘴气，艾略特在这里生活了 16 年。但诗人并没有把他眼里看到的和亲身经历的现实世界采取肤浅的传统的叙事手段展现给世人，而是采用感官刺痛，令人震撼地描绘出西方世界的荒谬与荒诞，因为他认为"诗人的使命不是表现或者传达自己的感情，而是让那种一度体验过的感情服从更有价值的东西"（艾略特，李赋宁 译，1994：95）。

艾略特曾经提到波德莱尔在《七个老头子》中的两行诗（"熙熙攘攘的都市，充满梦影的都市／幽灵在大白天里拉行人衣袖！"）给他极大启发，原来描写城市生活丑恶面的写实笔法可以与诗人变化万端的幻想巧妙结合，他当年在家乡圣·路易斯目睹的诸多城市景象尽可入诗。故在《情歌》的诗序部分，描述的是但丁《神曲》中的关于地狱的一段描述：被贬到第 8 层地狱的吉多站在劫火中准备自白，"要是我相信我在回答的／是个能够回到阳世的人／这火焰就不再抖动。／可是，如果我听说的是真情，／从来没有人活着离开深渊，／我回答你，不怕于名有损"（艾略特，赵萝蕤 译，1998：10）。在这段话中，吉多认为听他讲话的但丁也是被打入地狱的阴魂，也不能活着离开深渊，所以就没有顾忌地袒露了自己的卑劣行径。而这段拉丁文的诗序恰恰隐含了《情歌》主人公——普鲁弗洛克就像吉多一样处在现代社会中的地狱之中，像但丁写作《神曲》一样，艾略特也是通过《情歌》来揭示、穿越并试图摧毁现代社会的地狱。

"当暮色蔓延在天际像病人上了乙醚，躺在手术台上。"展示的是一个病态的、荒谬的世界，一个介于生命和死亡之间的领域，在这个荒谬的世界里，空虚的人们用咖啡勺子舀走毫无意义的生命。读者跟随着普鲁弗洛克的脚步，"穿过某些半是冷落的街，／不安息的夜喃喃有声地撤退／退入只宿一宵的便宜旅店，／以及满地锯末和牡蛎壳的饭馆"（艾略特，裘小龙 译，2017：6），看到的是一个嘈杂的冷漠世界，肮脏而又漫长，理想的秩序已经破灭，生与死的界限相互混淆，人与自然，理性与感性相互冲突而扭曲，使人无法逃避。普鲁弗洛克来自米开朗琪罗的时代，现代社会不属于他，他与荒谬的现代社会格格不入，他无所适从。客厅里女士们那浅薄的谈话与被她们谈论的画家米开朗琪罗形成了巨大的反差。在这个暮色苍茫的世界里，普鲁弗洛克向往米开朗琪罗的崇高，羡慕哈姆雷特面对"是生存还是死亡"时的勇敢，然而在这个荒诞的时代，他清楚地知道，他成为不了他们。"不，我不是哈姆雷特王子，生下来就不是；／……有时，几乎是个丑角。"（艾略特，裘小龙 译，2017：13-14）

《情歌》诞生的大背景是西方社会物质文明高度发达、人们饱受战争的创伤、人与社会以及人与人之间的畸形的关系，诗人通过他的现代主义表现手法展现给读者当时社会的荒谬与荒诞。晨礼服、腭下笔挺的领子、美妙的音乐、夕阳下的庭院漫步、读小说之后的茶点、瓷器、橘子酱与饮料、曳地长裙等物质上的富足，与之相对照的是人们精神上的空虚，"熟悉了那些黄昏、早晨和下午，我已用咖啡匙量出我的生活"，"只穿着衬衫的男人，孤独地倚在窗口，烟斗中的烟袅袅升起"，"房间里女人们来了又走，嘴里谈着米开朗琪罗"（艾略特，裘小龙 译，2017：8）。

在诗歌的开始部分，诗人极力把读者引向毫无生气的荒原，黄昏暮色像一个被上了乙醚而躺在手术台上的病人一样，只宿一晚上的旅馆、满地锯末和牡蛎壳的饭馆、大街长长的像一场用心险恶的冗长的争执、干涸的池塘、黄色的雾等意象，给读者展现的是一片凄惨悲凉的景象，让人在感到孤独无望之后，惊呼此乃一曲人类文明堕落的交响乐啊！现代派文学的重要特征就是确立丑的地位，通过审丑，让人感到心灵的震撼，通过描写病态和恐怖的荒谬世界，文学作品才能实现深层次的真实，人们因而实现审美的满足——审丑。诗人艾略特在这首诗中恰恰展现的就是西方社会的荒诞与荒谬，着重表现人的生存困境。

7.2.2 分裂的人格形象

T. S. 艾略特的这首《情歌》的情节基本可以概括如下：主人公普鲁弗洛克，人届中年，头已谢顶，身材逐渐矮小，早已过了谈恋爱的季节。但是却志忑地计划在一个夜晚去向某位他熟悉的女子求爱。一路上犹豫不决，不知是否会遭到拒绝，思前想后，畏首畏尾，结果是求爱的事不了了之，既没有谈情也没有求爱，可谓没有爱情的"情歌"。整首诗都是一位中年男子的内心独白，加之以一些繁杂的意象、典故和幻想。

这首诗创作于第一次世界大战前夕，诗人艾略特当时在哈佛大学读书，西方社会局势呈现出动荡不安，现代社会人的内心世界发生错位乃至分裂，西方社会人遭遇到前所未有的政治和宗教的危机，都市人的精神世界濒临崩溃，整个西方世界陷于一片混乱的无序状态。诗人艾略特描写了这个时代的产儿——主人公普鲁弗洛克，一个敏感而又饱学的中年男人在求爱过程中错综复杂的矛盾心理，揭示出以普鲁弗洛克为代表的现代社会中的现代人形象——分裂的人格形象。作品中的"我"不是"我"，"我"在分裂、在消散，即自我的分裂和丧失。

在《情歌》中，诗人艾略特使用两个指代"你"和"我"开始全诗，"让我们走吧，我和你"，给人造成一种假象，仿佛真有一个"你"，他们将要开始他们的浪漫之旅，但是在诗歌的第三行，展示的是一个病人的意象，一个躺在手术台上的病人的意象，与其说这里病人象征着黄昏或者夜晚，不如说是普鲁弗洛克眼中的自己，一个被现实社会折磨得毫无尊严的自我。这里诗人以巧妙的手法展示了普鲁弗洛克这一人物的双重人格，"我"是幻觉世界（内心世界）的自我，"你"是真实世界（客观世界）的自我，诗中的"你"和"我"互不合作，若即若离，充分展示了主人公的分裂的自我。

普鲁弗洛克是敏感、懦弱、空虚、孤独的，他不敢表白爱情，他害怕"那些眼睛用公式化的句子钉住你，当我被公式化了，在钉针下爬，被钉在墙上，蠕动挣扎，那么我又怎样开始吐出我所有的日子和习惯的烟蒂？"（艾略特，赵萝蕤 译，1998：16）。在这首诗中两次提到"女人们来了又走，嘴里谈着米开朗琪罗"，米开朗琪罗是意大利文艺复兴时期艺术的象征，他本来是代表浪漫主义的理想，而在这里却成了自命风雅的女人们谈论的庸俗的话题。米开朗琪罗的伟大艺术成就与无聊女士的闲谈形成了鲜明的对比；而米开朗琪罗的著名雕塑——《大卫》的充满阳刚之气、体格雄伟、坚强勇猛的英雄形象同普鲁弗洛克缺乏男子汉气概、瘦弱、怯懦的形象形成强烈反差。普鲁弗洛克之流显得精神空虚、无所事事，每天的全部生活内容就是夕阳下的庭院漫步……读小说、用茶点、长裙曳地、歌舞升平等等，这里诗人艾略特揭示出西方的社会生态危机，揭示出社会的丑陋，塑造出的人物形象怪异、丧失自我。

他的生活方式已经被这个社会同化，他"已经熟悉了那些黄昏，和上、下午的情景"，"那些熟悉的眼睛、小吃、红茶和拖曳的长裙"，他已经全部地享受和接受了现代社会的荒谬的生活方式，每天在用咖啡勺量走自己的生命，让自己自觉或者不自觉地面对和接受这样的事实：人们存在的空间是一个毫无意义、虚无荒诞的世界。他对自己的头发是否该往后面分，是否敢吃桃子这样的个人生活问题都做不了主，更不用提向心爱的女人开口求爱了！

在《情歌》里，诗人把自己独特的人生体验与感受都融入普鲁弗洛克这一角色中，这首诗揭示出了诗人艾略特对现代社会的厌倦感和幻灭感，也充分验证了作为现代派一员的艾略特的审美价值观，即既然世界是荒谬和恐怖的，那么只有描写病态和恐怖，文学作品才能真实，人们才能实现真正意义上的满足——审丑。纵观全诗，我们不难看出普鲁弗洛克是艾略特精心塑造出的一幅西方现代人的人格分裂的解剖图。

7.2.3 叙事手段的陌生化

20 世纪 20 年代初期正是一个反叛文学传统、各种流派层出不穷的时代，达达主义、表现主义、印象主义、结构主义、未来主义、存在主义等等。作为诗人兼评论家，艾略特对诗歌、文学以至文化都有一套体现现代主义的完整的理论体系，他的批评理论和创作原则反复被人引用、论证，从而引发了"一场审美价值观和批评方法论方面的革命"（盛宁，1994：417）。麻醉在手术台上的病人、不得安眠的便宜旅馆、呆立窗前的男人、快要燃尽的烟蒂、堆积着锯末和牡蛎壳的饭馆、蟹螯等非传统的意象并置和具有鲜明文化意蕴的历史典故的运用，如"哈姆雷特""拉萨路""施洗者约翰""美人鱼妖"，这些意象和典故或相互交错，或相互并置，构成了陌生化的写作特色，这种陌生化的意象处置策略，破坏了传统的诗的叙述性，因此给人以"狂人乱语"的印象，难怪当时很有影响的英国诗人兼评论家哈罗德·门罗读过这首诗后竟诟之为"完完全全的狂人乱语"（杨岂深，1981：416）。但是这些表面的"杂乱无章"，其深层次所产生出的张力，拓宽了情感幅度和联想空间，"它所产生的极强烈的审美效果是按逻辑顺序处置的方式难以比拟的，套用数学公式来公示的话就是：1+1+1 ＞ 3"（黄遵，2000：93）。

"陌生化的一个突出特点就是要打破主体的接受定势，就是以审美欣赏中的惊奇和惊异感为前提。"（周忠新，王梦，2009：45）在这首诗中，诗人为了暗示主人公普鲁弗洛克的求爱历程吉凶未卜，把长长的大街比喻为

"用心险恶、令人厌倦的冗长的辩论"；把黄昏描绘成"像病人上了乙醚，躺在手术台上"，而且诗中作者为了展示出一个非生非死的世界，把黄雾喻作一只懒猫："黄色的雾在玻璃窗上擦着它的背脊，/黄色的雾在玻璃窗上擦着它的口络，/把它的舌头舐进黄昏的角落，/逗留在干涸的水坑上，/任烟筒里跌下的灰落在它背上/……围着房子踅一圈，然后呼呼入睡。"在这里这只猫根本就没有捕捉老鼠的警惕和机敏，恰恰相反，这只懒猫行动迟缓、缩头缩脑、鬼鬼祟祟，最后竟蜷缩在房子的一个旮旯里睡着了。作者通过黄雾的描写写出了主人公社会环境的灰蒙蒙的黄昏气氛，使人感到压抑、暗淡和死气沉沉，而懒猫徘徊、安睡的形象更加衬托出主人公的懒散、胆怯、缺乏自信和漫无目的。

艾略特与其他现代派作家一样，在他们的作品中明显地反映了柏格森的心理时间学说，在《情歌》中，长达 131 行的长诗所经历的物理时间不过短短的数分钟，但艾略特展示给读者的却是诗中人物的丰富的心理时间和社会场景。诗中的时间不再是历时的、线性的，诗中的时间不再沿着历时时间轴延伸，而是立体化的、空间意识流化地展示给读者。现代主义作品表现的是时间感的消失，通过心理时间的历程，揭示出空间化的意象更迭和并置。

该诗没有严谨的逻辑结构和紧凑的情节发展，故事发生的时间、地点和背景都是通过主人公以内心独白的方式展现出来，以陌生化的写作手法描写了一个无所作为、瞻前顾后、郁郁寡欢的极具悲剧色彩的 20 世纪西方知识分子的形象。一位头上秃顶，胳膊和大腿细得可怜的小老头唱的情歌，多么富有幽默和技巧的悖论意象啊！诗人以第一人称的写作手法、以精确的语言、机智的反讽和意识流般的细微心理活动再现了主人公普鲁弗洛克对生活的绝望、人生的空虚感受以及以他为代表的所谓绅士、淑女的无聊生活。把当时西方社会的政治、经济危机和人们的精神颓废通过智性的表现手法淋漓尽致地凸显给读者。表面上由于诗中运用了大量的意象和象征手法，同时又借用了许多典故，所以初读此诗时会觉得晦涩难懂、难以消化，觉得作品艰深，不知作者所云，内容缺乏连贯性和逻辑性。诗人陌生化的写作手法打破了读者的审美定势，冲破了审美惯性，增加了读者在阅读过程当中的阅读难度，在"复杂化"和"难化"的过程中，自然地延长了感觉过程，因而极大地增加了审美张力。但是随着对作品的深入解读，我们会读出其深层次的内涵，会领悟出潜藏在诗人艾略特内心深处的对社会现代性的反叛，以及重建人类社会秩序的美好愿望。

7.2.4 结语

尽管不同的现代派作家的艺术品位和对生活的理解存在差异，但大都在试图用打破传统的写作手法传达社会濒临崩溃和现代人人格分裂这一社会现实，画家亨利·马蒂斯（Henri Matisse）曾经说过，一切艺术品都有其历史时代的印记，而伟大的艺术作品所具有的这种印记会更加明显。作为伟大诗人的艾略特是一位典型的现代派文学代表人物，通过他的《情歌》表层的荒原意象，以及透视出的深层次的荒原意象的救赎力，诗人艾略特奏出了一曲人类文明堕落的无情的《情歌》。诗人俨然人类的天使，借普鲁弗洛克之口，道出人类所处的灾难和困境，目的是惊醒整个人类，从而实现对人类的救赎。"直到人声把我们唤醒，于是我们淹死。"只有"堕落的我们"，已经"淹死"，我们才可以重生。

现代派艺术家们采取不断革新的创作手法，打破传统的叙事视角和叙事手段，来描绘处于腐朽衰落中的社会和绝望中的现代人。传统文学中强调的审美和谐被取缔，代之以相反的审美体验——审丑，其美学特征就是对社会现代性的反叛。通过审丑，折射出现代社会的人们自身根本不能把握自身的现象。《情歌》所反映出的就是"一战"前夕整个西方社会的荒谬的世界和分裂的人格形象，我们感谢大师艾略特笔下的主人公——普鲁弗洛克的"满纸荒唐言"，以及他的情感荒原上的一段荒唐的踯躅独行，透过他的孤独、忧虑、绝望，使我们了解了那个社会的荒诞与荒谬。大师艾略特在《情歌》的诗行中展示出的混乱、荒谬的世界以及时空交错的颠倒，正是对西方社会普遍的现实的真实写照与反映，在这些错位和分裂中，透视出的是诗人寻求秩序和传统的执着，他的《情歌》作为现代派文学的前奏，深深地影响了 20 世纪的世界文坛。

第8章 作者生成理论视域下的约翰·多恩和 T. S. 艾略特

8.1 约翰·多恩入世又出世的写意人生 ①

8.1.1 引言

约翰·多恩（John Donne，1572—1631）被认为是英国 17 世纪玄学派诗歌的开拓者和重要代表人物。在伊丽莎白时代晚期，玄学派诗歌（The Metaphysical Poetry）横空出世，不同于伊丽莎白时代的传统诗歌，玄学派诗歌在一定程度上是文艺复兴末期到资本主义初期过渡阶段进步与封建、宗教与世俗激烈碰撞的产物。玄学派诗人采撷大量复杂晦涩的意象表达对情感和宗教的沉思，以敏锐的观察和独特的视角展露无边的怀疑，此风格在诗坛创作中独树一帜。作为玄学派诗歌神殿的"主教"，多恩的人生具有"神性、人性、社会历史性和文本性"（刁克利，2010），与此相对应，多恩的文学创作反映其宗教信仰的转变、对文学写作的期待、社会时代风貌和知识文化背景。

16 世纪末至 17 世纪上半叶，英格兰王朝几经更迭，从都铎王朝到斯图亚特王朝，英国王室由盛转衰，逐渐腐败，但是海外扩张和殖民掠夺却从未停止，帝国主义势力从欧洲中心向非欧地区扩张。随着文艺复兴逐渐落幕，人文主义思想日薄西山，笛卡尔普遍怀疑的观点成为影响最大的哲学思潮之一，古典主义登上历史舞台，巴洛克文学在欧洲大陆产生普遍影响。

---

① 本文发表于《世界文学研究》2022 年第 1 期，收录时有改动。

多恩出生于天主教贵族家庭，深受家庭影响，成为虔诚的天主教徒并在贵族学校接受精英教育，以期在英格兰王朝安身立命，后因个人的野心、仕途的出路、冒失的婚姻于 1615 年改信国教。诗人自称："我青年时代的情妇是诗歌，老年时代的妻室是神学。"学贯中西的比较文学和西方文学研究大师杨周翰先生以八字概括多恩的分界人生："少狎诗歌，老娶神学。"（杨周翰，1996：122-145）以 1615 年改信国教为界，多恩的前半生积极入世、游戏人生，后半生淡然出世、向死而生。

多恩在文学史的形象跟随时代的脉搏盛衰消长。在伊丽莎白时代晚期，莎士比亚、本琼生、德莱顿、马维尔等文学巨匠星光熠熠，而多恩的诗作意象"牵强附会"，内容"晦涩难懂"，不符合当时主流的创作风格使他成为沧海遗珠，"在世期间只有四首诗得以公开发表"（南方，2005：30-34）。18 世纪多恩被人们排斥并逐渐淡忘，约翰逊对他的诗歌创作就并不赞赏。而到了 19 世纪早期，浪漫主义诗人、批评家柯勒律治曾赋诗给多恩："且为这位诗才快若单峰骆驼撒腿疾驰的多恩 / 冠上以铁条编就、以真爱相饰的花环。"（拜厄特，2012：63）

1914 年第一次世界大战爆发，"当社会出现信仰上的'断裂带'时，往往会产生'荒原文学'"（南方，2005：30-34）。现代派诗人艾略特所处的"一战"前后资本主义时代与多恩所处的伊丽莎白时代晚期遥相呼应，面对信仰"断裂带"所带来的精神危机，艾略特重新审视多恩诗学并在知名的评论文章《玄学派诗人》中为多恩正名，西方文坛上掀起了评价玄学派诗歌的一个热潮。自 20 世纪 80 年代以来，我国多恩诗学的研究人员如傅浩、胡家峦等人为多恩诗歌在中国的文化旅行作出突出贡献，大量多恩诗作在中国被广泛翻译、系统研究并且逐步纳入高校英国文学选读目录中，中国读者得以欣赏在那个新旧事物分庭抗礼、激烈碰撞的时代，诗人多恩以锐利的双眼、细腻的笔触提炼出可用的诗歌意象，造就了以"巧智"和"奇喻"为特点的玄学派诗歌。

自 20 世纪 60 年代巴特出版《作者之死》后，作者中心论一直处在一种边缘甚至是消解的状态。然而作者作为文学作品创作的源头，其重要性不言而喻。中国人民大学刁克利教授认为"作者作为文学活动的最初环节，是文学的最基本概念，也是西方文论中最基本的关键词"（刁克利，2010），并且在其著作《作者》中具体阐释作者生成理论："作者生成论研究作者的生成与成长。其理念是作者的生成在于外部环境和内在成长规律的互动。作者生成论即作者的成长研究既包括作者生成的外部社会、历史、文化环境，又包括作者自身与写作有关的早期兴趣、教育背景、知识结构、写作能力的培养、作者角色确立、作者对此的自我认知。"（刁克利，2019：154-155）诚如张德明教授所说："奇喻巧智的源头还是来自现实的、物质的生活本身，受到时代的、民族的整个话语系统和知识系统的制约。"（张德明，2001：37-42）

8.1.2 入世的前半生

作者研究的开篇之要是作者的产生与时代的联系。多恩生于都铎王朝时期，伊丽莎白一世是都铎王朝的第五位也是最后一位君主。有着"海盗女王"之称的伊丽莎白一世成功运用"海盗战略"，将海盗行为合法化，积极采用先进的技术和装备不断挑战着西班牙海上霸主的地位。1588 年，英国成功击败西班牙无敌舰队，英国不再是西班牙的卫星国，并且开始进行一系列的殖民扩张。作为一代朝臣，多恩 1596 年加入埃塞克斯 – 罗利远征（Essex-Raleigh Expedition），随军出征西班牙加的斯（Cadiz），隔年出征亚述尔群岛（Azores）。1600 年，英国通过东印度公司等垄断性贸易公司积极参与殖民扩张。1607 年，英国在北美建立弗吉尼亚殖民地，其海外殖民扩张的版图进一步扩大。社会环境和历史环境共同塑造诗人的价值观念和行文笔触，因而弥漫整个社会的征服欲望和冒险精神可以在多恩的早期艳情诗中得以窥见。在《挽歌十九：上床》（*Elegy 19：To His Mistress Going to Bed*）中，多恩展示了一个男性征服女性的暴力过程："一个不知名且无声的女人按照男人的命令——解开衣服，松掉头饰，脱掉鞋子，直到安全地踏进这张柔软的床，爱情的神圣殿堂，给我滑动的手以合法权利，让它们在前、后、上、下、中间自由滑动。"一系列的动作和方位描写表明诗人在两性关系中处于绝对的主导地位，将女性视为可被控制的对象、可被征服的土地。学界认为英国玄学派诗歌的特点之一是"对待性爱的革命性"（张海霞，2004：110-1120），将大胆露骨的性爱描写放置于地理大发现和帝国殖民扩张的时代背景下也就不难理解。

　　作者生成论认为作者的教育背景和知识结构是其内部成长的重要环节。多恩自 1583 年先后进入牛津大学和剑桥大学学习，但是由于天主教徒的身份并未获取毕业证书，于是多恩在 1592 年进入林肯律师学院学习法律，以期从事法律或外交工作，其间写过一些诗文，颇受好评。国王詹姆斯欣赏他逻辑严密的哲学思维和旁征博引的科学知识，称赞多恩的诗句"像上帝般平静地传达着思想"（罗朗，2002：48-51）。由此可见，多恩接受过优质的高等教育，知识储备丰富，这为他大量采用神学、经院哲学的诡辩技巧和利用当代科学发明和发现作比喻来抒写爱情提供依据。贵族高等教育赋予多恩推翻中世纪传统想象与假定的勇气，在某种意义上唤醒多恩超越时代发展的、迎合科学进步的时间意识、空间意识甚至是宇宙人生意识。文艺复兴时期西方爱情诗中有两种相互关联的诗歌类型：一种是男子向女子吟唱的晨歌（aubade），另一种是描写一对恋人清晨醒来对话的晨曲（aude）。《早安》（*The Good Morrow*）可以被看作两者的结合。得益于前期接受的优良贵族教育和养成的完备知识体系，多恩在神话、航海、天文等各个领域挖掘可用的意象，不断渲染玄学派诗歌的魅力。第一小节中的"七个睡眠者的洞穴"（the seven sleepers' den）可溯源至基督教传说："公元 249 年，以弗所有七个青年基督教徒，为了逃避罗马皇帝德西乌斯的迫害，藏身于一个洞穴之中，沉睡了 187 年，醒来发现世界已经进入基督教时代。"（胡家峦，2017：100）多恩援引神话传说意在表明情人过去沉湎于感官愉快是幼稚的。第二小节中的"让航海探险家去发现新世界，/ 让天宇图去绘出众多的其他天体世界"以及第三小节中出现的半球意象都展现出多恩论证和激情的巧妙融合，用普通的语言产生诗歌意义的能力，给后世的读者以极大的震撼。

　　作者生成论认为作者自身与写作相关的早期兴趣对于作者生成具有重大影响。时代思潮和家庭出身共同培养作者从事写作的早期兴趣。观其外部环境，欧洲在 17 世纪揭开了近代历史的序幕。以笛卡尔为代表的大陆理性主义和以培根等人为代表的英国经验主义成为影响最大的哲学思潮。笛卡尔强调普遍怀疑的观点，他说"要想追求真理，我们必须在一生中尽可能地把所有的事物来怀疑一次"（笛卡尔，关文运 译，1959：1）。多恩早期的艳情诗歌可以追踪到当时充斥社会的怀疑幻灭情绪。在《歌》（Song）中，多恩连续列举七件不可能办到的事情，包括抓住陨星、使曼德拉草怀胎成孕、找到逝去的岁月、回答是谁劈开了魔鬼的脚、如何去听海妖的歌唱、找到一阵"风"来提高老实人的社会地位，然而在所有不可能的事情中，多恩最怀疑的是在世上找到坚贞不渝的爱情。即使有人告诉他有这样的人的存在，他也始终保留其怀疑态度。诗人用一系列隐喻怀疑女性坚贞，慨叹女性水性杨花且反复无常，极具震撼力和说服力。窥其显赫家世，多恩出身富庶之家，父亲为伦敦富商，母亲为天主教殉道者托马斯·莫尔的外甥女。父亲于多恩四岁时去世，随后母亲改嫁，继父任英国伦敦皇家内科医学院院长。可见，多恩优渥的家庭条件使其具备成为"浪荡子"的可能性。多恩将大部分遗产和时间花费在了女人、书籍和旅行上。此时的他入世颇深，在剧场欣赏音乐，在妓院寻欢作乐，颇有一番"人生得意须尽欢，莫使金樽空对月"的豪情逸兴。在《诱饵》（The Bait）一诗中，多恩更是直接写道："来跟我同居，做我的爱侣 / 我们将体验一些新的乐趣。"与世俗情爱紧密相连的艳情诗体现出诗人"及时行乐"的人生信条。

作者研究是对人的研究，故而作者从事写作的动力源泉值得关注。1601年，多恩与埃格尔顿爵士的侄女 16 岁的安妮·莫尔结婚。埃格尔顿勋爵和安妮的父亲乔治·莫尔都强烈反对这桩婚姻，作为惩罚，莫尔没有提供嫁妆。埃格尔顿勋爵解雇了多恩，并将他监禁了一段时间。他出狱后生活潦倒，颠沛流离达十年之久。然而世俗的不解和生活的困顿并没有击垮这对璧人坚贞不渝的爱情，反而推动多恩为妻子写下真挚感人的爱情诗篇。根据英国作家沃尔顿所写的《多恩传》（Life of Donne），约翰·多恩于 1611 年冬随其恩主罗伯特·特鲁里爵士出使巴黎，临行前写了《别离辞：节哀》（A Valediction：Forbidding Mourning）赠予爱妻安妮。诗歌第一小节把一对精神情侣的离别喻为死亡，颇为突兀。诗人认为对待离别应镇定安详。在诗歌的第二小节中"那将会亵渎我们的欢愉，/要是我们的爱情被俗人知道"，由此可见"诗人把爱情喻为宗教，世俗情侣是俗人，他自己和妻子则是教会神职人员"（胡家峦，2017）。让不能理解爱情宗教的凡夫俗子知道神秘爱情是对爱情的亵渎。诗歌第三小节，诗人对比世俗情侣和精神情侣对待离别截然不同的态度。离别对于世俗情侣来说是"地震"，会带来恐惧和灾祸。而对于多恩和安妮来说，离别像天体的震动，神秘而又和谐。来之不易的婚姻生活重塑了多恩的世界观和爱情观，在安妮的影响下，多恩的诗学创作一反以前轻佻、艳情、浪荡的风格，反而变得严肃、深情、富有哲思。特别指出的是，诗人不再单纯地推崇肉体感官的欢愉或者灵魂世界的共鸣，而是强调肉体与灵魂完美结合的爱。由此可见，此时的多恩开始以出世之心做入世之事，在躯体感受和精神世界找寻爱的平衡。

在 17 世纪早期以前，受其荡气回肠的情感经历影响，多恩主要的文学产出是爱情诗歌或者称为艳情诗。1617 年，多恩的妻子在生下第 12 个孩子后不久就去世了，这也标志着多恩爱情诗歌创作的终结，转向宗教诗歌和布道文。

8.1.3 出世的后半生

如果说多恩入世的前半生受到帝国殖民扩张的时代背景、名门望族提供的贵族教育和不为世俗所累的爱情的影响，那么宗教神学在多恩出世的后半生中扮演重要角色。宗教信仰是解读多恩人生和诗作不可回避的话题，对于出生、成长于天主教家庭的多恩来说，放弃天主教转而信奉新教是一个漫长而渐进的过程。随着殖民扩张的进程不断加快，加之受到欧洲 16 世纪宗教改革的影响，英国社会文化也发生变革，主要体现在信仰和哲学思想的文化变迁。英国冲破了中世纪基督教体系的束缚，在这一时期逐渐形成了以专制君主为核心的信仰新教的民族国家，完成宗教改革，形成了民族共同意识。1593 年，约翰·多恩的兄弟亨利被判犯有同情天主教的罪，不久之后就死于狱中。这一事件使多恩对他的天主教信仰提出疑问，并成为他创作出最佳宗教诗歌的动力源泉。1597 年，多恩被任命为掌玺大臣托马斯·埃格尔顿爵士的私人秘书，很可能就在这个时期，多恩皈依了英国国教，并于 1601 年成为国会议员。1610 年，多恩发表了他的反天主教文章《伪殉道者》，放弃了他的信仰。在信中，他提出了罗马天主教徒可以在不损害詹姆斯一世的情况下支持他们对教皇的宗教忠诚，这为他赢得了国王对上议院议员的青睐和赞助。1615 年，多恩被正式任命为皇家牧师，接受神职，1621 年多恩出任圣保罗大教堂的教长一职。

多恩在 1615 年作出改信国教的选择，是前途所迫还是内心本意难以探寻，但宗教信仰的转变带来了全新的文学产出，折射出不同的处世态度。多恩的朋友、传记作者沃尔顿暗示多恩的神学诗作均作于 1615 年他接受神职以后，其文学创作的源头也由两性关系转为对上帝的追随。

个体作者的生成研究尤其关注作者所处时代的社会文化背景，强调作者研究的时代性、整体性。17 世纪英国王朝更迭不断，从伊丽莎白一世到詹姆斯一世再到查理一世，政治斗争从未停歇，而政治斗争在社会文化上最直接的反映就是宗教信仰的变迁。维护等级、强调尊严的天主教逐渐让位于主张平等、提倡谦卑的新教。新教与天主教主要斗争焦点之一是否将天主教会视为教徒与上帝之间沟通的桥梁，天主教依托天主教会对教徒进行精神统治，而新教主张教徒与上帝直接交流从而完成自身救赎。在社会宗教文化转变的大背景下，多恩个人宗教信仰的转变可谓是痛苦的、挣扎的，丝毫不亚于安妮离世带给他的苦楚。《敬神十四行诗》（Holy Sonnets）19 首是多恩所作 38 首神学诗（Divine Poems）中最著名的一组诗作，其中的第二首是为基督教会的统一而向基督所作的祈祷，第十四首有关于多恩信仰转变下的矛盾心理。在《敬神十四行诗：神学冥思》的第十四首中，诗人直抒胸臆："我非常爱你，也非常希望你能爱我 / 但是我却已和你的仇敌定了亲 / 请你把这结解开、扯碎，我和他离婚。"多恩将信奉上帝比作情人之间的结合，其内心仍然对于天主教"余情未了"，而所谓的"结"可被解读为与上帝的"结婚"。尽管内心矛盾、精神失衡，在整个社会宗教信仰巨变的影响下，多恩还是逐渐皈依新教。故而在《敬神十四行诗：神学冥思》的第二首中，多恩直接与上帝进行对话。多恩宣称自己是由上帝且为上帝造就的，是上帝的儿子、仆人、绵羊、影像，还是圣灵的一座庙堂。随后多恩提出疑问："那么为什么那魔鬼要把我侵占篡夺？"多恩将如此炽热的爱献给上帝，为何上帝"热爱人类，却不对我加以重视"？其实，多恩自己早已给出了答案，他期盼上帝奋起，"为您自己的作品而争战"。不同于第二首，在此诗中，多恩极力证明对上帝的虔诚之心和对过往的忏悔之情，他似乎在政治与宗教不断斗争的旋涡中迷惘不前，将灵魂救赎寄希望于无所不能、无处不在的上帝。既然入世之时"往事暗沉不可追"，那就请求上帝洗清罪恶、消解思念，希冀来日之路光明灿烂。

　　个体作者的生成研究同样关注并强调作者与文学环境的互动。在宗教信仰变迁的背景下观察 17 世纪英国文学环境，就不得不提及在欧洲大陆产生普遍影响的以宗教为惯用主题的巴洛克（Barruco）文学。玄学派诗歌具有巴洛克风格，尤以多恩的作品最为典型。巴洛克风格以结构复杂和意象新奇著称，"惯用极端混乱、支离破碎的形式，表现悲剧性的沮丧，用夸张、经雕琢的辞藻，谜语似的词汇来玩弄风雅"（朱志荣，2016：111），这种巴洛克风格同样映射在布道文《马太福音》中。1619 年多恩受詹姆斯一世的派遣出使德国海牙，宣讲布道文《马太福音》。多恩如此布道："在许多方面世界像海，世界就是海……只有福音书才是我们的网……我服侍上帝的第一个目的绝不应当是为我自己，而是为了上帝和上帝的光荣。"在多恩的布道行文中，世界为"海"，福音书化身"渔网"，教徒成为"渔人"，不以自己为目的服侍上帝就能得到救赎。这种隐喻将熟悉与陌生巧妙结合，诗人将两者的相似点传递给布道文的听者与读者，论证得恰到好处。在此篇布道文结尾处，多恩讲道："如果你们愿意被这张网'捕'住，……那你们这些鱼就是保留给那伟大的婚礼筵席，……在这筵席上，你们的灵魂将饱餐一顿，像吃了骨髓和肥油一样。"多恩的布道一如他的诗歌，比喻突兀、概念抽象、结构复杂、意象奇特，在此基础上，作品中蕴含的辩证思维、哲理文思却为巴洛克文学增添浓墨重彩的一笔。以引申经文、借题发挥为普遍特点的布道文在一定程度上是多恩最真实的内心独白，是宛如"意识流"一般的存在，诗人作为"渔人"甘愿被作为"网"的福音书"捕住"，进而进入天国所设的"伟大的婚礼筵席"，可见多恩早已"腾身洒脱尘埃去", 超脱于尘世间。

此外, 作者研究聚焦于作者对写作的期望和对文学的期待。多恩通过著述、冥想、布道大力宣扬跟随耶稣, 保持谦卑, 究其根本还是因为多恩更需要向自己证明新教的合理性, 从而说服众人信仰新教。另一方面, 多恩晚年的文学创作更多的是表达对于"死亡"这一生命终极问题的思考, 然而天主教的余波仍然在多恩对于死亡的潜意识里回荡, 新教的登堂入室也让多恩对于死神的真实面目蒙上一层怀疑的阴影。1617 年安妮离世后, 多恩创作了《敬神十四行诗: 神学冥思》的第一首, 多恩写道: "现在就修理我吧, 因为我的末日迫近 / 我奔向死亡, 死亡同样迅速地迎向我 / 我的所有的快乐都仿佛昨日一样难再 / 我不敢朝任何方向转动我蒙眬的目光。"昔日与爱人私奔、结合、相濡以沫的浪漫全部化为乌有, 取而代之的是独自负担起 12 个子女的生活琐碎, 对爱妻的思念和生活的重担让多恩萌生死亡的念头, 他希望与死神双向奔赴, 脱离尘世间的痛苦。1623 年多恩重病, 接受詹姆斯一世御医的精心治疗。在治疗过程中, 多恩不断反省自己的思想和信仰, 洗刷内心的罪恶, 希望获得灵魂上的拯救。隔年, 多恩病愈并出版著作《突变引起的诚念》(*Devotions upon Emergent Occasions*)。其中, 第十七节题目为"为他人缓缓敲响的丧钟对我说: 你也将死去。"多恩沉思: "没有人是与世隔绝的孤岛 / 每个人都是大地的一部分……因此不必派人打听丧钟为谁而敲: 他是为你敲的。"(杨周翰, 1996)。多恩认为钟声不断提醒人们把人生视为解除原罪的过程。或许, 一场重病, 与死神擦肩而过, 时光流逝, 对于安妮的思念并非与日俱增, 多恩对于人生的终极命题"死亡"又有了全新的思考和体会。在《敬神十四行诗: 神学冥思》的第十首《死神, 你莫骄傲》(*Death Be not Proud*)中, 多恩将"休息"和"睡眠"看作死神的摹本(pictures), 认定死亡同样给人以享受, 与此同时"我们最美好的人随你去得越早 / 越能早日获得身体的休息, 灵魂的解脱"。可见多恩认为死亡是离开现实世界、通往极乐的捷径, 对于死神的轻蔑、不屑跃然纸上。

300 年后, 一位倡导"诗意地栖居"的学者在其论著里给予 17 世纪多恩超前的死亡意识以哲学解释。德国存在主义哲学家海德格尔在《存在与时间》中论述死亡哲学时，提出"向死而生"（being towards death），其基本方法是"先行到死中去"。在生命最后的时光，多恩思考丧钟究竟为谁而鸣，如何解除原罪以及生命本身是否存在于尘世中。正如杨周翰先生所说："在这矛盾激化、风云变幻的时代，凡是有思考的人都在提出问题，思考问题，而且思考一些带根本性的问题，如生与死、信仰、精神的疾病与创伤。"（杨周翰，1990：94）随着多恩的健康状况持续恶化，他开始沉迷于死亡，甚至在死前发表了葬礼前布道"死亡的决斗"。1631 年 3 月 31 日这位怪才诗人与世长辞，尽管诗名沉浮 400 年，其气浩然，常留天地间。

8.1.4 结语

多恩的前半生积极入世，多次出征海外以谋求政治地位，创作艳情诗歌以取悦贵族淑女、跻身上流圈层，与爱人安妮私奔并秘密结婚，生活可谓是春风得意，看尽繁华。所谓入世容易，出世难。正是有入世的深刻体验才能出世，否则就不能长久地在空的境界里把持住人生。回顾多恩出世的后半生，王朝不断更迭、信念陡然转变、身体每况愈下、上帝代替情人，凡此种种都让多恩逐渐抛开世俗的杂事、欲望，寻求人生最终的归宿。穿越时空之旅的隧道，掠过 400 年的光阴，领略这位玄学大师波澜壮阔的一生。时代风云变幻，信仰物换星移，仕途几经沉浮，爱情惊天动地；看他纵情声色，见他绵绵爱意，惜他弃绝尘世，赞他绝美工笔；宗教与世俗相互渗透，生活与诗作相互浸染。如明代诗人陈眉公所言："必出世者，方能入世，不则世缘易坠。必入世者，方能出世，不则空趣难持。"入世与出世看似相互矛盾却又相辅相成。站在历史的纵深处回眸，多恩的人生情随事迁，修短随化，何必出世入世之面目。

8.2 T. S. 艾略特的早期世俗生活与文学想象世界 ①

8.2.1 引言

T. S. 艾略特，20 世纪英国著名诗人、文学批评家和剧作家，诗歌现代

---

① 本文发表于《世界文学研究》2022 年第 1 期，收录时有改动。

派运动领袖，曾获得英国"荣誉勋章"、意大利"但丁金奖"等多项荣誉，其代表作有《普鲁弗洛克的情歌》《荒原》《四个四重奏》等。其中，《荒原》被认为是英美现代诗歌的里程碑，同时也被评论界看作是 20 世纪最有影响力且具有划时代意义的一部作品，为他赢得了极高的国际声誉；《四个四重奏》使他成为 1948 年度诺贝尔文学奖的获得者。国外前期对艾略特的研究主要集中于他的思想和诗歌、风格的研究，从 20 世纪七八十年代开始，评论家们开始转向他与浪漫主义之间的联系研究，也不再受其诗歌理论的束缚，把艾略特的生活和文学创作联系起来，挖掘出作品新意。而国内对艾略特的研究分为两个时期，分别是三四十年代艾略特在我国的译介和 80 年代"现代派热潮"。总体而言，我国在艾略特译介方面取得了显著成绩，但在研究内容的选择上，主要集中于《普鲁弗洛克的情歌》《荒原》《四个四重奏》等著名作品，还在选择抛开诗人生平和历史的情况下对作品细读，鲜少摆脱诗歌"非个人化"的束缚。

"作者生成论即作者的成长研究，既包括作者生成的外部社会、历史、文化环境，又包括作者自身与写作相关的早期兴趣、教育背景、知识结构和写作能力培养，还包括作者角色的确立和作者对此的自我认知——既注重作者成长的外部原因，又注重作者成长的内在规律。"（刁克利，2019：54）其中，作者生成研究又可分为个体作者的生成研究和群体作者的生成研究两个层面。

8.2.2 社会背景与艺术创作

19 世纪末 20 世纪初，世界处于大变革时代。第二次工业革命使得各国科技飞速发展，城市化进展迅速。其中英国在 19 世纪中叶就完成了初步城市化，是世界上第一个完成城市化的国家，美国城市化的时间则稍晚些，于 20 世纪初期才完成城市化。"1920 年是一个划时代的年份。……美国成为一个城市化国家。"（王旭，2003：43）而艾略特就出生于当时高度发展的工业城市圣路易斯，他的青少年时期也都在这里度过。因此艾略特的早期诗歌有许多关于城市的书写，他笔下的城市是充分现代化与工业化的现代都市，描写的内容常常是现代城市的肮脏与破败和居民无聊、孤寂与堕落，如《序曲》中对城市环境的描写："烟蒙蒙的白天燃尽的烟蒂。……一阵狂风暴雨把一摊摊肮脏的枯叶和从空地吹来的旧报纸卷到了你的脚边。……踩满锯屑的街上传来的微微走了气的啤酒味儿……匆匆走去的沾满污泥的脚。"（艾略特，裘小龙 译，2012）艾略特笔下烟雾缭绕的白天、满是垃圾和污泥木屑的街道，体现城市工业化带给了城中人们尘土飞扬、昏暗肮脏的生活环境，毕竟没有一个干净的城市会到处都是"肮脏的树叶"和"空地吹来的旧报纸"，这暗示他们的城市生活如同"燃尽的烟蒂"一般令人绝望、喘不过气；而"狂风暴雨"则暗示着一种不稳定的、阴沉可怕的氛围。

与此同时，两次世界大战对人们一直以来持有的道德观、价值观以及信仰等造成了巨大的冲击，使人们赖以生存的环境和思想都遭到破坏。身份的焦虑在各个阶层蔓延，人们就像是漂浮的"符号"（刘象愚，2008：3），完全处于无根的状态中，漫无目的地游走，惶惶不可终日。20 世纪的两次世界大战使欧洲变成了艾略特笔下的一片荒园，如《荒原》中提到的"荒漠""尸体""洞穴"等诡异的意象描绘出战后社会失去生气、人类失去灵魂的荒芜景象，以及"我没想到死亡毁坏了这许多人"（艾略特，赵萝蕤 译，2000）和《序曲》中"……成千上万个污秽的意象——这些意象构成了你的灵魂"（艾略特，裘小龙 译，2012），现代人的灵魂由这些污秽的意象构成，体现城市人群不再是文艺复兴时期的"万物灵长"，而是已经堕落为灵魂发霉的行尸走肉。

弗吉尼亚・伍尔夫指出："现代主义应该从 1910 年开始，因为这一年人性发生了根本变化。"（Adams，1978）艾略特无疑是现代主义作家的杰出代表。而现代主义艺术家不同于浪漫主义艺术家，他们的艺术灵感通常来自极其平凡、琐碎的生活而非剧烈的个人情感体验，他们也不像浪漫主义作家那样充满诗意，写作也更实际、更平凡。现代主义文学专家布雷德伯里指出，对于现代主义来说，"城市与其说是一个地点，不如说是一个隐喻"，"城市与文学之间始终有着密切的联系"（布雷德伯里，胡家峦 译，1995：76-83）。而艾略特身上也能充分体现出现代主义作家的特征，他的写作素材大多来源于生活经历，强调"去个性化"写作而非强烈的情感，其笔下的城市也不是具体的某个地点，而是概括性地描述了战争后各个大都市的破败景象，如《荒原》中"并无实体的城，在冬日破晓时的黄雾下……"（艾略特，赵萝蕤译，2000），此处借鉴了波德莱尔《七个老头》中的诗句："这拥挤的城，充满了迷梦的城……"，波德莱尔口中迷幻的城是巴黎，而艾略特并无实体的城是伦敦，也可以是柏林和巴黎，这些城市都是相似的，它们虚幻的来源都是 20 世纪战争后人们堕落的精神。同时期，女性主义也逐渐发展起来，女性作家不断涌现，女性读者也日益增加，作家或者说是社会视线开始聚焦女性，而艾略特也对女性多加关注，写了许多关于女性的诗歌，如《一位夫人的画像》《海伦姑姑》《南希表妹》等。

"文学理论通常考察作家、文本和社会之间的关系"（周忠新，2010），作者所处时代的社会文化环境也是作者生成研究的一方面，即艾略特所处的社会文化背景对他诗歌中女性和城市的描写及荒原意象产生了影响。

8.2.3 家庭生活与艺术创作

8.2.3.1 婚前生活

1888 年，艾略特出生于美国密苏里州圣路易斯城的名门，家境优越。他的祖父威廉是美国早期清教徒，信仰唯一神教，于哈佛神学院毕业后，为了传播上帝的福音，告别东部安稳的生活，来到当时条件十分艰苦的圣路易斯。他慷慨无私、济贫扶弱，极富同情心和奉献精神，建立教堂、创办学校，创立了一套自我克制的行为规范和服务原则，在当地享有盛誉。而艾略特祖父崇高的思想境界、追求奉献的精神和极高的责任感为他的家族留下了一笔丰富的道德和精神遗产。艾略特的母亲夏洛特不仅秉承了其祖父的道德、思想境界，经常组织和参加妇女志愿者俱乐部的公益活动，极富正义感和同情心，还为其祖父书写传记，以免祖父的道德模范和道德要求被后人遗忘。同时，艾略特的母亲极具文学天赋，常以诗歌抒发自我追求，艾略特家族的影响也能从她的诗歌中窥得一二，其作品《星期三俱乐部》中表现出对现实苦难的忧郁，呼请俱乐部妇女们要有"自我牺牲"的高尚行为和"捍卫正义"的人生理想（Herbert et al，1966：275-278）。但由于没能接受高等教育，本人的艺术抱负受到抑制，在发现艾略特的文学天赋后，夏洛特便将自己一生的理想寄托在了小儿子身上。她鼓励他大量阅读，并有意识地指导他朝着文学方向发展，悉心栽培着一个未来的天才，因此艾略特前期对文学的兴趣就主要得益于母亲的鼓励和指导。他的母亲夏洛特具有坚定的信仰，极擅长宗教诗歌，善于描写预言家、传教士、先知、圣徒、殉道者等人物形象，"诗作中的主人公总是从深渊处窥见崇高的真理"（刘燕，2001：9），而这种像母亲一样具有坚定信仰的人物或意志力非凡的殉道者形象在艾略特后期的诗歌和戏剧中也经常出现，如《大教堂谋杀案》中的主人公托马斯·贝克特，忠于教义不为亨利二世许诺的利益所动，最后被杀死在坎特伯雷大教堂舍身殉道。

幼年良好的家庭教育环境赋予了艾略特极强的社会责任感、清教徒般的自律与务实精神和强烈的历史意识。此后，带着这种责任感，艾略特一生都在追求"绝对真理"，希望为混乱的现代提供一种绝对现实或秩序的安全感。他认为，诗人应该为他的时代负责，应该解决现实中真实存在的问题，这是诗人的责任。因而在艺术创作方面，艾略特提出要遵循传统、继承传统，这里所说的继承传统就是要具有一种历史意识，即过去具有历时性和共时性。而要回到过去，就需要人的意识的运动和空间的作用，因为时间无法倒流，所以只有在一定空间的作用下，也就是借用空间为人的意识提供一个"呈现场"，然后通过存在于时间的范围内的人类意识——人的想象和回忆回到过去。如在《四个四重奏》中，艾略特借助艺术手段使用他祖先和他自己生活中具有特殊意义的四个地点为诗题，采用四重奏的音乐形式，不断构筑具有过去意义的"呈现场"，从而使读者的意识在阅读中回到过去，再现过去的情感体验。如在《干赛尔维吉斯》中，"对神我知道的不多，但我认为那条河是一个棕色皮肤的大力神……"（艾略特，赵萝蕤译，2000），"那条河"指的是密西西比河，它流经艾略特的家乡圣路易斯城；而"我们心中装的是河，围绕我们四周的是海：海是陆地的边缘，它伸向岩岸"，此处描写的是赛尔维吉斯，赛尔维吉斯原本指的是接近马萨诸塞州安角东北岸海中的一小堆礁石，它正位于艾略特家避暑别墅海岸的延伸线上。艾略特幼年的成长环境也对其诗歌创作产生了影响，于是他儿时记忆中的密西西比河与露出水面的赛尔维吉斯也成了他诗中的意象，构成了过去的"呈现场"。

8.2.3.2 婚姻生活

1915年，艾略特在英国满怀期待地与维芬结为夫妻，但婚后生活却令他大失所望。他的妻子维芬极具艺术天分和冒险精神，善于表达自我，也爱写诗，艾略特大部分诗歌与论文都诞生于他们结合的日子。但与此同时，维芬体弱多病，精神状态不佳，情绪也极不稳定，而艾略特身上清教徒的禁欲想法也使得夫妻生活极不协调。"作者是因为作品而存在的，所以，对作者的理解总是和他的作品联系在一起。"（刁克利，2010：103-104）因而这种不协调的婚姻生活在其诗歌中也得到了体现，如《荒原》第二章中从"跟我说话。你为什么总不说话。说呀。你在想什么？想什么？是什么呀？"到"现在我该干些什么事？……咱们明天又干些什么呢？咱们到底要干什么？"（艾略特，裘小龙 译，2012），这些都是妻子不安而频繁的质问，而丈夫的回答却说"热水十点钟供应"，丈夫完全无视妻子的问话，自顾自地说着自己的话，以冷漠的态度对待她无礼的话语，体现了诗歌中夫妻之间缺乏交流、思想脱节，也暗示了艾略特与妻子的情感危机和心灵荒芜。

到1920年底，妻子维芬因照顾卧病的父亲而累垮，这雪上加霜的情况使艾略特不得不同时做好几份工作以缓解家里的经济压力。妻子生病导致艾略特情感空虚，加之经济困境带给他的生活重担，艾略特也逐渐精神崩溃，急需休息疗养。1921年10月，艾略特在疗养期间完成了《荒原》的第三章"火诫"，11月通过医生的治疗，艾略特终于从烦恼的世俗生活中超脱，获得了心灵和精神的平静，同时也完成了《荒原》的第五章"雷霆所说的"，这种平静也在诗歌中得以体现，如结尾处"Datta. Dayadhvam. Damyata"，意为"自我克制，给予和仁慈"。

但随着维芬的病情加重，艾略特的平静再一次被打破，因为在身体每况愈下的时候，维芬愈发依赖自己的丈夫，但适得其反的纠缠使她的丈夫更加疏远她。这种过分的依赖和因病情产生的恐惧也对艾略特的精神和生活造成了威胁，与精神处于疯狂状态的妻子相处使艾略特不堪重负，他决定远离妻子，摆脱这段痛苦的婚姻。直到 1947 年，被长期监禁在精神病院的维芬病故，艾略特终于从自己的精神重负中解脱。在第一次失败的婚姻中，艾略特发展出了几乎病态的厌女症。因此在他早期作品中，对现代的爱情充满失望，描写的女性形象也基本上都是负面的，几乎没有智性可言，如《普鲁弗洛克的情歌》中"房间里女人们来了又走，嘴里谈着米开朗琪罗"，然而这些在房间走动谈论画家的女性并非真的对艺术有所了解，她们只是在附庸风雅，在这里可以看出作者对当时表面光鲜的女性的讽刺。有《荒原》第二章中的丽尔，即使她已经生了五个孩子，仍旧为了维持婚姻选择把自己打扮得漂亮，试图以性去取悦、去留住丈夫，此处的她将自己放在被凝视者的位置上，且沦为生育机器而不自知；诗节结尾借用奥菲利亚自杀前的一段台词"再见，太太们，再见，好太太们，再见，再见"，暗示丽尔的悲剧结局，也借哈姆雷特和奥菲利亚纯洁美好的爱情悲剧反衬以丽尔婚姻为缩影的现代社会情感和婚姻的肤浅、庸俗与不纯洁。也有连情欲都是麻木的女性打字员，在《荒原》的第三章中，她在性爱结束、情人离去后，脑子闪过的念头是"唔，现在完事啦：谢天谢地，这事儿总算已经过去"，作为受害者的她对于未经自己同意的性爱只感觉到麻木；而后又描写她"无意识地用手抚平头发，接着在唱片机上放一张唱片"，此处隐喻来自《威克菲牧师》中被诱奸的奥莉维亚，她认为寻死是惩罚背信弃义的情人和证明自己贞洁的最好办法，但打字员却丝毫不以没有感情的淫乱为耻辱，她毫无感觉的表现也让情欲沦为机械性的本能，暗示艾略特认为现代纯洁的爱已经消失，只剩下了麻木的欲望。"文学是某种特定人的产物，即作家的性格、气质、心理和习惯等因素的构成物"（刁克利，2010），而艾略特的代表作《荒原》便诞生于他第一次失败的婚姻和第一次世界大战后西方文明衰退时期，诗歌中暗含艾略特对现代爱情和婚姻的失望，也体现了当时艾略特本人、他的家庭乃至整个西方社会所遭遇到的前所未有的荒原危机。

　　艾略特早期的作品中女性都像是一具具令人觉得单调乏味的空壳，但晚年幸福的二次婚姻似乎改变了这一情况和他对女性的态度，如《灰星期三》里面的"沉默女士"如同圣母一般，起到将人们引向上帝的作用，给人们带来救赎，"带着面纱的修女"也为那些在黑暗中等待着的人进行祈祷，能够给人们带来希望；在《四个四重奏》中，既有关心、提醒我们的"护士"，也有庄严纯洁的圣母，她们都发挥着自己的作用。这些作品中女性都承担着各自的责任和使命，也拥有了各自不同的内核，他们不再单纯地被视为情欲的象征，也不再只是一具空壳。

8.2.4 求学生涯与艺术创作

8.2.4.1 少年求学

艾略特少年时在华盛顿大学的预科学校即史密斯学院学习，在那他接受了良好的教育，涉猎了极其广泛的学科领域。14 岁时他偶然阅读到的《鲁拜集》为他展现了一个无比美妙的诗界，让他萌生了成为诗人的想法。此后，艾略特大量阅读浪漫主义诗人的诗歌，并模仿他人诗节进行创作，他16 岁时模仿拜伦所创作的《饕餮寓言》至今仍保存于《史密斯学院文集》，在这个作品中他写道"有人问起，众修士就声称圣彼得把他们著名的主子接上天堂去了"（艾略特，裘小龙 译，2012），他们的主持分明是被鬼抓走了，教会却自欺欺人、掩耳盗铃，少年艾略特畅叙自己对宗教修士辛辣的讽刺。艾略特自幼患病，身体欠佳，无法参加剧烈运动，因而相较于其他同学，他有大量的时间进行阅读，儿时的博采众长为他日后的诗歌创作打下基础，但身体的孱弱也让他产生了未老先衰的感觉，以至于在《普鲁弗洛克的情歌》里描写了一个胆怯、斑秃、身材瘦小的男性，还发出"我老啦……"的感叹。

1905 年，因身体原因艾略特延缓入学哈佛，在马萨诸塞州弥尔顿学院继续学业。这是他第一次远离家庭，开始了独自成长的道路。这时的艾略特进入了一个完全不同的陌生环境，周围都是有明确目标的、朝气蓬勃的青年，他却是一个怀有远大抱负但不清楚未来道路的 17 岁年轻人。这让他总有一种难以驱散的孤独感和离异感，而这种年少时惶恐不安、难找去处和归处的感觉也一直延伸到了艾略特后来的生活里，令他总是到处寻找自己的起源。而当"作者投入创作之中，即使出自作者的虚构，也有现实依据"（刁克利，2020：99），如同《四个四重奏》中诺顿、小吉丁等地点，都是艾略特成年后为寻找自己最初来源曾踏足过的地方，也都是他曾居住过或者他的祖先曾生活的地方。

8.2.4.2 哈佛求学

1906 年到 1914 年，艾略特在哈佛大学求学。在大学二年级的时候，艾略特在图书馆阅读了西蒙斯写的《文学中的象征主义运动》一书，这是他首次接触到拉弗格、波德莱尔等对他影响巨大的 19 世纪法国象征主义诗人。法国象征主义诗人认为现实世界是虚幻的、痛苦的，内在的才是真的、美的。于是，他们试图用诗歌艺术诱发读者联想和想象，以此来引导人们超越虚幻的外在世界，从而抵达内在世界，拯救人的灵魂。其中，波德莱尔擅长把病态心理和强烈的自我意识结合起来，喜欢用充满节奏、色彩、音乐的语词表达出高度强化了的城市意象，艾略特从他那学到了如何处理城市题材，如何观察现代都市的内涵，以及如何审视现代城市的灵魂，就如同他在《大风夜狂想曲》中的描写："一家工厂院子里的一根破弹簧，铁锈附上那已消失了力量的外形……随时都可能折断……不见阳光而干枯的天竺葵，细小裂缝中的尘土，……百叶窗紧闭的房间中女人的臭味，走廊上烟卷的烟味，酒吧间中的鸡尾酒酒味。"（艾略特，裘小龙 译，2012）院子里锈迹斑斑的破弹簧和它"消失了力量的外形"说明工厂已经被废弃，也暗示着工业的繁荣时期已经成了过去，剩下的只有残骸，而"干枯的天竺葵""裂缝中的尘土""臭味""烟味""酒味"等意象则揭示了现代城市的肮脏、混乱以及其中人们干枯的灵魂，让人不寒而栗。拉弗格是个坚定的反浪漫主义者，他视浪漫的感伤行为为儿戏和不成熟人格的表现，常以反讽和自嘲的手法对待浪漫感情，而这也对艾略特早期嘲讽的语言风格产生了深刻的影响，如艾略特曾模仿拉弗格所作的《幽默》"可这个死去的小傀儡啊，我相当喜欢：一张普普通通的脸（我们会把那种脸忘记）……"（艾略特，裘小龙 译，2012），可以看出"我"对待自己的喜欢是自嘲的态度，因为"我"喜欢的只是一种会被忘记的普通的脸；以及《普鲁弗洛克的情歌》中"……我看到过我的头（微微变秃）/ 在一只盘子中递进"（艾略特，裴小龙 译，2017：11），可以看出普鲁弗洛克对待自己内心欲望和对爱情浪漫幻想的态度是压抑和自嘲。而在马拉美那里，艾略特学到了如何在词与词之间留下空白以及利用神话意识作为诗歌结构的艺术方法，就像《荒原》中零碎繁杂的意象"一堆破碎的偶像，承受着太阳的鞭打"和"那淹死了的腓尼基水手""那独眼商人"等，艾略特在诗歌中化用了旧约中的故事和渔王的神话。此外，法国象征主义诗人的主要艺术手段——通感也对艾略特产生了不小的影响，如《弈棋》中"炫目的闪光与灯光相遇……那些调制的奇异香水……在芳香氤氲中的感官；袅袅上升的香气……"（艾略特，裴小龙 译，2012），用形象的语言将人的视觉、感觉、嗅觉等不同感觉相互交错，表现出在五彩炫目的光线下、香气袅袅的环境让人的感官处于朦胧的状态。总而言之，在接触了法国象征主义诗歌后，艾略特的诗风由最初拜伦式的浪漫主义转向了拉弗格式的嘲讽、波德莱尔式的城市意象，转向对传统浪漫、感伤情调的背离和对波士顿充斥的资产阶级习气的嘲笑。但当时的美国诗坛占据主导地位的依然是朗费罗、詹姆斯、拉塞尔等具有维多利亚风格的美国哲人的高雅传统，因此以波德莱尔、拉弗格、马拉美为代表的法国象征主义使艾略特背离了维多利亚时代英美诗歌的文学传统。

8.2.4.3 短暂留法

1910 年 1 月到 1911 年 10 月，艾略特前往法国留学。在法国，艾略特接触到了对他影响颇大的哲学家伯格森和布拉德利。伯格森认为"记忆正是思想与物质的相交"，这反映在了艾略特传统观中"意识在'呈现场'中与时间相遇，体验时间的流动"。布拉德利反对长期以来人们习惯使用概念性知识去认识现实或给现实下定义，他认为要用"绝对"的观点认识现实，因为"绝对"才能把思想与现实、意志与感觉统一起来，而人类生活在"表象"掩盖"绝对"的世界，因此我们需要通过"表象"或许多个"有限的中心"去探索和认识绝对真理，这与艾略特的怀疑主义倾向和强调概念知识的局限性看法吻合，即人们日常思维方式支离破碎，知识、经验形式也都是有限的、相对的，接近真理的唯一途径就是不断扩大自己的知识面，而完美真理意味着把意识融合为一个整体。哲学思维使艾略特在诗歌创作时总是善于把一种感觉想象和一种智性奇妙融合在一起，如在《普鲁弗洛克的情歌》中，"当暮色蔓延在天际／像病人上了乙醚，躺在手术台上"和"黄色的雾在玻璃窗上擦着它的背脊……把它的舌头舔进黄昏的角落"（艾略特，裘小龙 译，2017：6-7），"暮色—病人"和"雾—猫"将表面无关的东西并置，使读者体会其内在的相似性，这种强制结合的比喻与玄学派诗人的"奇喻"颇有相似之处。而这种哲学思想在《玄学派诗人》中得到进一步发展，艾略特从"统一的感受机制"方面去论述玄学派诗人的特点，认为玄学派诗人尤其是其代表人物约翰·多恩的"奇喻"实现了理性和感情的水乳交融，达到了一种难得的"感受力的统一"，并非将毫无关系的事物和思想强行融合。如《跳蚤》中"跳蚤—爱人的结合"和《别离辞》中的"圆规—恋人"，乍一看毫无关联，深思后才发现其内在的统一：《跳蚤》中将相爱双方的结合比喻成跳蚤，当跳蚤分别在相爱双方身上吸一滴血，则这两滴代表二者的血液在跳蚤体内混合成一个整体，与现实生活中相爱双方结婚后变成一个整体的内在意义相统一；《别离辞》中将恋爱双方比作圆规的两条腿，是因为圆规画圆必须两脚配合行动，暗示恋人间需要相互磨合、相互配合才能构成"圆"满的爱情生活。研究作者个人创作特色的形成及其与文学环境的互动同属于作者生成研究的内容，因而艾略特在 20 世纪初对玄学派的重新审视及玄学派诗人代表多恩的影响，使得艾略特早期的诗歌创作实践力图创新语言、巧用奇喻和陌生化意象。

8.2.4.4 重返哈佛

1911 年，艾略特返回哈佛大学攻读硕士，师从新人文主义运动领袖白璧德，艾略特承续了老师白璧德对浪漫主义的批判。1917 年，在《传统与个人才能》中，艾略特公开批判浪漫主义，主张"非个人化"理论，强调"诗歌不是感情的放纵，而是感情的脱离；诗歌不是个性的表现，而是个性的脱离"（艾略特，李赋宁 译，1994：11）。

艾略特在家人的要求下回国后，无法确定自己命运前途，他像自己的老师一样，遇到问题的时候，就试图在另一种文化中寻找摆脱困境的方法。于是硕士期间他选修了与印度和东方思想相关的学科，试图在其他文化里找到一条出路。而这个阶段东方宗教的思想对艾略特的创作也产生了影响：如作品《荒原》中，"水中之死"的片段涉及了古希腊繁殖神教的有关典故和宗教意象，如文中提到"那被绞死的人"借鉴了民俗家弗雷泽翻译《金枝》第四部中有关阿贴士、欧西利士等有关的神话，他们即被视为繁殖神以及"这个人带着三根杖"（艾略特，赵萝蕤 译，2000），与塔罗牌中"带着三根杖的人相对应"，与繁殖神渔王相联系；在"雷神的话"中"DA/Datta：我们给了些什么？……DA/Dayadhvam：我听见那钥匙……DA/Damyata：那条船欢快地作出反应……"。来自印度婆罗门教至圣雷霆的解悟，意味着克制、舍予、慈悲，与原诗节中"舍己为人，同情，克制"相对应，诗节最后在行文中重复了三遍"平安，平安，平安"，此处还借用了佛教经典《奥义书》的结尾；在第三章"火诫"中，"于是我到迦太基来了，烧啊烧啊烧啊烧啊"，则体现了佛教的火诫思想，其中佛告诫僧众火是欲望的化身，而众生遭受苦难正是因为欲望之火在燃烧，而燃烧也让众僧自秽行中获取解脱，"迦太基"在此隐喻爱欲，即他被欲望之火重重围困，暗指荒原中的人经受着如火般欲望的折磨，这也是艾略特诗歌中西方禁欲主义与东方禁欲主义结合的结果。

8.2.5 结语

一个艺术家的创作与个人的生活经历是密切相关的，而艾略特成长的社会文化环境、家庭生活、教育经历等早期世俗生活经历与其文学想象世界的艺术创作联系同样紧密。其中，世界大战、城市化进程以及现代主义潮流等社会背景影响了艾略特艺术创作的城市主题、荒原主题，家庭生活中的亲人、妻子影响了艾略特写作中的历史观、宗教意识和诗歌意象，连他的婚姻生活也成了写作的一部分；求学生涯中，法国象征主义诗人、新人文主义运动领袖白璧德以及法国哲学家伯格森和布拉德利等更多地影响了艾略特的创作的语言风格、主题、写作风格等。毫无疑问，艾略特的世俗生活经历对其艺术创作的思想、风格、主题等都产生了深刻的影响，故艾略特的现实生活经历对理解其诗歌作品有极高的参考价值。

第 9 章　约翰·多恩和 T. S. 艾略特诗歌作品的互文性表征

　　互文性作为一个重要的批评概念，通常是指两个或两个以上文本间发生的互文关系，互文性理论的代表朱莉娅·克里斯蒂娃指出："横向轴（作者—读者）和纵向轴（文本—背景）重合后揭示这样一个事实：一个词（或一篇文本）是另一些词（或文本）的再现，我们从中至少可以读到另一个词（或一篇文本）。"（转引自萨莫瓦约，邵炜 译，2002：4）互文性分为广义互文和狭义互文，狭义互文性把互文性看作是一个文学文本与其他文学文本之间可论证的互涉关系，而广义互文性指所有文学作品和社会历史文本的互动作用。约翰·多恩（John Donne）是英国玄学派诗歌的鼻祖，而 T. S. 艾略特（Thomas Stearns Eliot）是现代主义诗歌的代表，两位诗人虽相隔 300 多年，但在艾略特所著的许多诗歌中有着多恩作品的影子。学界关于约翰·多恩和 T. S. 艾略特诗歌创作上的文学渊源关系进行了较为深入的研究，但是两位文学巨匠文学关系的互文性不仅仅局限在其诗歌文本上，其所处的社会时代特征、反传统的创作理念等都具有互文性表征。杨周翰先生曾经指出诗人特点的成因"必须联系诗人本人和他的'历史性'"，即同时从内部和外部去寻求。探讨两位英国文学史上的代表性人物的诗歌作品的特征就离不开其人生经历及所处的时代特征即历史性。多恩和艾略特两位大诗人所处的时代在历史、文化、宗教等诸多方面都具有很大的相似性，特别是其传奇的人生经历、反传统的创作理念、独特的诗作特征等方面的相似性都为二者的诗作具有互文性特征奠定了基础。

9.1 人生经历

文学家们通过他们的艺术作品给读者以思想启迪和艺术审美熏陶，通过一个作家的成长历程，读者可以感悟出作品中呈现出来的感悟力的渊源以及它们如何被艺术家们经过内化转换成杰出的艺术素材，从而揭示出人类生存的世界与自我的内在关系。两位大师所处的时代在历史、文化、宗教等诸多方面都具有很大的相似性，特别是他们人生经历的相似性为二者的诗作具有互文性特征奠定了基础，譬如多恩在人生受挫后从天主教转信英国国教，而 T. S. 艾略特也转信英国国教；二者的妻子及其爱情婚姻都深刻影响了他们的创作，譬如多恩创作出诗歌《赠别：不许伤悲》、艾略特创作出诗歌《四个四重奏》等。

约翰·多恩作为英国 17 世纪玄学派诗歌的领军人物，对 17 世纪以来的西方文学创作和批评有着巨大深远的影响，英国著名宫廷诗人托马斯·卡鲁（Thomas Carew，1595—1640）高度赞扬了多恩对英语诗歌的贡献："缪斯的花园杂草丛生，/ 是你将其迂腐净化；/ 你拔除低贱模仿的懒惰种子，播种下清新的发明。"（转引自晏奎，1991：496-497）评论家格瑞厄森在《十七世纪玄学派诗选：从多恩到巴特勒》（*Metaphysical Lyrics & Poems of the Seventeenth Century：Donne to Butler*）中高度评价了多恩的艺术魅力："强烈情感与深沉思辨的独特混合形成了约翰·多恩最伟大的艺术成就。"（Herbert，1921）傅浩先生评价多恩说："他的诗中必有在任何时候都可能令人感兴趣的具有永恒价值的东西。"（傅浩，2005：229）他的人生经历了生活放荡和皈依国教两个阶段，其诗歌作品也是围绕爱情和宗教两大主题创作的，写作手法以玄学奇喻为主要特征，诗句口语化，似乎总在同人辩论哲学问题，他的新奇的比喻和意象大多取自天文地理、科学发现、海外航行等。多恩的诗具有很强的自传性，可以说"诗中有人，人中有诗"，他的诗是"透明的"，其后期的"神学冥想"等宗教诗是他真情实感的外在流露。作为历史存在的多恩，婚姻和皈依两件个人化人生大事对其一生的冲击和影响极大，皈依国教、放弃世俗追求是他被迫的选择，也可以说是在当时的语境下唯一的出路，也是构成多恩内心张力的两大因素，包括动荡不安、风雨飘摇的外部环境和在婚姻、仕途以及信仰等方面的内部因素的双重打击，可以想象多恩的心路历程一定是极其痛苦的，他的《出神》等早期的艳情诗的背后也有生活经验的成分，虽然经验与想象的比例、界限比例难以确定，但是诗人多恩"奇喻巧智的源头还是来自现实的、物质的生活本身，受到时代的、民族的整个话语系统和知识系统的制约"（张德明，2001）。

9.1.1 家族"宗教"记忆 vs "世俗"生活记忆

家族"宗教"记忆：出身名门。多恩出生在一个伦敦的天主教家庭，生身父亲离世后其母再嫁。继父也是天主教徒，其早期教育的私塾老师也是天主教徒，其母不仅是一名天主教徒还是一位天主教家庭的名门之后。多恩的外公是一位诗人和剧作家，外婆是托马斯·莫尔（《乌托邦》的作者，曾任英国的内阁大臣，是 16 世纪早期英国著名的历史人物，也是一位笃信天主教的教徒）的侄女。多恩对自己的家族充满着自豪感和荣誉感。但是多恩所处的伊丽莎白统治时代，天主教徒遭到极度迫害，惩罚天主教徒的刑罚极其残忍，包括肢刑、切腹取肠、切割生殖器等。多恩的家庭也是受害者之一，他的两个舅舅出于对天主教的忠诚加入了天主教的一个组织，其中一个舅舅被处以绞刑和肢刑；他的弟弟因窝藏天主教神父威廉·哈灵顿而被捕，死于狱中；其外公因拒绝接受英国国教被迫逃亡国外；他的母亲的叔叔也遭到逮捕并被处死。多恩在这样的时代语境和家庭背景下，脱离了天主教而皈依到英国国教，难怪在其后期的宗教神学诗中甚至部分爱情诗中充满了"尸体""碎片""开膛"等恐怖词汇，譬如《爱的交换》中，"假如我必须成为 / 未来叛徒的榜样；未生者 / 必须看着我被宰割、撕裂学功课，/ 就杀死、解剖我，爱神，只因 / 这折磨与你的目的相矛盾：/ 拷打致残的尸体做不成好标本"（但恩，傅浩 译，2016：112）。多恩诗歌作品呈现出复杂性、矛盾性、动态性，他的信仰焦虑在某种程度上来说起到了决定性因素，因为任何一位作家的创作，都离不开他所处时代的烙印，他的人生经历和生存环境以及历史现实无不在其作品中以一种或隐或现的形式展现出来，也折射出作家的创作理念和意识，"如果我们把这些形成于不同时期的诗篇看作是瞬间形成的灵感的碎片，那么，每一个碎片都从不同的侧面在一定程度上折射出多恩心灵深处的情感历程"（陆钰明，2011：107）。首先多恩所处的时代，宗教改革开启了信仰机制的序幕，多恩因而有着强烈的焦虑不适，其次他个人宗教信仰与世俗欲望之间产生了冲突。多恩来自虔诚的天主教家庭，而他所生活的时代新教是英国的国教，为了谋得较好的社会地位和政治生命，他不得不放弃被边缘化的天主教信仰，信仰的焦虑造成了多恩诗歌作品呈现出来的矛盾和复杂态度。譬如在神圣十四行诗《亲爱的基督，让我看您那光洁的原配》中，诗人以连续六个问句开始，主题是"地上的教会处于交战之中"，连续几个问句道出言说者内心深处的困惑，罗马天主教、欧洲大陆的新教、英国的国教，究竟哪个才是基督真正的妻室？当各个教会为了各自的利益而争论不休的时候，多恩找不到答案，分不清真伪，只好调侃地结束全诗："当她被多数人拥抱，向着多数人敞开，/那时，她对您来说才算最忠实、最可爱。"

"世俗"生活记忆：青年才俊 vs 阶下囚。多恩从出生、求学到建功立业，整个青年时代都被命运之神光顾，是一个多才多艺、潇洒倜傥的青年才俊，涉足于文人墨客、侍臣、政客、学者们的圈子里，曾经被几个保护人青睐，由于才华出众被任命为掌玺大臣的秘书，拥有一段春风得意的青年时期，过着一段放荡的生活。其中有一首《讽刺诗之一》描述的就是关于他青年时在伦敦的生活经历，他怎样厌倦了书斋生活，走上了外面的大街，看到了外面的花花世界，遇到了诸如军官、朝臣、穿丝袍的法官以及充满欲望的浪荡子弟等诸色人等，在这段时期里，他被称作是一个风流的城市诗人。但是"成也萧何败也萧何"，本来可以前途似锦的他由于爱上了掌玺大臣的侄女并秘密结婚，而惹恼了未来的岳父，因此银铛入狱，虽然后来获释但从未得到原谅，失去了固定的职业，不得不靠朋友接济，过着颠沛流离的生活。但是恰恰是这段传奇般的人生经历，造就了他辉煌的文学生涯。早期的爱情诗篇以及妻子去世后的宗教主题的布道诗歌都使他在英美诗歌史上获得了"大师"的称号。

生活圈的见证。多恩不仅在自己的事业中受挫后而感到迷茫和幻灭，在他所处时代的社会历史语境中也深深地感到了幻灭。曾经被誉为"黄金时代"的伊丽莎白王朝的末年陷于重重危机，"羊吃人"的社会迫使民众离开家园，颠沛流离。伊丽莎白女王晚年巡游时曾经感叹"到处都是穷人"。在多恩的生活圈里，瓦尔特·雷利（1552—1618）、埃塞克斯（1566—1601）——两位曾经是多恩青年时代的楷模，曾经追随他们，参加他们率领的远征，当时的"风流人物"到头来却落得个"斩首"的下场，曾经的文治武功都灰飞烟灭，多恩面临着"to be or not to be"的抉择，"多恩的历史性内心张力是解释其张力性文本结构之一不容忽视的重要因素"（张旭春，1996）。

艾略特出生在一个笃信一神教（Unitarianism）的家庭，家庭的宗教信仰潜移默化地影响了他的诗歌创作和诗学理念。《四个四重奏》描写了一个皈依宗教的人在寻找真理过程中的种种经历，艾略特在作品中试图寻找一种"道"，即一种永恒的、普适的真理。在诗歌《东库克》的首行是"在我的开始是我的结束"，东库克是诗人祖先在英国居住的地名，诗人家族的先人们在 17 世纪离开东库克远赴他乡去了美国，而几百年之后艾略特又回到了故乡英国，艾略特在 1937 年特意去了这个地方，而且还拍了许多照片，展示出诗人世俗生活的寻根情结。在该诗的第三小节中诗人直截了当地阐述了世俗生活的空虚，一切都得进入黑暗：

> 噢，黑暗黑暗黑暗。他们全进入了黑暗，
>
> 那空茫的星际空间，空茫更入空茫，
>
> 船长、商业银行家、卓越的文人，
>
> 慷慨的艺术赞助人、政治家、统治者、
>
> 著名的政府工作人员、众多委员会的主席，
>
> 工业巨头、小承包商，全部进入了黑暗。
>
> 黑暗，太阳和月亮，《哥达年鉴》
>
> 《股票交易所公报》，《董事长指南》，
>
> 感觉冰冷了，行动的动机失去了，
>
> 我们与他们一起去，去沉默的葬仪，

无人的葬礼，因为没有人需要埋葬。

我对我的灵魂说，静一下，让黑暗降临到你身上，

那将是上帝的黑暗。

（艾略特，裘小龙 译，2017：202-203）

"噢，黑暗黑暗黑暗"引自弥尔顿的《力士参孙》，人类只有通过这种痛苦的历程，才能有望得到拯救，说话者愿意谦卑地接受"黑暗"，指的是上帝的黑暗，亦即宗教信仰。艾略特家庭信仰的一神教，其观点是人应当竭尽努力，舍弃自我，献身一种更有价值的事物，人才能获得真正的重生，由此不难发现艾略特非个性化的理论以及客观意识的思想根源。

艾略特所受到的教育是要将他培养成为一个哲学家，他曾系统地研究了布莱德利（F. H. Bradley）的哲学思想，并完成了他的博士论文。他的哲学教育背景在他的诗作中体现得淋漓尽致，这段极富有哲学思辨的诗行，展现出诗人艾略特的哲学思辨的睿智以及世俗的家庭教育背景对他的影响：

你说我在重复

我以前已说过的事情。我还将说。

我还将说吗？为了要来到那里

来到你在的地方，离开你不在的地方，

你必须沿一条没有狂喜的路走。

为了来到你所不知道的地方，

你必须用一种无知的方法去走。

为了占有你没占有的东西，

你必须用一种剥夺的方法去做。

为了成为你还不是的一切，

你必须沿你还不是的一切的道路走。

你不知道的东西是你唯一知道的东西

你拥有的东西正是你不拥有的东西

你在的地方正是你不在的地方。

（艾略特，裘小龙 译，2017：204）

　　《四个四重奏》是艾略特最后的一部宏大作品，第一个四重奏发表于1936 年，另外三个发表于 1940—1942 年间，最后于 1943 年合集印行，主要是"二战"时期作品，诗歌充满了记忆、家族历史、掌故、人类命运等，是一首严肃的哲理诗，与诗人有关的四个地区（英国考茨武尔德一处花园、东柯克——诗人祖先在英国侨居时的一个村庄、美国密苏里和新英格兰——诗人出生和求学之地、小吉丁——诗人在"二战"期间到访过的村子）被纳入诗歌中，因此还带有一些自传色彩。艾略特在故乡度过的青少年生活经历，新英格兰传统家庭的道德和宗教观念，以及美国的殖民地文化氛围、地理环境和历史史实，这些因素都注定了艾略特对 19 世纪的浪漫主义的张扬个性、放浪情感表现出强烈的反拨，所有这一切都赋予了艾略特的文学艺术以独特的民族色彩，也恰恰是这一点使得他的诗歌风格更具有世界性，成为现代主义文学的经典之作。1954 年 4 月，艾略特在明尼苏达大学作了题为《批评的界限》的演讲，年轻人蜂拥到一个棒球场，大概有 14000 人聚集在一起，对他们来说，艾略特意味着那个世纪的文学最高峰，一个时代文化的图腾。

9.1.2 爱情婚姻

　　多恩诗歌的翻译大师傅浩先生曾经写道："如果说但恩的最真诚、最深刻的爱情诗始作于结识安·莫尔之后，那么也可以说他的最真诚、最深刻的神学诗始作于他妻子去世之后。"（但恩，傅浩 译，2016：16）。在妻子去世后他所创作出的神学诗中也不乏对爱妻的情深意笃的表达，"既然我所爱的她，已把她最后的债务 / 偿还给造化；对她也对我有好处，死了；/ 她的灵魂早早地被劫夺，进入了天国，/ 我的心思就完全寄托于天国的事物。/ 在人间，对她的爱慕曾激励我的心智 / 去寻找上帝您，让河流现出源头所在"。为了爱妻，诗人可以将世俗置若罔闻，也是为了她，诗人又不肯完全出离世俗。虽然人生经历屡屡受挫，但是多恩还是写下了多首爱情诗歌，譬如《封圣》：

　　　　假如不能因爱而生，我们可因爱而死，

　　　　假如我们的传奇不适合

　　　　墓碑和棺座，那它将适合诗歌；

假如我们不印证一段历史，

我们将在情诗中建造华丽的居室；

一只精致的瓮一如半亩墓地，

同样适合最伟大的骨灰，

看到这些赞诗，所有人都将证明

我们已因爱情被追认成圣……

这首诗是多恩典型的爱情颂歌之一，多恩认为拥有纯洁伟大爱情者终将被封为圣徒，就像教徒因为美德被封为圣人一样。

艾略特与第一任妻子维芬相遇后很快就结婚了，维芬体质羸弱，体弱多病，还患有神经衰弱，婚姻存续期间夫妻生活极不协调，经济上也一度陷入困境，但是维芬艺术天分颇高，也喜爱写诗，艾略特诗歌的第一读者和批评者常常非维芬莫属，而且艾略特的大部分诗歌与论文都创作于他们婚姻存续期间。艾略特与维芬的婚姻以悲剧结束，但是艾略特的嫂子说出了一句很中肯的评价："维芬摧毁了作为男人的艾略特，却造就了诗人艾略特。"（刘燕，2001：174）艾略特的第二任妻子是自己的秘书，而且是在 68 岁高龄的时候结婚，梅开二度之后的诗人倍觉返老还童，精神矍铄，老当益壮，他曾经对记者说："爱情换来的往往是人的再生。"这位英美现代派诗歌的领军人物在经历了人生的坎坷和婚姻的不幸之后，在晚年找到了幸福的港湾。艾略特早期有关爱情主题的诗作主要表现的是爱情的枯萎与衰败，譬如《普鲁弗罗克的情歌》中"房间里女人们来了又走，/ 嘴里谈着米开朗琪罗"、《海伦姑姑》中"那个男仆坐在那张餐桌上，/ 把那第二号女仆在膝盖上抱紧"，但是他留给世人的最后一首诗却讴歌了爱情的永恒，这种变化令人感叹：

那飞跃的欢乐

使我们醒时的感觉更加敏锐，

那欢欣的节奏，统治着我们睡时的安宁，

合二为一的呼吸。

爱人们发着彼此气息的躯体

不需要语言就能思考着同一的思想
不需要意义就会喃喃着同样的语言。

没有恶劣的严冬寒风能够冻僵
没有愠怒的赤道炎日能够枯死
那是我们且只是我们玫瑰园中的玫瑰。
（艾略特，裘小龙译，2017：264）

　　艾略特除了两次的婚姻生活，在他的人生经历中还有一段彻骨铭心的恋爱经历，那就是爱米丽·黑尔（Emily Hale）小姐，艾略特与其第一次相见是在他的表弟家里，并且一见钟情，据戈登·林达尔在其《艾略特的新生》一书中考证，他们从此情愫不断，通信联系达两千封左右，至今在美国的普林斯顿大学还存有上千封书信。黑尔小姐对艾略特的诗歌创作颇有影响，在《灰星期三》中：

谁在紫罗兰和紫罗兰丛中漫步
谁漫步在
郁郁葱葱的不同行列中
一会儿白一会儿蓝，一会儿显出马利亚的颜色
谈着琐碎的事情
在永恒的悲哀的无知和熟知之中
谁在他们漫步时在其他东西中走动，
那么谁使泉水奔放，使春天清新

使干燥的岩石凉爽，使沙土坚定
在飞燕草的蔚蓝中，马利亚颜色的蔚蓝，
留神啊
（艾略特，裘小龙译，2017：118）

　　温柔的词句包裹着浪漫唯美的少年人的倾慕之心，在这段诗行中描写了诗人与一位女士的相会，这位女士温文尔雅、美丽大方，漫步在"紫罗兰和紫罗兰丛"中，蒙着蓝色的面纱，传记作家戈登将这位女郎的形象定

位到现实生活中的人物——爱米莉·黑尔小姐。精心雕琢的笔墨下封存着"贝亚特丽齐"式的女性形象，在艾略特内心深处，黑尔小姐是抚慰他心灵创伤的内动力，借着对她的爱，诗人得以向更高的精神境界翱翔，艾略特在他晚年的回忆录中还坦诚地提到他仍爱着黑尔小姐。

互文是一种文本建构方式，早在西方文学史上的古希腊、古罗马时期，文本作家就已经开始"自觉不自觉地进行着互文性的文学创作"（祖国颂，2003：295）。互文是文学中的客观存在，这种客观存在与社会文本中的历史、文化、宗教以及文学作者的个人阅历等建立隐喻（metaphor）互为机制，反映文学作者潜藏在内心深处的思想轨迹，对于任何一个作家，他的世俗生活与在想象世界中所面临的艺术经验是一个不可分割的整体，多恩和艾略特两位大师的多彩的人生经历以及所处时代在历史、文化、宗教等方面的相似性都为二者的诗作具有互文性特征奠定了基础。

9.2 创作理念

互文性不仅强调文学文本之间的相互作用，而且强调文学文本与其他学科领域内的文本之间的关系（殷企平，1994：40），广义互文性通常包括非文学的艺术作品、人类的各种知识领域、表意实践等，"文学是通过文学之外的话语（extra-literary discourse）来进行思考的"（程锡麟，1996：78）。二者都是反传统的歌者，两位诗人的创作理念作为非文学的文化因素与其诗歌作品的互文性密不可分。

9.2.1 怀疑意识

两位诗人的反传统的创作理念首先就体现在强烈的怀疑意识。互文性把文本放入历史和社会语境之中，这种历史和社会同样具有文本特征，即具有文本性（texuality），是作者和读者通过把自我植入其中而进行重写的产物，文本在这里起到了一种标志作用，文本参与不断变换的文化空间的一种标示，语境通过互文性揭示了文本意义的建构方式。英国文艺复兴后期怀疑主义风靡一时，"在17世纪的英国社会中到处都弥漫着一种怀疑、幻灭的感觉"（王佐良，李赋宁，等，1983：1242）。譬如莎士比亚笔下的哈姆雷特发出"所谓善恶只是思想使然"的论断，多恩所处的时代哲学家笛卡尔（1596—1650）的著名论断"我思故我在"，表达了一种"普遍怀疑"，认为一切都是可怀疑的，只剩下一个思想的我、怀疑的我。"任何一种文学作品都不是孤立的声音，只有在时代的整部交响乐中，才能演奏得那么动人"（裘小龙，1984b：215），多恩也不例外，作为一名时代的弄潮儿，他笃信一切认识都来源于感觉，而爱情的感觉是最具体、最可信的，在他的诗里，一切皆可怀疑。多恩一生写了大量的爱情诗，或者被称作艳情诗，在这些诗作中他经常以调侃、揶揄的口吻质疑女性的忠贞，譬如《歌》中：

> 去吧，跑去抓一颗流星，
>
> 去叫何首乌肚子里也有喜，
>
> 告诉我哪儿追流年的踪影，
>
> 是谁开豁了魔鬼的双蹄，
>
> 教我听得见美人鱼唱歌，
>
> 压得住醋海，不叫它兴波，
>
> 寻寻看
>
> 哪一番
>
> 好风会顺水把真心推向前。
>
>
> 如果你生来有异禀，看得见，
>
> 人家不能看见的花样，
>
> 你就骑马一万夜一万天，
>
> 直跑到满头顶盖雪披霜，
>
> 你回来会滔滔不绝地讲述
>
> 你所遭遇的奇怪事物，
>
> 到最后
>
> 却赌咒
>
> 说美人而忠心，世界上可没有。

你万一找到了，通知我一句

向这位千里进香也心甘；

可是算了吧，我决不会去，

哪怕到隔壁就可以见面；

尽管你见她当时还可靠，

到你写信了还可以担保，

她不等

我到门

准已经对不起两三个男人。

（卞之琳，1983：27-28）

多恩艳情诗的主题一般表达出"女人没有忠贞"，他不相信男女之爱是"永远忠诚"的，在那个变动频仍、旧信仰正在被新信仰、新学说所代替的年代，他对于贞洁问题的怀疑只是他对于人生和社会怀疑的一种表现。多恩有着天生的怀疑气质，怀疑主义精神和悖论在其作品中屡见不鲜，"一种怀疑主义精神和悖论贯穿于几乎他所写的一切，除了有时一种强烈的情绪——无论是爱情还是虔诚——以幻视而非理智信念的力量产生信仰，使怀疑性和破坏性的才智沉默"（傅浩，2016：13）。由于诗人特殊的宗教背景，既有对上帝的敬畏又有对上帝的怀疑，因此在其宗教诗中表现的是内心的矛盾与痛苦。在组诗《神学冥想》的第一首中，多恩写道"您造就了我，您的作品可将会朽坏？现在就修理我吧，因为我末日近迫"，体现出对上帝的怀疑。在第十二首中，多恩连用"为什么"："为什么我们为所有生物所供养？／种种丰富元素比起我，更纯粹，／更单纯，而且更远离堕落腐败，／为什么却给我供应生命和食粮？／无知的马儿，为什么忍受奴役？／野牛，野猪，为什么如此憨痴？"，体现出对无知的马儿、野牛野猪等所有生物供养人类的不解与质疑，引导人们重新审视人与自然的关系。多恩的怀疑意识还体现在其信仰与理智之间徘徊的思想之罪，即怀疑之罪，在此，诗人把自己意念中的犯罪比喻为对耶稣基督施以钉刑：

唾我脸面，你们犹太人，刺我肋，

> 殴打，嘲弄，鞭笞，钉我于十字架，
>
> 因为我一再犯罪，犯罪，唯独他，
>
> 不会做不义之事的人，却已死。
>
> 可是，我的罪甚于犹太人不敬，
>
> 我的死不足以抵偿我的罪孽：
>
> 他们曾杀死一无名之人，我却
>
> 天天钉磔他，如今他已获荣名。
>
> （但恩，傅浩 译，2016：223）

社会动荡不安、人生的坎坷经历以及宗教改革带来的巨大社会变革冲击了几千年来固有的信仰，使得人们对一切充满怀疑，多恩也不能独善其身，他在《世界的剖析——一周年》中表达了新旧交替之际的彷徨与迷惘。

> 新哲学怀疑一切，
>
> 火的元素已被扑灭，
>
> 太阳消失，地球也不见了，
>
> 非人的智慧所能寻到。
>
> 人们直爽地承认世界已经衰亡，
>
> 而在星球和天体上，
>
> 找到了多种新物，他们看
>
> 这里已被压碎成原子一般
>
> 一切破裂，全无联系，
>
> 失去了一切源流，一切关系：
>
> 君臣、父子，都已不存……
>
> （杨冬，张云君，2009：238）

根据格瑞尔森的研究，多恩即使在担任英国国教的圣职后，仍然对自己的"皈依"选择表示怀疑，譬如在《神学冥想 18》中，多恩对哪个教会才是基督真正的"配偶"表示了怀疑："亲爱的基督，让我看您那光洁的原配。/ 什么！那就是她么，在彼岸招摇地走过，/ 浓妆艳抹的那个？还是遭强抢和豪夺，/ 而在德意志及此地伤恸哀泣的这位？"在这首诗中，多恩对哪个教会才是基督真正的"配偶"表示了怀疑，傅浩先生评价说："但恩对宗教的严肃思考可能早就开始了，只不过他总是无法克服天生的怀疑气质。"（但恩，傅浩 译，2016：13）

艾略特认为聪明人总免不了要怀疑，怀疑的人才是严肃对待信仰问题的人，并在《关于文化定义的札记》一书中指出："怀疑是高度文明的品质。"（艾略特，1962：29）因此，在不同阶段艾略特总是对不同问题保持怀疑态度。诗歌中的"荒原意识"便体现了艾略特在创作思想上与多恩怀疑态度的互文性特点。在《荒原》的"雷霆所说的"一章中艾略特写道：

> 在火炬红红地照上流汗的脸之后
>
> 在严霜的寂静降临在花园之后
>
> 在乱石丛生的地方的受苦之后
>
> 又是叫喊，又是呼号
>
> 监狱，宫殿，春雷
>
> 在遥远的山麓上回想
>
> 他曾是活的现在已死
>
> 我们曾是活的现在正死
>
> 以一点耐心
>
> 这里没水只有岩石
>
> 岩石，没有水，只有一条沙路
>
> 在群山中蜿蜒而上
>
> 岩石堆成的群山中没有水
>
> 如果有水我们会停下畅饮
>
> 在岩石中人们无法停下或思想
>
> 汗水已干，脚在沙中
>
> 倘若岩石中有水
>
> 那不能吐沫的、长一副坏牙的死山口
>
> 这里人不能站，不能躺，不能坐

山中甚至没有宁静

只有干打的雷，没有雨

山中甚至没有孤寂

只是阴沉通红的脸庞在嘲笑与号叫

从泥缝干裂的房门中传出声来

……

我坐在岸上

钓鱼，背后一片荒芜的平原

我是否至少将我的田地收拾好？

伦敦桥塌下来了，塌下，塌下

（艾略特，裘小龙 译，2017：94-100）

这是《荒原》第五章"雷霆所说的"中所描述的西方世界，人们失去了信仰，处在虽生犹死的状态，这里没有水，只有岩石，这里的人不能站、不能坐更不能躺，到处都是一片濒临死亡的图景，诗人渲染了荒原的腐朽和荒芜的景象。荒原意指经过了"一战"的欧洲，一切崩溃了，只见狂人突奔（王佐良注：狂人指东欧原野上的革命队伍），而西欧城市里呈现出的是猥琐的、苟且的人过着百无聊赖的毫无生机的生活。第一次世界大战之后，西方社会的衰落、传统价值观的逐渐瓦解、人们理想的逐渐幻灭，让原本生机盎然的花园变成如寒霜般寂寥的荒原，没有信仰、失去希望，人们犹如行尸走肉一般，醉生梦死，"花园"承载着人们对美好生活的希冀，但是如今的破败让作者开始怀疑其存在的意义，也体现出对未知世界的迷茫与恐惧。诗人认为比战争破坏更严重的是人类文明社会的毁灭，特别是宗教信仰的丧失，荒原上没有水，荒原上的探索艰巨、痛苦，人们在绝望、恐怖中仰望乌黑的浓云，希冀雨的到来，但是等来的只有雷声，雷声过后荒原如故，我们到底该怎么办？诗人发出了隐藏在内心深处的怀疑与焦虑。

约翰·多恩和 T. S. 艾略特皈依于英国国教的相同经历，表明两人都对原生家庭所信仰的教义产生怀疑和对抗。约翰·多恩出生于一个罗马天主教家庭，这与当时国教主流不和，亲人的悲惨遭遇、家族的沉重打击以及学业的坎坷经历，让多恩渐渐重新审视自己的信仰追求。经过认真地反复思考，他放弃了所信奉的天主教，转而皈依了英国国教。T. S. 艾略特出生于新英格兰基督教家庭，受祖父影响，他从小接受唯一神论，随着年龄渐增，在他对正统的渴望之中，抗争着自己的一位论派背景，也在宗教中寻找"一战"后绝望情绪的解药。艾略特个性渴望的是极度严苛的道德，这些与英国国教自成一类。原生家庭与社会主流的信仰冲突和政权的更迭让两位诗人身处不安的困境，此外科学的新发现让思想得到解放，给予他们敢于质疑传统的信心，怀疑意识在很大限度上解放了两位诗人的想象力，宗教主题以及世俗主题的怀疑态度赋能他们的诗歌创作，使他们能够更清楚地看到事物的正反两个方面，因而具有更深刻的洞察力，在探索宗教的本真和追求终极真理的过程中，能以辩证的思维揭示和探讨莫测的人生和人性。

9.2.2 客观意识

艾略特指出："诗歌不是感情的放纵，而是感情的脱离，诗歌不是个性的表现，而是个性的脱离。"（艾略特，李赋宁 译，1994：11）在约翰·多恩的诗歌作品中，有独立意识的主观个体往往呈现非个性化的特征，而客体往往呈现出泛灵意识。戏剧独白诗使用非诗人本人的独白者也是诗歌抒情客观化的体现。在诗歌《女人的忠贞》中，多恩把作为主观个体的"你"和"我"以"恋人"和"婚姻"这两个非个性化的概念作为指代，消除任何主观意识从而达到客观普世的意义。

> 现在你已经爱我整整一天了，
>
> 明天离去时，你会说些什么呢？
>
> 你是否会提前新编个什么谎言？
>
> 或者说目前
>
> 我们已不是从前的那两个恋人？
>
> 或者说，在对爱神的敬畏中，和爱神
>
> 震怒时所立的誓言，谁都可否认？

或者说，一如真死亡将真婚姻解除，

恋人间的契约，婚姻的影子，仅仅在

被睡眠，死亡的影子，解除前有效力？

或者说，为替自己的目的辩护，

由于有蓄意的变卦，和虚假，你

除了虚假就不能有表真诚的方式？

徒劳的疯子，我能够，只要我愿意，

反驳，且催伏这些遁词，

不过我并不情愿这样，

因为到了明天，我也会如是想。

（但恩，傅浩 译，2016：71）

英国浪漫主义诗人塞缪尔·泰勒·柯勒律治（1772—1834）曾经诟病多恩这首诗的题目："命名不当。"他认为诗歌的标题应该是"相互的不贞"。但是翻译大师傅浩先生曾经反驳其观点："此标题并无不当，因为它是反讽，而非直陈，意谓女人的忠贞也不过如此。"（但恩，傅浩 译，2016：71）非个性化的客观意识就是强调诗人在诗歌中探寻、把握和呈现人类各种情感的共性，诗人多恩在这首诗中呈现出了"女人是否忠贞"这一普世性命题，体现了诗人的客观意识，也因而经受住了时间的考验，在文学传统中占有一席之地。

除此之外，客体的泛灵意识在多恩以物作为标题的小诗中也得到充分体现，譬如在诗歌《花朵》中：

你（花朵）想不到，可怜的心，

你仍在辛劳筑巢栖息，

打算在这里盘旋寻觅，占领

一棵遭禁或难近之树的一枝，

希冀其僵硬会因久困而折腰；

你几乎想不到

明天，在那颗太阳醒来之前，

得随这颗太阳，和我把路赶。

可是你，生性敏感，

喜欢自寻烦恼。

（但恩，傅浩 译，2016：152）

艾略特认为，诗人可以通过一种"客观对应物"来表达情感，即采用一些物品、一种生物、一种情境或一系列事件等作为传递情感的媒介。外部的事实必须融合于个人的感觉经验，一旦达成这种融合，情感便自然而然地产生了，在这首诗中"得意而大笑""辛劳筑巢栖息"和"生性敏感"等形容花朵的许多词汇都具备人的特点，诗人运用这些客观对应物表达诗歌主题。戒指虽然没有意识、不具备人的感觉，但是它能够"环抱"指尖和拇指，仿佛被赋予了生命。譬如在《寄来的墨玉戒指》一诗中，诗人借用"戒指"这一无生命物，表达了男女之爱：

你不像我的心，那么乌黑，

也没有她的心，一半儿那么硬脆；

你要说什么？我们两人的品性都被你所象征：

一恒久无比，另一极易破损？

结婚戒指不用这材质；

哦，为何用不太贵、不太硬的东西

象征我们的爱？除非以你的名义，你教它说：

我是廉价货，时髦而已，请扔掉我。

然而，留下吧，既然你已来，

环抱这指尖吧，你曾环抱她拇指。

正当地骄傲，为安全而高兴吧，因你与我在一起，

而她呀，打破了忠诚，很快会打破你。

（但恩，傅浩 译，2016：162）

艾略特认为诗人写作的重要任务之一就是寻找"客观对应物"来表

达自己的情感，他主张归附传统的"非个性化"创作，他明确指出："诗
不是放纵感情，而是逃避感情；不是表现个性，而是逃避个性。"（Baym，
1995：1876）他不仅说到了，而且身体力行做到了，在其诗歌作品中对多
恩的客体意识进行了传承。"非个性化"强调个性和情感的理性表达，艾略
特将古希腊戏剧中的某些原型和当代英国的社会问题有机结合，先后创作
了《大教堂凶杀案》《家庭聚会》等多部诗剧，展现其"非个性化"的创作
原则，在传统风格下实现个人创新，与此同时，和"非个性化理论"相辅
相成的"客观对应物"理论应运而生。1919 年他在《哈姆雷特及其问题》
一文中提出了著名的"客观对应物"理论，他认为诗人表现感情的唯一途
径就是寻找一种"客观对应物"，即情感不得直接表达，只能客观地通过一
种场景、一系列事情来唤起情感，诗人要抒发的情感要在具体化的客观事
物中得到反映或者折射。艾略特认为用艺术形式表现情感的唯一方法是寻
找一个"客观对应物"，即用一系列实物、场景，一连串事件来表现某种特
殊的情感。例如在诗歌《夜莺声中的斯威尼》里，出现了一系列意象：暴
风雨、西边的普拉特河、乌鸦、阴郁的星座、鲜血淋淋的林子和尸布。这
些看着就让人不寒而栗的客观物体，让读者在阅读过程中与外部环境的阴
森恐怖相关联，从而营造出仇恨与死亡渐渐逼近的氛围。诗人把自己需要
表达的一切，完全通过其客观对应物表达出来，连夜莺都成了诗人意象的
对应物：

> 死亡和乌鸦在上空飘过，
> 斯威尼守卫有角的门。
> 阴郁的猎户座和天狗星座
> 蒙了面纱；使那缩小的海洋无声，
> 那个披着西班牙斗篷的娘们
> 想要在斯威尼的膝上坐正，
> ……
> 离开了房间，而又重新出现
> 在窗子外，把身子往里伸进，

几束老槐树的树藤
划了一个金色的笑容；

主人和一个身份莫测的人
在半开的门边低声谈，
夜莺的歌声越来越近
那座圣心女修道院，

夜莺也曾在鲜血淋淋的林子里唱，
那时阿伽门农高声呼叫，夜莺
撒下湿漉漉的排泄物
玷污那僵硬而不光彩的尸布。

（艾略特，裘小龙 译，2017：65-67）

在这首诗中，主人公斯威尼虽生犹死，对自己的命运毫无把控的能力，面对厄运斯威尼仿佛稍显清醒，要脱身而去，但是"夜莺的歌声越来越近"，悲惨的命运仍然笼罩着他，诗人采用了客观对应物来表达悲剧人物的悲惨命运，"夜莺"在英语俚语中有妓女之意，因此诗歌暗示出阴谋、女人、谋杀等内涵。诗歌《玛丽娜》是运用客观对应物技巧的又一成功范例，该诗描述的是莎士比亚戏剧《泰尔亲王配力克里斯》中父亲重新找到女儿时的狂喜。戏中亲王的女儿玛丽娜在船上出生，但是在旅途中不幸走丢，亲王认为她已经死去，但是后来玛丽娜长成一个美丽姑娘，奇迹般地回到了父亲身旁。

这张脸是什么，更模糊而更清楚
手臂的脉动，更虚弱而更强壮——
给予或借于？比星星更远，比眼睛更近
窃窃低语和悄悄笑声在树叶间和匆匆的步子中
在熟睡中，那里海浪相遇海浪。

第一斜桅结冰断裂，油漆过热而剥落。

我做了这次航程，我已忘却，

现在又记起。

索具脆弱，船帆腐烂

在一个六月和另一个九月之间。

做得无人知晓，也仅仅意识到一半，秘密的，我自己的。

龙骨翼板的外板漏水，船缝需要堵紧

这个形式，这张脸庞，这种生活

活着为了生活在一个超越自我时间的世界里；让我

为这种生活摒弃我的生活，为那没说的词摒弃我的词，

那苏醒的嘴唇张开，那希望，那新的船只

哪些海洋哪些海岸哪些花岗岩岛屿向着我的船骨

画眉透过浓雾啼啭

我的女儿。

（艾略特，裘小龙 译，2017：137-138）

在这首诗中，诗人艾略特以真挚的情感、动人的诗句描写出父女久别后的重逢，但是抒发的却是艾略特自己找到宗教信仰时的激情，海上航程的艰辛与寻找宗教历程的艰辛形成对应，"这张脸是什么，更模糊而更清楚"描写的是剧中父亲看到女儿的情景，诗人以这一客观对应物描述自己找到宗教真谛时的内心感受。

约翰·多恩和 T. S. 艾略特的诗歌创作理念都体现出"非个性化"的客观意识。两人在诗歌中弱化主体的主观性感受，避免个性的情感表达，从而力求共性客观的理智思维。多恩的非个性化概念大多与所指的主观个体一一对应，此外常常将无生命体的东西看作是有生命、有意识的以唤起读者的共鸣。艾略特通过描绘一系列连贯的客体意象，放弃诗人作为主体的个性而是充当组合各种感情的媒介，唤起读者对应的情感，从而在个人情感中探寻、把握、表现人类情感的共性（余莉，2003：149）。

9.3 诗作特征

传统的文学批评观需要确立文本的唯一语义、力图找到文本的正确意义，与此不同的是，互文性理论否定语义的唯一性，主张语义是活水的流动。互文本通常是作者和读者共享的那些熟悉的文本，是已经写过或读过的文本。将文本看成是互文性的，意味着旧有的纤维在新的编织中获得新意，而"新"的编织被重读重写之后又被更新（童明，2015：101）。多恩和艾略特的诗歌作品都具有玄学推理等碎片化的叙事和时空特征，主题晦涩、比喻玄妙以及使用双关用典等艺术手法。

9.3.1 语言特点

9.3.1.1 碎片化的叙事和时空意识

互文性理论中的文本是在一个层面上相互交织、多元共生的，破除了"影响"的权威性和单向性，它反对把文学看作是一种承续和延伸，强调文学发展中的创造、突破和更新，是对传统的线性文学史观的颠覆与反叛。社会的动荡、秩序的混乱带给生性敏感的诗人们创作灵感与背景素材，浮躁与喧嚣的大环境很难让诗人们以宏观统一的视角书写社会的全貌。因此，碎片化叙事模式应运而生。碎片化艺术（fragmentation）通过主体叙述的非连续性和时空叙事的碎片化达到类似电影"蒙太奇"的效果，杨仁敬先生认为碎片化叙事是一种解构传统文本的"语言游戏"（杨仁敬，2003：34），具有无限的审美张力，足以彰显作者的个性和艺术风格。艾略特在分析多恩的《灵的进程》一诗的时候，就抓住了"混乱"这一核心，他的评价性论断"飘忽不定的灵魂变形史"揭示出多恩诗歌的"碎片化"这一现代主义诗学特征。约翰·多恩和 T. S. 艾略特的诗歌作品在意义构建时体现了碎片化叙事模式的特征。

艾略特对多恩曾给出这样的评价："多恩相信任何东西。看来在那个时代，世界上似乎充满了各种思想体系的不完整的残枝碎布，一位像多恩那样的诗人，就好像一只喜鹊，衔起各种映入他眼帘的闪闪发光的思想残片，把它们点缀在他的诗行的各处。"（艾略特，李赋宁 译，1994：165）多恩的

诗歌《赠别：关于窗户上我的名字》是一首赠别诗，描写的是一个对爱情
忠贞的男性和一个对爱情毫不在意、水性杨花的女性，诗人巧妙地使用了
碎片化的叙事，包括多重意象及讽刺手法等的应用，把多种奇特的意象与
对女性的不信任融合在一起，诗歌画面感极强，大大增加了诗歌的审美张
力。譬如：

  我的名字刻于此，
  给这块玻璃赋予了我的坚定，
  自从有了这灵符，这玻璃
  就像那刻划它之物一般硬；
  你的目光将赋予它高价，足以
  傲视任何矿产的钻石。

  诚然，玻璃应当是
  像我一样坦白磊落，又透明，
  尤其，它还让你看见你，
  清楚地把你反映到你眼中。
  可这些规律，都难禁爱的魔力，
  在此你看见我，我就是你。

  没有一个点，或波折号——
  它们仅仅是这个名字的附件——
  能被阵雨和暴雨冲刷掉，
  时光将发现我也不会变；
  你可以更好地体现这忠贞之爱，
  有榜样永远与你同在。

  或者，如果这学问
  太艰深，刻写的名字不足以传授，

> 那它，就如骷髅头，谆谆
>
> 告诫着恋人有死的时候，
>
> 或者就把这瘦骨嶙峋的名字
>
> 当作我朽坏的骨头架子。
>
> （但恩，傅浩 译，2016：98-99）

"人类的许多'真理体系'，如历史、宗教、意识形态、伦理价值等，都可被视为一种'叙述方式'，即把散乱的符号表意行为用一种自圆其说的因果逻辑统合起来，组织起来。"（杨仁敬，2003：32）诗歌的开篇仿佛讲述一个爱情故事，娓娓道来，一块普通的玻璃上既刻有我的名字，又映有你的映像，主人公仿佛向世人宣告自己爱的坚定。随着他的名字也留在了玻璃上，爱情的坚定增加了玻璃的硬度，在爱情的魔力作用下，他的坚定与爱人目光的融合，能够使玻璃比任何钻石都坚硬。本来爱与玻璃毫不相干，但是在诗人笔下，充满爱的名字写在了玻璃上，二者产生了联系，写在玻璃窗上的名字是爱情的符号，永远不会改变，即使是名字的小小附件（一个点，或波折号），都不会因雨打风吹而被冲刷掉。碎片化叙事正以荒诞离奇的方式颠覆和消解着那本该完整的故事情节，在碎片化的诗歌记忆里，情节本身也会被消解在无边无际的碎片里（罗军，辛苗，2013：111）。主人公在强调自己对爱情的忠贞的同时，还处处暗示自己的爱人，爱情不应背叛，应该矢志不渝，但是随着碎片化的情节叙事，读者感受到男人的忠贞之爱与他所爱的女人的轻浮易变形成了鲜明的对比，爱情是一门艰深的学问，如果学不懂，那么刻在窗户上的名字就犹如一颗骷髅头。在多恩所处的时代刻有骷髅头的戒指是作为人必有一死的警诫，诗人巧妙地用"骷髅"意象把爱情与死亡联系起来，用死亡来表达对爱的忠贞，看起来是你中有我、我中有你的两情相悦，实际上窗上的名字是在提醒他们彼此已经分离，分离对恋人而言就意味着死亡，情节的碎片化叙述体现出诗人对爱人之间分离后一方的绝望，这种独特的叙事不仅令人感觉到爱情这一主题的神圣肃穆，同时也构成了多恩诗歌的艺术审美张力。

诗歌《世界的剖析——一周年》是纪念伊丽莎白·德鲁里小姐的周年挽

歌，伊丽莎白·德鲁里小姐是德鲁里爵士的独女，年仅 14 岁就夭折了，在这首诗中伊丽莎白不仅代表个人，而且是一个象征，她是美德和善的化身，诗人赋予她善的象征，她象征着世界灵魂、善、美以及和谐，那些想见她的人必须善良，才能在死后看到她。受德鲁里爵士之托，多恩创作了这首挽歌。诗人借主人公德鲁里小姐的青春早逝再现了人类世界的脆弱与腐朽，诗人通过解剖如同僵尸般的病态世界，将其丑态淋漓尽致地展示在读者面前，抒发出多恩的价值理念——病态的世界是丑陋的世界。这首诗的主旨是"世界的解剖"，诗人多恩将其分为 8 个部分，全部与解体、死亡、破碎等密切相关，而且都是无序的。在该诗的冥想部分，诗人指出因为天使的坠落，宇宙之榫被破坏了，现在的宇宙、王国、家庭，全部都成了碎片，全部都没了关联，世界是一粒枯干的渣滓（Cinder），艾略特用"无序的缺场"加以概括，真的是恰如其分、一语中的：

> 她，她走了。她走了：当你知道这一点时，
> 这个世界是一片碎布
> 你知道，它不值得一提
> ……
> 新哲学怀疑一切，
> 火的元素已被扑灭，
> 太阳消失，地球也不见了，
> 非人的智慧所能寻到。
> 人们直爽地承认世界已经衰亡，
> 而在星球和天体上
> 找到了多种新物，他们看
> 这里已被压碎成原子一般
> 一切破裂，全无联系，
> 失去了一切源流，一切关系
> （Donne, 1994）

诗人使用了碎片化的意象表达，把世界喻为破布、腐尸、渣滓、碎片

等意象，大大增加了诗歌的审美张力，不仅如此，诗人多恩还在该诗中严肃而又调侃地告诉世人：

> 别管它；为何，何时，不必认真，
>
> 别担心，也别相信任何人。
>
> 探讨真理比偏离正路更糟，
>
> 你犯不着为这世界如此操劳。

艾略特在阐释这首诗歌时曾经写道："多恩诗的特点是秩序的缺场，是一个思想分解为无数的思想。多恩是个诗人，真正的诗人，甚至是非常伟大的诗人，一个写混乱的大诗人。"（晏奎，2022：299）不仅如此，艾略特在《我们时代的多恩》一文中评价多恩的伟大之处时还写道："他的诗中没有什么组织。他只是不知所措但又不失幽默地把各种残片掺和一下。"（转引自陆建德，2001：117）"看来当时破碎思想体系的残片充斥于市，多恩这样的人就像好收集杂货的喜鹊一样，拣起那些引起他注目的亮晶晶的各种观念的残片胡乱装点自己的诗行……（在他诗中）有的只是一大堆不相连贯的学问的大杂烩，他从中汲取的纯粹是诗的效果。"（转引自陆建德，2001：123）

综上所述，约翰·多恩的碎片化叙事可见一斑，作为多恩的拥趸之一的现代派大师艾略特也在其多篇诗作中采用了碎片化的叙事方式，构成了二者诗歌作品的互文性表征之一。他（艾略特）"观望着黑夜里显示出 / 成千上万污秽的意象。有意制造了一大堆破碎的意象，以形象、色彩和声响的碎片勾勒出一个肉体横陈而精神委顿的世界，用文学象征法表达了他对世俗主义的厌恶和批判"（朱望，2008：49）。作为现代派诗歌里程碑的诗作《荒原》，以碎片式的叙述方式展现出一幅独特的宇宙图式，诗人运用了类似电影蒙太奇的表现手法，把远古的神话和传说、宗教人物、历史典故以及西方现代人的生活片段进行巧妙的拼贴和剪接，将表面上风马牛不相及的意象拼贴在一起，把貌似毫无关联的戏剧性场景进行组合，共同纳入一个以荒原为中心的象征结构，使这些看似无关的场景和意象获得了内在的联系。诗的每一个细部都是碎片，但恰恰正是这些碎片共同构筑了诗的主题，诗人用这些"破碎思想体系的残片"构筑并支撑起他的"断垣残壁"（陆建德，2001：122）。陆建德先生曾经感慨："艾略特是不是和多恩一样'不知所措但又不失幽默地把各种残片掺和一下？'"作为现代派大师艾略特的代表作《荒原》，在结构上由五章构成，分别是"死者葬仪"（The Burial of the Dead）、"弈棋"（A Game of Chess）、"火的布道"（The Fire Sermon）、"水里的死亡"（Death by Water）、"雷霆所说的"（What the Thunder Said）。表面上来看，各章之间并无一般意义上的情节或逻辑上的联系，诗人在有限的 343 行的诗篇中充分展示了各种生活片段，既有原始神话的古典仪式，又有 20 世纪伦敦上层社会的社交场面，还有市井百姓百无聊赖的无聊且无望的生活写照，但是诗人以碎片化的叙事手段，多视角地折射出现代荒原危机四伏的社会本质，李维屏先生给予评价说："艾略特巧妙地将这些纷乱的'碎片'拼成一个既令人眼花缭乱，又耐人寻味的艺术图案。"譬如在第二章"弈棋"中艾略特写道："噢噢噢噢那莎士比亚式的爵士乐——是如此优雅，如此聪明。"在该章结尾处：

> 请快一点儿时间到了
>
> 请快一点儿时间到了
>
> 明天见，比尔。明天见，娄。明天见，美。明天见。
>
> 喀嚓。明天见。明天见。
>
> 明天见，太太，明天见，好太太。明天见，明天见。
>
> （艾略特，裘小龙 译，2017：82）

这是酒吧间侍者准备打烊时的送客声与客人们互相道别的问候。音律的碎片与人声的碎片穿插在叙事中，丰富了诗歌的表现方式，同时极大地增加了诗歌的审美张力和艺术魅力。在另一首诗歌《序曲》中诗人艾略特也使用了碎片化的意象排列法：

> 冬日傍晚来临，
>
> 走廊里一股牛排味。
>
> 六点钟。
>
> 烟蒙蒙白天燃尽的烟蒂。

此刻，一阵狂风暴雨

把一摊摊肮脏的枯叶

和从空地刮过来的旧报纸

吹到了你的脚边。

阵雨猛鞭着

烟囱管帽子和破百叶窗。

在那一个街拐角上

出租马车前一匹孤零零的马冒汗、踢蹬。

接着一下子亮了路灯。

（艾略特，裘小龙 译，2017：22）

该诗发表于 1917 年，当时正值第一次世界大战，那场人类历史上的大屠杀，给许多人的心灵蒙上了悲观、荒凉、绝望的阴影，在这段诗节中艾略特把一系列的意象如"牛排、烟蒂、枯叶、旧报纸"等意象客观地不加评论地堆叠在一起，描绘出一幅冬日傍晚日暮时分的毫无生机的生冷的画面，楼房过道里散发着牛排的烟气蒙蒙的"炊味"，黄昏就像是燃尽的烟蒂被扔在污浊之中，破碎的窗和烟囱，以及那匹孤独的劳累的马在无奈地喘息刨踢，尽管有路灯亮起，但是丝毫没有给这个世界带来温暖，带来的却是现代世界衰败、没落，犹如荒原一般毫无生机，诗人没有直抒胸臆，而是碎片化地把"无望"的世界的意象呈现给读者，由读者自己去思考这种排列堆叠中可能的内涵和意蕴。

多恩和艾略特的碎片化叙事延伸了诗歌原本构建的含义。碎片化的文字初读虽晦涩难懂，甚至不知所云，但是仔细琢磨实则在碎片化叙事的间隙给予读者些许思索的时间，对碎片之间的留白予以合理补充，达到一千个人里有一千个哈姆雷特的独特体验，碎片化的诗歌作为无数碎片堆积成的碎片堆，其断续拼接的特点为诗歌蒙上一层萧瑟与破碎的心境。

除了碎片化的叙事特征，二者的诗歌还具有碎片化的时空特征，时空是事物存在不可分割的两种基本形式，"空间安排的内部，是散布于时间中的人的意识状态"（金露，2022：78）。譬如在约翰·多恩的《旭日》一诗中：

> 忙碌的老傻瓜，没规矩的太阳，
> 你为何要如此，
> 透过窗户、帘栊把我们窥视？
> 恋人的季节必与你运行相当？
> 没礼貌爱训人的家伙，去呵责
> 迟到的小学生，臭脸的伙计，
> 去告知宫廷猎手，国王将驰猎，
> 去召唤乡下的蚂蚁干收获的活计；
> 爱情，都一样，不知季节、气候，
> 或时刻、日月，这些时光的碎布头。
>
> 你的光芒，既威严，又强悍，
> 你为何自以为？
> 我可以一眨眼就把它蚀亏、遮蔽，
> 只是我不愿太久看不见她的脸：
> 她的眼若没把你的眼刺坏，
> 就去看，明天晚些时，告诉我，
> 那盛产香料黄金的两印度是在
> 你离开之处，还是在与我共卧。
> 去打听你昨天见过的君王的去向，
> 将听说，全在此睡在同一张床上。
>
> 她是众邦国，诸侯王，是我，
> 别的都不是。
> 诸侯王不过扮我们；与此相比，
> 一切荣誉是做戏，财富是假货。
> 太阳你只有我们一半乐，

眼看这世界竟缩小如此;

你年迈需要安逸;既然你职责

是温暖世界,那温暖我们就完事。

在这里照我们,你就无处不在了;

这床是中心,这四壁,你的轨道。

(但恩,傅浩 译,2016：74-75)

　　这首诗是一篇爱情诗歌,有的评论者认为该诗是多恩为了纪念与妻子的爱而作,多恩在这首诗中以碎片化的时空表现手法描述了"真爱",在相爱的人眼里,是没有季节、时刻以及日月的,他们都是时光的"碎布头",表面上强大的太阳、君王,所谓统治世界、邦国,但是在恋人眼中它们的工作不值得一提,恋人的空间就是全世界,它们只需照亮恋人的空间就足够了,即"这四壁是你的轨道,昨日太阳从这里离别,可今日又在此处。"

　　时间的颠倒与重叠、空间的错位与分解构成了现代主义时空观的重要特征。艾略特的《普鲁弗洛克的情歌》中时间、空间不再是历时的、线性的,而是突破时空限制,呈现出时序的错位与颠倒,作家打破了传统时空观的不可超越性,围绕主题使时空实现了最大可能的抽象与延伸。首先,艾略特受法国非理性主义大师伯格森的心理时间理论影响,在《情歌》一诗中,呈现出从感性时空到理性时空再到抽象时空的升华,其次,从现实的时空内无限地拓展心理时间。诗歌的开头时间是黄昏,地点是伦敦,主人公认为有的是时间,不用着急提出那个"重大问题",伴随着情节的进展,心理时间逐步展开,地域空间几乎从文本中消失,读者仿佛看到了主人公普鲁弗洛克的内心世界,时间主题发生改变,一种体力衰退和时不我待的紧迫感慢慢逼近,他准备挥戈上马、鼓足勇气,但是又害怕被拒绝而陷入尴尬的境地:

那些眼睛用公式化的句子钉住你,

当我被公式化了,在钉针下爬,

被钉在墙上,蠕动挣扎,

那么我又怎样开始

吐出我所有的日子和习惯的烟蒂？

所以我又怎样能推测？

（艾略特，裘小龙译，2017：9）

诗歌接下来的时空转变就谈到了普鲁弗洛克的未来，时空进入了抽象时空，"我老了……我老了……我要把我的裤脚卷高了"，预示了他的未来将在无聊空虚中度过。面对时间他犹豫退缩，最终被淹没在时间的海洋中，时间的流逝对于普鲁弗洛克来说没有任何意义，留不下任何印记，他的过去就是现在，现在就是将来，而将来也无异于过去，他的生命中的每一刻都是虚无、无望。普鲁弗洛克是 20 世纪西方世界中的人的典型代表，他的孤独、怯懦、焦虑反映了战后西方人的普遍心态，诗人通过这首诗歌独特的时空表达展示了西方人的内心空虚和精神危机。

《荒原》中诗人艾略特的现代时空意识也呈现出碎片化的叙事特征，在其笔下碎片化的空间背后的时间秩序是非线性的，是过去与当下的穿插交织。"《荒原》的时间体系丧失了正常运转功能，增强了诗歌的地狱和死亡表现主题。"（林玉蓉，刘立辉，2008：56）季节时间的凝滞不动与人类时间意义的不变化相呼应，该诗的时空跨度从《旧约》时代到 20 世纪，囊括了数千年的人类时间跨度，尽管岁月悠悠，数千年的人类时间意义却没有变化。诗歌以四月开篇，将春天（四月）、夏天和冬天三个季节并置罗列，代表春天的四月与代表死亡的秋天或者冬天之间没有明确的分界线。在"死者葬仪"部分中时间在不同的季节和历史传说中跳跃转移，首先诗人给出的时间是四月（"四月是最残忍的月份"），然后写到被雪覆盖的冬天，忽而又转回到夏天，此后时间又被拉回到一年前（"一年前你赠给我风信子"）。四月中的荒原人记忆起冬天，认为冬天让人遗忘过去，干枯的树根残留着些许生命，倒是四月是最残忍的月份，虽生犹死，诗中讲述者玛丽也讲述着夏天和冬天的故事。该诗对人类时间意义的呈现基本上都是采用过去和现在纳入共时之中，将不同时代的人类行为并置，譬如，"弈棋"将古罗马诗人奥维德《变形计》中有欲无情的悲剧故事和 20 世纪丽尔们的性放纵故事并置在一起；"火的布道"讲述了贞操女神戴安娜的血腥报复故

事、现代妓女故事和女打字员有欲无爱的欲望故事；"雷霆所说的"开篇就
将犹大出卖基督耶稣的混乱场面与东欧的动荡局面并置堆叠，这种历时性
与共时性的有机结合，使得诗歌具有历史的透视又有现实的关照，体现了
诗人时间观将过去与现在融合、立足现在又不割裂历史的特征，实现了极
具现代性的时间重叠的共时模式。

> 大片海水浸过的木料洒上铜粉
>
> 青青黄黄地亮着，四围镶着的五彩石上，
>
> 有雕刻着的海豚在愁惨的光中游泳。
>
> 那古旧的壁炉架上展现着一幅
>
> 犹如开窗所见的田野景物，
>
> 那是翡绿眉拉变了形，遭到了野蛮国王的
>
> 强暴：但是在那里那头夜莺
>
> 她那不容玷辱的声音充塞了整个沙漠，
>
> 她还在叫唤着，世界也还在追逐着，
>
> "唧唧"唱给脏耳朵听。
>
> （艾略特，赵萝蕤 译，2000：6）

除此之外，艾略特还大量地用典使得季节时间模糊，譬如：在"雷霆
所说的"一章中"春雷在遥远的山麓上回响"，暗示故事发生的时间是春
天，但是干裂的土地和暮色中飞翔的蝙蝠却指向夏天——"长着孩子脸的
蝙蝠在紫罗兰光芒中 / 打着呼哨，拍动翅膀"，而枯草和水位下降的恒河水
又是秋天的时节，诗人艾略特的碎片化的时空意识使得自然季节时间体系
遭到破坏，季节时间模糊甚至混乱，构成了其诗歌的碎片化的现代主义时
空特征，诗歌《荒原》"将所有的时间并置，否定了真正的变化或者发展，
因此也就排斥了新生。所有时间的并置支配和强化了《荒原》的地狱感"
（Gish，1981：57）。

《荒原》中除了时间的碎片化特征外，诗人艾略特还将"零碎"的地点
拼贴进寻找圣杯的整体框架结构中，诗人选择现代都市——伦敦作为重要
的空间场景，呈现人类所要面对的战后现实。在"死者葬仪"一章中："缥

缈的城，/ 在冬天早晨的棕色雾下 / 一群人流过伦敦桥，这么多人，/ 我没想到死亡毁了这么多人。"诗歌从波德莱尔笔下的城移动到但丁笔下的城回到冬日破晓的伦敦桥，死亡的人鱼贯穿过，要绝望地走向地狱，仿佛面对的是战后的废墟。在"火的布道"一章中，"缥缈的城 / 在冬日下午的棕色雾下"，"缥缈的城"指的是英国首都"伦敦"，随后诗中的空间地点出现凯能街饭店、大都会、维多利亚女王大街、群犬岛等伦敦城中的现代地名，地理空间从恒河、耶路撒冷、维也纳、亚历山大到伦敦桥不断转换，诗人运用大量的古典空间意象，通过不断移动的城市空间、历史空间作对比，暗示了当人类失去了传统与神圣的信仰，人们的精神状况就会变成如破碎的时间、空间一样的时代的碎片，诗人运用支离破碎的地理空间表现现代人精神的颓废和心理错乱，诗人对空间场景的碎片化呈现，表征了战后西方社会人们信仰危机下的迷惘、游离的精神状态。

一言以蔽之，艾略特笔下破碎空间背后的时间秩序是过去、现在以及未来的穿插与交织，诗人作品中呈现出来的是传统的线性时间观的失效与现代时间秩序的重建，诗人从作为容器的空间和作为坐标的时间两个时空维度，以现代性的创作手法诠释了战后的危机以及对重建战后"荒原"的美好希冀。艾略特的这种现代时空意识是战后个体精神的困惑表征，它超越线性历史的维度、时空与表达的限制，重建了时间秩序和当下的意义，言说了战后西方社会人们的孤独、痛苦以及迷茫的生存状态，诗人通过极具现代性的时空意识表达，希冀在"一战"后的精神荒原中寻求新的信念与重建方式，艾略特的碎片化的叙事和时空意识"提供了如何言说内在情感的艺术启示，成为对破碎、充满危机的战后世界的审美化补偿"（金露，2022：78）。

9.3.1.2 对话式口语体

李赋宁先生曾经指出："英诗除了有一个斯宾塞的传统外，还有另一传统，这就是以邓恩（John Donne）为代表的口语传统。20 世纪英国诗人脱离了斯宾塞的诗歌传统，而极力发扬邓恩的口语传统。"（李赋宁，1995：110）亚里士多德在《诗学》中谈到不同形式的艺术的模仿媒介时指出，诗歌是以语言为模仿媒介的。多恩和艾略特经常在诗歌中运用对话式的口语体，直截了当地表现出说话人的情感。多恩诗歌的开篇不管是爱情主题还是宗教主题往往是口语化的突然的一声招呼（"去吧，跑去抓一颗流星"），一个命令（"看上帝面上别多嘴，让我爱吧"），一个问题（"我奇怪你同我各干什么，在我们恋爱之前？"），一个宣告（"我是一个由元素和精灵构成的小小世界"）等，把读者不由分说地拉进诗里，尽管有些突兀，但是其口语化的表达大大拉进了跟读者的距离，读者倍感亲切的同时，就被带进作者预设的情境里，跟着作者的导引徜徉在诗行中。在多恩的许多诗歌中，全诗由不是诗人本人的他人进行表达，在某一特定情境中的关键时刻进行独白，通常听者被藏匿起来，读者只是从独白者话语中了解到旁听者的存在以及他们的所言所行，产生了戏剧化的独白效果，从而无意识地暴露独白者的气质与性格。"诗人选择与组织独白的主要原则是使抒情诗独白人以更有趣味性的方式向读者展示自己的气质与性格特征"（艾布拉姆斯，吴松江 译，2009：141），譬如在诗歌《伤离别》中，多恩写道：

> 命运啊，您不值我一丝一毫抱怨，
> 您已有足够多令自己蒙羞的祸患
> 尽量使坏吧，我女友和我有手臂，
> 虽不能抗您打击，却能防您伤害。
> 把我们劈开吧，您也不可能分离
> 我们的身体，只要有灵魂还相系；
> 我们仍能够借书信和礼物、梦幻
> 和思绪传情；爱从来不缺乏手段。
> 我无须仰望那赋予生机的太阳，
> 她的美会直接跑到我的感觉上；
> 风将注解她温柔，火说明她纯净，
> 水将象征她清澈，地比喻她坚定。
> 时光不会忘我们的交往；春天
> 将讲述我们的爱开始时多新鲜；

夏天将讲述，它如何抽穗成熟；

秋天讲，我们何等的金色丰收。

冬天我就不考虑，以免您生气，

视之为失落的季节，她也会同意。

（但恩，傅浩 译，2016：35）

"沉思是多恩散文和诗歌的一大特征，使多恩能将思想和情感进行巴洛克式整合，伴随着词汇的语义嬉戏，成为诗人对英国文艺复兴文学沉思题材的最大美学奉献。沉思语言使得多恩青睐适合表达思辨过程的口语体，词汇语义则变化不定。"（刘立辉，2015：85）在这首诗中诗人多恩采用了对话式口语体，描写了恋人间的离别，主人公仿佛对自己的恋人娓娓道来自己的离别之情，"时光不会忘我们的交往"，恋人们的爱始自春天、成熟于夏天、丰收于秋天，爱情如此纯真，恋人情深意笃，这种口语化的诗歌叙事使读者倍感亲切。在《跳蚤》一诗中，诗人采用简洁的口语体而非正式的诗性语言来传达情感，主人公仿佛苦口婆心、耐心地劝导情人屈服于他，答应他的求爱，与他走进婚姻的殿堂。为了使得自己的劝说有理有据，说话者使用了跳蚤这一意象：

光看这跳蚤，看看它体内，

你拒绝给我的东西微乎其微；

它先咬了我，现在又咬你，

在这跳蚤里，我俩的血液混一；

你知道，这并不能够叫做

一桩罪过，或耻辱，或丧失贞节，

可是这家伙不求爱就享用，

腹中饱胀两种血混成的一种，

这，哎呀，比我们要弄的分量重。

住手，且饶过跳蚤里三条命，

在其中我们近乎，更胜过结婚：

这跳蚤既是你和我，又同样

也是我们的婚床，和婚庆殿堂；

父母怨，你不从，我们仍相会，

隐居在这活的墨玉般四壁之内。

出于习惯你总是想杀我，

但是，别给这加上自我毁灭

和渎圣——害死三命的三重罪孽。

残忍而突然，你是否从此刻

染红了你的指甲，以无辜的鲜血？

这跳蚤有什么可以罪咎，

除了它从你身上吸取的那一口？

然而，你得意扬扬，声称说

不觉得自己，也没发现我变虚弱；

的确；该知道恐惧有多不真；

你委身于我时，就这点童贞会耗损，

一如这跳蚤之死取走的你的命。

（但恩，傅浩 译，2016：121-122）

  这是多恩著名的一首戏剧抒情诗，戏剧抒情诗是一种在戏剧情节的某个情景下的独白，该诗十分注重独白人的善辩内容，将挑逗和哄骗的话语编织进逻辑性极强的劝说之中。主人公以跳蚤做类比，耐心地、不着急不着慌地劝导自己的情人，这种口语化的语言艺术张力，产生了戏剧化的艺术审美效果。诗人使用了多个口语化的祈使动词"看""停""咬"等日常生活中的普通口语，语言浅显易懂，使诗中的听话人和诗外的读者都能很快地领会说话人的意思，这种通俗的口语化表达是对传统诗歌中使用华丽辞藻矫饰表达的革新。说话者首先让诗中自己的情人看那只令人讨厌的跳蚤，指出那支黑色的小昆虫会吸人血而填饱肚子，但是恰恰是跳蚤的吸血，两个人的血会因此在跳蚤体内融合，而感到无比的喜悦，但是当女主人公

试图打死那支跳蚤以打破说话者的强辩的时候，说话者立即制止："住手，
且饶过跳蚤里三条命""这跳蚤既是你和我，又同样也是我们的婚床"，这
种口语化的表达一方面凸显了男主人公的能言善辩，另一方面使得读者在
感到惊异、震惊的同时，达到了陌生化的艺术效果，彰显了诗歌的独特艺
术魅力。

　　在《封圣》一诗中，诗人多恩采用口语体，将自己物化为大自然中的
动植物：

> 任你们怎么骂，我们被爱造就：
>
> 骂她是一飞蛾，骂我是另一只；
>
> 我们也是蜡烛，自付代价而死；
>
> 并且在自身发现鹰隼与鸽鸠；
>
> 不死鸟之谜因我们有更多
>
> 含义；我们俩合一，就是它。
>
> （但恩，傅浩 译，2016：80）

"鹰隼"代表男性和力量，"鸽鸠"代表女性和温柔，"不死鸟"是古
埃及神话中的神鸟，能够从灰烬中复活，诗人多恩口语化地表达想化身为
一只"飞蛾"和"不死鸟"的愿望，彰显出诗人的人类与动植物的平等、
共生、共存的生态意识以及对理想爱情的美好愿景。诸如此类的对话式口
语体表达还有《遗嘱》中对爱神的呼告，例如"您，爱神，一直教导我"
和"爱神您，通过使我爱慕她"（但恩，傅浩 译，2016：147-149），表达出
诗中独白者对爱神惩罚自己的悔罪和惩罚爱人的控诉，对命运击打两个相
爱之人的不屈抗争以及对挚友分离的美好祝愿。另一首描述多恩青年时代
声色犬马浪荡生活的诗歌《讽刺诗之一》中，诗中有段对白：

> 他忽然跳起，推我，高叫："你没见
>
> 那儿有个漂亮青年？""哪一个？""就是那边
>
> 跳舞如仙的一位。""哦，"我喊，
>
> "难道你必须在街上找舞伴？"
>
> 他泄气了，再往前走，又碰上一位

> 比印度人抽水烟还冒味，
>
> 他们聊上了，我轻声说："走吧，
>
> 你闻不出，我的鼻子可熏坏啦！"
>
> （王佐良，何其莘，2006：240-241）

在这段对白中，诗人将口语体发挥得更加淋漓尽致，而且在口语体的表达中呈现出活泼的笔触，这种活泼的笔触配合轻佻的内容，真正达到了惟妙惟肖的审美效果和艺术张力。

艾略特大力发展了多恩的口语传统，将口语体表述作为现代诗歌改革的重要举措，而且口语诗体也是艾略特诗歌的重要特征之一，他认为"世界本来就是无序的，语言不必考虑是否规范"（陆建德，1999：48）。譬如在《普鲁弗洛克的情歌》中艾略特使用了内心独白的写作技巧，诗歌中充满了口语化的表述，暗示主人公的懦弱和自卑，那种想示爱又不敢的踌躇以口语话展示给读者：

> 那么让我们走吧，我和你，
>
> 当暮色蔓延在天际
>
> 像病人上了乙醚，躺在手术台上；
>
> 让我们走吧，穿过某些半是冷落的街，
>
> 不安息的夜喃喃有声地撤退，
>
> 退入只宿一宵的便宜旅店
>
> ……
>
> 噢，别问，"那是什么？"
>
> 让我们走，让我们去做客。
>
> （艾略特，裘小龙 译，2017：6）

诗中大量的口语化表述和叙述语气的不断变化，恰当地勾勒出现代人复杂的心里世界，简单朴实的话却意蕴深厚，主人公普鲁弗洛克面对虚情假意的社会以及每天用咖啡勺舀走时光、精神空虚的女性，陷入了情感的荒原，"一旦人的声音惊醒我们，我们就淹死"，表现了现代人精神世界的瘫痪。

　　艾略特不仅继承了多恩诗歌的口语传统，还将这一口语传统推而广之，除了在《普鲁弗洛克的情歌》外，在长篇诗歌《荒原》以及《四个四重奏》中都大力发扬了口语体传统，为英诗的语言发展增添了活力，进而增加了诗歌的审美张力，譬如在《荒原》中：

　　　　"今夜我的神经很糟。是的，很糟。跟我在一起。

　　　　跟我说话。为什么你从不说话？说啊。

　　　　你在想什么？想什么？什么？

　　　　我从不知道你在想什么。想吧。"

　　　　我想我们在老鼠的小径里，

　　　　那里死人甚至失去了自己的残骸。

　　　　"什么声音？"

　　　　门下的风。

　　　　"现在又是什么声音？风在干什么？"

　　　　没什么，还是没什么。

　　　　"是否

　　　　你什么也不知道？什么也看不见？什么也

　　　　记不住？"

　　　　我记得

　　　　那些曾是他眼睛的珍珠。

　　　　"你是活，还是死？你的头脑里空无一物？"

　　　　（艾略特，裘小龙 译，2017：79-80）

　　这是诗歌《荒原》第二章"弈棋"中的一段，在"弈棋"一章中诗人描述出现代婚姻中女性的两种状态，要么高高在上、咄咄逼人，要么就被物化，等待自己色衰无用被男人抛弃，两种状态都展示出现代人两性关系的失衡，两性本应建立的美好爱情和婚姻却在现实中化为了彼此间的对弈，夫妻彼此孤立甚至对立，呈现出人与人关系上的"荒芜"。其中描述了一位上流社会的贵妇在富丽堂皇的家里百无聊赖地胡思乱想，渴望所谓的传奇爱情，诗歌中妻子在不断地问询丈夫，而丈夫却保持沉默一直没有回应，这些口语化的连环提问，作为丈夫的男性角色在诗歌中以"缺失"的姿态来展现其沉默，妻子不断追问、咄咄逼人，但一直没有得到回应，似乎自己也没有了方向，最后只能做他们一直做的事情，譬如"十点钟开水就开始供应，如果下雨，四点钟就会来车"。夫妻过着一成不变的、日复一日的乏味的生活，失去希望和生命的意义。诗人以口语体的对话，呈现出丈夫与妻子本应和睦的关系变成了一种博弈，婚姻没有带给彼此以陪伴，反而让双方各自为营，互相为战，给读者身临其境之感，大大增强了诗歌的感受力和审美效应。

对话式口语体发生在说者与听者之间，是一个动态交互的过程。多恩和艾略特的诗歌通过对话式的呼告，直抒胸臆，表达言者的强烈感情，诗人可以根据叙事者的心理变化不按语法规则、句法标点来表达意思，心理变化最直接的表达就是大声说出。艾略特大力发扬了口语体传统，与多恩诗作中叙述者的独白具有显著的互文性特征。

9.3.2 写作手法

9.3.2.1 陌生化技巧

"陌生化"是 20 世纪俄国形式主义文学理论的核心概念之一，由俄国形式主义大师维克多·什克洛夫斯基（Victor Shklovsky，1893—1984）于 1917 年在其《作为技巧的艺术》一文中首次提出。它的诞生标志着传统诗学被颠覆、现代诗学理论体系的初步建立，也标志着文学艺术审美观念的革命。这种艺术手段，将原本人们熟悉的事物陌生化，即作者刻意采用陌生的、新奇的艺术手法，将原本人们熟悉的事物陌生化，增加读者感知的难度和长度，使读者产生陌生感，因此感知的过程被延长，在陌生感和奇异感的同时实现艺术审美目的。虽然形式主义的文学理论是 20 世纪提出的，但是早在 17 世纪的英国，以约翰·多恩为代表的英国玄学派诗人们早已践行了这一"陌生化"理念，他们一改伊丽莎白时代爱情诗的甜腻、空泛的辞藻，运用奇思妙喻，他们的诗风独特，标新立异，这种反传统的作风与形式主义文论的"陌生化"特质有着异曲同工之妙。

多恩诗歌将天文、地理、神学等不同学科领域的意象运用到诗歌创作中,其陌生化的写作手法和另类的意象经常使读者叹为观止,当时的批评家普遍认为多恩的诗歌使用出其不意的意象的新鲜感、陌生化的技法等是在炫技,是喧宾夺主,但是深入挖掘其诗歌内涵,读者不难发现其诗歌中运用破碎的、似非而是的意象将语言变形是有意为之的,以此来表达诗人矛盾复杂的情感。由于多恩的玄学奇喻等写作手法,17世纪后半叶的德莱顿说他"喜弄玄学",18世纪的约翰逊评价他"把杂七杂八的想法用蛮力硬凑在一起",而20世纪的现代派大师艾略特则赞他"将思想与感觉化成一体……一朵玫瑰在他不是一个概念而是一种感觉"。对多恩的褒贬不一,恰恰说明其具有独特的艺术魅力,他的诗歌以好辩、热情著称,爱情诗(或称艳情诗)谈肉体的饥渴,写宗教诗也像在用炽烈的情感向上帝求爱,而且对当时的地理大发现充满了好奇,在写作技巧上反对旧的优美情调和音乐调性,使用的是具有讽刺效果的现实笔触和口语韵律,王佐良先生评价他的诗"新颖,复杂,耐读"(王佐良,2015:95),譬如在《赠别:不许伤悲》一诗中,多恩写道:

就好像有德人安详辞世,
只轻轻对灵魂说一声:走,
悲哀的朋友正纷纷论议,
有的说气断了,有的说没有,

让我们如此融化,不声张,
无叹息风暴,无泪水洪波;
把我们的爱向外人宣讲
就等于亵渎我们的欢乐。

地震带来伤害和恐慌;
人们猜度其作用和意图,

可是九天穹隆的震荡
虽然大得多，却毫无害处。

世俗恋人的乏味爱欲
（其灵魂即感官）不能忍受
别离，因别离使他们失去
那些构成爱情的元素。

而我们被爱情炼得精纯——
自己竟不知那是何物——
更关注彼此心灵的相印，
不在乎眼、唇，及手的接触。

我们的灵魂是一体浑然，
虽然我人必须走，灵魂却
并不分裂，而只是延展，
像黄金槌打成透明薄叶。

即便是一分为二，也如同
僵硬的圆规双脚一般；
你的灵魂，那定脚，不动，
倘若另一脚移动，才动弹。

虽然定脚稳坐在中心，
但是另一脚在外远游时，
也侧身倾听它的足音，
等那位回家，就把腰挺直。

你对我就将如此，我不得

不像另一脚，环行奔跑；

你的坚定使我的圆正确，

使我回到起始处，终了。

（但恩，傅浩 译，2016：136-137）

　　该诗的创作背景是多恩即将远离家乡远赴法国巴黎之际，面对娇妻爱子表达出自己的恋恋不舍，但是在这首诗中，多恩运用陌生化的"天体""黄金""圆规"三大意象表达一种离而不悲的情愫，古今中外文人墨客表达的都是"伤离别"，但是多恩却不同于以往离别诗歌中浓重的悲伤情调，他将悲伤之情隐含其中，呈现出哀而不伤的慰藉之情。首先，他将夫妻离别喻为伟人的离世，"无叹息风暴"，"无泪水洪波"，有德之人即使分别但灵魂永远在一起，所以不必为短暂的离别而过度忧思。其次，多恩将天文地理、科学技术融入诗歌创作中，在不同事物中捕捉到相似点或者相同点，运用哲学思辨将新颖奇特的想法或者概念赋予其中，造成惊人的或者出奇的效应，延长读者的审美过程，达到陌生化的审美效应。他将与妻子的爱情喻为天体运动、喻为黄金、喻为圆规，而不是人们耳熟能详的"比翼鸟""连理枝""玫瑰花"等。胡家峦先生曾经评价说："圆规被公认是邓恩最负盛名的奇喻。"（胡家峦，1991：48）圆规本来就是一件数学工具，一般作为教学用具，但是诗人多恩将它融入了诗歌创作中，利用了圆规的特质大胆比喻，即圆规不论一只脚如何转动，它始终以支脚为中心。本诗创作于多恩出使欧洲之际，两个人即将天各一方，前路漫漫，归期不定，诗人使用圆规意象，一脚喻指出使欧洲的多恩，一脚喻指留在英国家乡的妻子，二人如同圆规一样，彼此牵绊，一脚不管运动多远，哪怕天涯海角，另一只脚只要固定不动，二人永远不会分离，永远不会觉得孤单，使该诗达到陌生化的审美效果。他将爱情陌生化，使得诗歌的审美张力得以延伸，读者感悟真正的爱情是可以像纳兰性德笔下的"人生若只如初见"的美好与曼妙，传递出"两情若是久长时，又岂在朝朝暮暮"的爱情主题，这种反离别悲伤情绪的"陌生化"手法令人耳目一新，这种感情也令人不禁为之动容。

多恩作为玄学派大师，他的奇思妙喻与"陌生化"技巧遥相呼应，虽然两种文学技巧相隔几个世纪，但是却有异曲同工之妙。除了这首别离诗之外，多恩在《计算》《跳蚤》等诗歌中也运用了"陌生化"的写作手法，使得诗歌主题更加鲜明，令人叹为观止。多恩不仅在他的爱情诗歌中践行了这一表现手法，在其宗教诗歌中也运用得玄妙，带给读者新鲜的观感，譬如在《病中赞上帝，我的上帝》一诗中，诗人多恩使用"宇宙地理家""图纸""海峡"等多重意象叠加，以哲学思辨般的睿智使用奇思妙喻，冲破审美惯性，打破传统的、自动化的、模式化的感受定势，在复杂晦涩、艰难化的过程中，审美主体被迫以惊奇的目光关注审美对象，其感受过程被迫延长，审美张力得以实现，"在陌生化的表象之后隐藏着理性，透过感性认识，细致的读者能够挖掘出真相，实现认识层次的飞跃"（胡伶俐，潘利锋，2013：33）。

诗人多恩陌生化的写作手法令读者耳目一新、叹为观止，而200年以后现代派大师 T. S. 艾略特自觉或不自觉地继承了这一艺术手法，而且进行了大胆的创新。什克洛夫斯基在《艺术即技巧》（1917）中指出："艺术技巧是使事物变得'陌生'，使形式变得困难，是增加感觉的难度和长度，因为感觉过程就是审美目的本身，因此必须延长。"（塞尔登，刘象愚 译，2006：38-39）陌生化的意象和写作手法是艾略特对多恩诗歌传统的继承与发扬的又一表征。多恩诗歌中的"突兀"的令人意想不到的而又奇妙的意象让艾略特赞赏不已，他认为在诗歌创作中，不应该一味地遵循人们习以为常的方式对事物进行认知，需要构建想象的逻辑和秩序，读者也不必纠结这些意象的合理性，而任由这些独出心裁的意象进入诗行中，读者的思维空间受到挑战后而形成敏感的记忆，读罢能达到很好的艺术效果。譬如在《荒原》一诗中，艾略特不仅沿袭了多恩的这一传统还进行了大胆的创新，将更加惊奇的意象引入诗歌中：

> 四月是最残忍的月份，哺育着
>
> 丁香，在死去的土地里，混合着
>
> 记忆和欲望，搅动着

沉闷的根芽，在一阵阵春雨里。

冬天使我们暖和，遮盖着

大地在健忘的雪里，喂养着

一个小小的生命。

（艾略特，裘小龙 译，2017：71）

诸多出乎意料的意象让人眼花缭乱，"读者要在突兀的意象与文本所指意义之间寻找契合点"（胡伶俐，2017：123），四月本是春暖花开、生机勃勃的季节，但是引发出的感知却是"残忍""死亡"，美丽的丁香花生长在"死去的土地里"，冬天本应是寒风凛冽、肃杀凄凉的，但是诗人笔下的意象却是"冬天使我们暖和"、雪具有"健忘"功能，一系列的悖论呈现出了半死不活的荒原人的精神世界的瘫痪。

意象的堆叠是多恩诗歌的显著特征之一，如诗人运用"曼德拉草""陨落的流星""魔鬼的爪子""美人鱼的歌唱"等意象的并置和拼接阐述女人的不贞洁等概念，艾略特继承了这一创作技巧，创作出的意象更加丰富和具有立体感。诗人将类别不同的意象进行堆叠，增加意象与意象之间的跳跃性、突兀感和自由想象度，形成感官的错杂感。譬如在《普鲁弗洛克的情歌》中令人耳目一新的意象堆叠和拼接："满地锯末和牡蛎壳的饭店""暮色蔓延像上了乙醚的病人躺在手术台上""街道像用心险恶的冗长的争执"等，这些表面上缺乏逻辑关系的意象被强扭在一起，诗人运用联想，其内在意义通过巧智合理地建构起来，西方现代社会的肮脏丑陋、毫无生气和活力的社会就栩栩如生地展现在读者眼前。主人公普鲁弗洛克内心的衰老与自卑通过诗人的巧妙的意象拼接和并置展现出来，"秃顶的头""干瘦的手臂和腿""越来越长的裤脚""被钉针钉住的我"等一系列意象刻画出诗歌中"我"的自卑与猥琐。

9.3.2.2 巧思妙喻

"巧思妙喻"（conceit）原指概念或意象，后来用作修辞术语表示令人称奇的对比，即在两类截然不同的事物或情形之间炮制出的别出心裁的类比（艾布拉姆斯，吴松江 译，2009：85）。该术语是 16、17 世纪的英国诗人从意大利语"矫揉造作的文体"（concetto）改写而来，通常分为两大类：彼特拉克式巧思妙喻和玄学派巧思妙喻。玄学派巧思妙喻是约翰·多恩和17世纪其他一些玄学派诗人特有的一种修辞手法。塞缪尔·约翰逊在《考利传》中把这种巧思妙喻描绘成一种"巧智"（wit）："一种对立物之间的捏合；是把截然不同的意象结合在一起，或是从外表绝不相似的事物中发现玄妙的相似点……把最不伦不类的思想概念强行捆绑到一起。"（艾布拉姆斯，吴松江 译，2009：85）约翰逊博士认为智性修辞策略能够使一个中心意象、推理或者主题等尽可能多地杂糅进表面看起来没有什么相关性甚至截然相反的题材与思想中，此修辞策略彰显或者增强了说话者的思辨能力，语言的语义联系空间被放大，说话者得以对各种知识、现实事件等进行杂糅，以便构建奇喻、悖论等修辞格，从而生成曼妙的可能世界。艾略特指出"玄学奇喻"就是"拓展一个修辞格（与压缩正相对照）使它达到机智所能够想的最大的范围"（艾略特，李赋宁 译，1994：14）。巧思妙喻是17世纪以多恩为代表的玄学派诗人在其诗歌创作中所运用的一种文学修辞方式，诗人们十分巧妙地把表面上毫不相关的两个经验进行类比，经过思辨推理把不同思想、意象、概念以及典故等进行杂糅，其领域涵盖天文、地理、医学、数学、神话传说等，在不同领域的知识中挖掘意象，这种玄学比喻新颖独特，使人耳目一新。但是该修辞在20世纪之前一度被文学界忽略甚至诟病。但是也恰恰是这种"奇"和"特"让现代派诗人大为倾心和赏识，成为现代派英诗的主要渊源之一，玄学奇喻成为现代派英诗的主要媒介，也是现代派诗人诗歌创作时所运用的文学手段之一。艾略特在《玄学派诗人》一文中指出："曲喻不仅为这些诗人所共同运用，而同时作为一种风格的要素，其重要性足以使这些诗人自成一派。邓恩——常常还有考利——运用了一种有时被看作是典型的'玄学'诗风的技巧；即推敲锤炼（与凝缩相对）、巧用心计地将辞格延伸到其极致。"（艾略特，王恩衷 编译，1989：25-26）玄学派诗人们将不同感受、不同经验和不同领域的概念和意象与多重联想通过意象拼叠产生一种审美张力，而彰显出语言的生命力和创造力。

约翰·多恩的作品中充满奇喻，他的诗歌将感官享受和哲理、激情和智慧混合在一起。他往往从普通诗歌读者所不大经常造访的学问的幽僻处汲取奇喻，运用巧智将喻体的范围拓展到足够远和深，打破了常规的思维模式，将貌似不相关联的事物之间建立逻辑联系，提炼并整合不同的经验，形成新的经验，达到思想和情感的统一。如在《赠别：不许伤悲》中，多恩使用奇喻"爱情像黄金、情人像圆规"，把自己和情人各居天涯、心心相印的关系比作黄金和绘图员所使用的圆规的两脚的协调、不离不弃的动作；《封圣》一诗中"我的叹息吹翻了哪条船？骂她是一飞蛾，骂我是另一只，我们也是蜡烛，自付代价而死，并且在自身发现鹰隼与鸽鸠"，诗人多恩表现恋人关系的比喻由经商、买卖到神话和现实中的鸟类以及历史记载中的不同形式，直至诗歌高潮部分，把情侣间的亲密关系和道德状况同超凡圣徒的禁欲生活和死后升天理想等同起来；《跳蚤》一诗中"跳蚤是我们的婚床"，以跳蚤叮咬一对恋人为基本参照，喻指女子对纠缠不休的男子的厌恶与反抗；以及《圣物》中"骸骨上环绕着一只金发手镯"等，在这些"奇喻"中诗人通过简短的词句和突兀的对比使读者的想象空间被唤起从而产生巨大的审美张力，"正是这种貌似牵强的比喻使 17 世纪英国玄学派诗人的诗歌创作既不失对人类肉体美的描写，又能够体现诗人挖掘人类精神之美的艺术追求"（黄宗英，2019：53），在《病中赞上帝，我的上帝》中，诗人将医生喻为"宇宙地理家"，我是"图纸"，病痛被喻成"海峡"。在诗中，身患重病的诗人准备宁静地将自己交给上帝，医生来到病床边，将平躺着的他作为一幅宇宙地图进行诊断，得出诊断结论是作为小宇宙的诗人将穿过热病海峡走向死亡。

　　　　我的医生们被他们的仁爱变成

　　　　宇宙地理家；我成了他们的图纸，

　　　　平躺在这床上，以便让他们标明

　　　　这是"经过那热病的海峡"在我西

　　　　南方向的发现——经这些海峡去死。

　　　　（但恩，傅浩 译，2016：246）

多恩的诗歌《爱之战》是一首艳情挽歌，其中心意象是战争，诗人以智性策略将政治、医学、性爱、神话传说、历史事件等进行整合杂糅，从而构成奇喻，引领读者的想象空间尽情穿梭往返，诗中写道：

> 患病的爱尔兰被奇怪战争纠缠，
>
> 像得了一场疟疾，时发作，时和缓，
>
> 时间会治愈，但如果她下面泻毒，
>
> 头上面切脉放血，就必定有好处。
>
> 西班牙之旅给我们弥达斯之乐，
>
> 触手皆黄金，却找不到食物求活。
>
> ……
>
> 就让我在此作战；躺在这怀抱里；
>
> 就让我在此谈判，打出血而战死。
>
> 你的手臂囚禁我，我的也囚禁你；
>
> 你的心是你的赎金，我的请拿去。
>
> 别的人争战是为了要赢得休息，
>
> 而我们要休息以便再重新搏击。
>
> 无知者上战场；老手偏爱上情场。
>
> （但恩，傅浩 译，2016：62-63）

　　清理下消化道的泻法或灌肠法和降低血压的放血法都是当时西医的常用治疗手段，在诗中诗人将 16 世纪发生在爱尔兰的民族起义比喻为一场时而发作、时而缓和的疟疾，建议通过放血排毒和腹泻清肠等手段进行医治，采用这些医学治疗手段喻指清除爱尔兰内部的动乱分子，帮助爱尔兰的病体恢复，"弥达斯"是希腊神话中的佛律癸亚国王，因贪图钱财而求酒神狄俄尼索斯赐以点金术，酒神答应了他的请求，结果他触物成金，坐拥金银财宝，却受乏粮之苦，英国历史上也有类似经验，在一次截袭西班牙的满载金银的船舶之战中，英国的远征军"绅士冒险家"们也是坐拥金银财宝，却无法进食。诗人在这首爱情主题的诗歌中穿插进现实政治因素，而且运用巧智将刀剑、放血等排毒行为构建奇喻，即性爱行为也是同理，将体内欲望排出（用刀剑和炮弹放血的过程），繁衍子嗣即"造人"，使医学知识成为政治手段和情欲发泄的一个奇喻，从而构成了美妙奇幻的可能世界，其中含纳了医学、神话传说、政治、历史以及情爱等多重因素。

互文性思维将文本中潜藏的文化、历史记忆等深层价值汇入互文性的立体网络中，实现文本意义的重新发现，艾略特盛赞了多恩的奇喻并在其作品中予以传承，譬如《荒原》中的"去年你种在花园里的尸体，抽芽了吗？"在《四首四重奏》中"整个大地就是我们的医院"以及《情歌》中"像一个病人上了乙醚，躺在手术台上"；在《窗前晨景》中"女仆们的潮湿灵魂／在大门口沮丧地发芽"；《大风夜狂想曲》中衣裙污秽的女性"眼角拧动起来像扭曲的针"、记忆中的秘密是"骷髅一般，僵硬、惨白"等。其对多恩为代表的玄学派诗人的奇喻进行巧妙"借用"的典型例证之一体现在《普鲁弗洛克的情歌》一诗中，"镯子"意象的使用可以说是对多恩《圣物》中镯子意象的巧妙借用。

在《普鲁弗洛克的情歌》中艾略特笔下的手镯意象：

> 因为我已熟悉了那些胳臂，熟悉了这一切——
>
> 戴上手镯的胳臂，裸露、白净，
>
> （但在灯光下，淡褐色的汗毛茸茸）
>
> 是不是一件衣服里传来的香气
>
> 使得我们的话这样离题？
>
> 卧在桌子上的胳臂，或裹着纱巾。
>
> 我那时就该推测吗？
>
> 我又怎样开始？
>
> （艾略特，裘小龙 译，2017：9-10）

与之相对照的诗人多恩笔下的镯子意象：

> 当我的墓穴再次掘开，
>
> 为把第二位访客接待，
>
> （因为坟墓已得知妇女
>
> 可以是不止一人的床铺）
>
> 而掘墓之人发现

> 骸骨上环绕着一只金发手镯时，
>
> 他会不让我们随意，
>
> 心想那里躺着相爱的伴侣，
>
> 他们以为这方术多少可以
>
> 使他们的灵魂在最后忙乱的日子
>
> 在这墓中相会，且盘桓片时？
>
> （但恩，傅浩 译，2016：156）

《圣物》一诗是多恩描写精神之爱的优秀诗篇之一，诗中那一缕美丽的女性头发，是女人对爱情忠贞不渝的象征，掘墓人发现一圈手镯似的美丽头发环绕在骸骨之上，被埋入坟墓的男女主人公，虽然尸体已然腐烂，但是二人对爱的忠贞未变，诗人用美丽的头发环绕白骨的意象象征女人对男人的爱至死不渝，读者被带入想象的空间，白骨即男人的白骨，头发即女人的头发，他们创造了爱的奇迹。多恩意在通过对照，表达对生与死以及爱情的理解，骸骨虽然年数已久，但是金发手镯的发现却带来了震撼，金发的存在使得骸骨不散，并使它成为永远被后人朝拜的圣骨，墓穴中的爱情也会不朽。任何文本都是互文本，在一个文本中，不同程度地存在着其他文本，任何文本都是过去引文的一个新的织体（new texture）。艾略特化用了多恩的"金发骸骨"，即"骸骨上环绕着一只金发手镯"，形成了十分突兀的对比，产生了强烈的对照效果，当普鲁弗洛克被"那条戴着镯子的袒露的白净的胳臂"所带来的诱惑所吸引时，灯光下"淡褐色汗毛茸茸"的意象与主人公郁积已久的欲望形成冲突，自卑与挫败淹没了本能的荷尔蒙激情，艾略特把浪漫想象中的女人胳膊与现实生活中观察到的"淡褐色汗毛茸茸"加以对比，女人的诱惑力和丑恶混杂在一起，普鲁弗洛克怎样能开口呢？

> 黄色的雾在玻璃窗上擦着它的背脊，
>
> 黄色的雾在玻璃窗上擦着它的口络，
>
> 把它的舌头舐进黄昏的角落，
>
> 逗留在干涸的水坑上
>
> （艾略特，裘小龙 译，2017：7）

在普鲁弗洛克的视线中，黄色的雾居然以猫的形象出现，这"雾—猫"的比喻类似于玄学派诗歌的"暴力的连接"，即把两种表面上似乎没有关系的东西并置在一起，让读者体会其内在的相似性。"这个奇特的比喻几乎竭尽了'雾'作用于我们感官的各种可能性。"可以与玄学派诗人多恩的"圆规—恋人"和"地球—眼泪"媲美，成为艾略特的一大创造发明。艾略特不仅巧妙地将多恩的玄学奇喻运用到自己的诗歌创作中，还创造性地拓展了奇喻的范围和功能，应该说在构建本体和喻体之间的关联维度上，艾略特比多恩做得更加成熟。

两人把神学、天文学、地理学、医学等其他不同学科的意象作为本体或喻体，以陌生化的手法创作出奇思妙喻，从而产生初读意想之外、细嗅情理之中的文学效果。而且，艾略特还继承了多恩诗歌中逻辑三段论与奇思妙喻相结合的手法，使得诗歌中的巧智和悖论等技巧得到充分展现。

9.3.2.3 双关与用典

在一个文本中不同程度地并以能辨识的形式存在着其他文本，包括先前文化的文本和周围文化的文本，互文性阅读不仅丰富了文本语词的文化内涵，而且将社会历史因素纳入其中，使得文本具有深厚的纵深度。"双关"是利用发音相同（同音异义词）或发音相似但意义截然不同的词进行的文字游戏（艾布拉姆斯，吴松江 译，2009：507），双关言在此而意在彼，多恩和艾略特使用了多种写作技巧达到双关的作用而且许多双关语的引申含义都有典故作为背景支撑。譬如利用词汇的同音异形异义特点：

> 我犯有恐惧罪，恐怕我一旦缠完
>
> 我最后一缕线，我将在此岸陨灭；
>
> 但请您保证：我死时您儿子仍然
>
> 会一如既往地照耀，且一如此刻；
>
> 做过此事后，您才算做完，
>
> 我不再惧怯。
>
> （但恩，傅浩 译，2016：248）

这段诗节选自《天父上帝赞》（*A Hymn to God the Father*），这首诗是

多恩的临终告白，诗中的儿子（sonne）具有双关意义（太阳），两者同音，祈祷能在上帝之子如太阳一般慈悲之光的照耀下，把犯罪的诗人从地狱的黑暗中解救出来，诗人在病榻上祈求上帝原谅的同时，也担心上帝是否宽恕自己，他对上帝既敬又怕的复杂情感体现了他作为宣道者，却逃离不了作为凡人的世俗性。诗中他四次重复"您会饶恕那罪吗？"表达了自己的悔悟之心，他害怕上帝不能宽恕他的罪，但又希冀天帝之子（sonne）能宽恕自己，"我犯有恐惧罪，恐怕我一旦缠完，我最后一缕线，我将在此岸陨灭"，按照西方传统的观念来看，多恩身为牧师，他是不害怕死亡的，因为他相信来世，对于上帝的坚定信念时常会驱散他的恐惧，但是他时而会对死亡和是否能得到上帝的宽恕产生怀疑，诗人多恩利用了词汇 Sonne 的同音异形异义实现双关的目的，极大地增加了文本的审美张力。

艾略特在诗歌《一只处理鸡蛋》中也利用词汇的同音异义特点将双关艺术手法用得恰到好处，令人掩卷沉思：

> 在我十三岁的那一年
> 我饮下了我所有的羞愧……

> 媲媲特端坐在她的椅子里，
> 与我坐的椅子隔一段距离；
> 一本《牛津大学全貌》放在
> 桌上，还有她编织的东西。

> 她祖父和她祖母的
> 银盘板相片和侧面黑影像
> 壁炉架上还支放着
> "舞会的请帖"一张。
> ……

> 我将不少天国中的荣誉，

因为我将遇到腓力普·西德尼爵士，
还有科利奥兰纳斯的谈吐
以及其他那一类脾气的人物。

我不会缺少天国中的资本，
因为我将遇到阿弗莱德·蒙特爵士，
我们两人将依偎在一起，销魂于
百分之五的英国国债券里。
我不会缺少天国中的社交，
苏喀莉蒂·波基亚将是我的新娘；
她的轶事会比媲媲特的经历
所能告诉的更令我心花怒放。

我不会缺少天国中的媲媲特：
勃拉弗斯基女士准会解说，
引导我怎样七重神圣游仙
匹克达·特·陶娜蒂会指点我。
……

但哪里是我买下的便士世界
与媲媲特一起在屏风后吃饭？
红眼睛的食腐动物正葡匐地
在肯提许填和哥尔德的草坪中出现

哪里是雄鹰和号角？

埋在积雪深深的阿尔卑斯山下。
对着涂了黄油的烤饼和碎片，

> 声声哭泣，声声哭泣的众人
>
> 走进了一百家 A·B·C 分店。
>
> （艾略特，裘小龙 译，2017：53-55）

"T. S. 艾略特的文化思想价值之一就是反对现代社会的世俗主义，他以匹夫之勇捍卫传统文化保守主义出于一种文化焦虑。"（朱望，2008：47）艾略特作为现代派文学的领军人物，在他的作品中历数现代工业社会中的恶行恶果，包括社会中流行的物欲横流、情欲泛滥以及对传统人文教育的污染等等，金钱观致使一切商业化，他视功利主义为世俗主义的源头之一，他认为："世间的、物质的和外在的功利意图鼓励了拜金主义。"在这首诗中，艾略特的"我不会缺少天国中的资本""不会缺少天国中的荣誉""不会缺少天国中的社交"以及"我们两人将依偎在一起，销魂于 / 百分之五的英国国债券里"抨击的就是工业现代化带来的世俗主义。在诗歌的一开始诗人引用了法国诗人法朗西斯·维龙（Francois Villon）的《伟大的声明》（*Le Testament*）的起首两行"在我十三岁的那一年 / 我饮下了我所有的羞愧"，诗人在这首诗中回顾了他的罪行，颇有后悔之意，但他又难以摒弃他的情欲和贪念。艾略特的这首诗写于 1919 年，也就是艾略特婚后的第三年，年届三十，他把自己比作是一只微微有味的鸡蛋，只能煮了吃，不能拌生菜，"诗人以象征手法暗喻曾经拥有的美好的纯真世界已经逝去，也失去了在精神上获得新生的可能"（Mittal，2001）。

在这首诗中多次出现了媲媲特（Pipit）这一形象，传记作家戈登认为这个形象是艾略特的堂妹，"Pipit"在英文中还有小百灵之意，这种小鸟的声音婉转悠扬，让人联想到小姑娘的声音温柔美妙，百灵悦耳的歌声不禁将其与女孩迷人的声线相联系，所以 Pipit 应该是一个女孩子的昵称，而且该词的发音与希腊文中"蛋黄"的发音"媲媲"相似，含义上则与标题中的鸡蛋呼应，将女孩形容为鸡蛋的蛋黄，表明攻破其坚硬外表后抵达深处的柔软内心，体现女性外冷内热的特点，诗人使用这一双关艺术手法，让读者情不自禁地产生一种"呵护的柔情"，她是诗人对于童年记忆描写中的一个懵懂而又带有些许神秘色彩的温柔形象，她是艾略特对于童年依恋的符号集合。在

《不朽的低语》第一稿中，艾略特写道："只要媲媲特还活着，我就能勇敢又调皮。"（戈登，许小凡 译，2018：112）诗中 Pipit 有双重身份，"她既被视为诗中人的老保姆，也被视为小姑娘，但诗里讲到她的两种身份：新娘和精神向导"（艾略特，赵萝蕤 译，2006：30），诗人的第一次婚姻非常不幸福，借诗言情，表达了时不我待、没有珍惜过去美好时光的后悔之情，双关语"媲媲特"带来的新生力量与自己的已经失去了精神上获得新生的可能，构成了强烈的反差，极大地助力了艾略特所要表达的批判工业现代化带来的世俗主义的思想内涵，传递给读者以强烈的艺术审美张力。

此外二位诗人还利用词汇的一词多义特点达到双关目的。譬如多恩在其赞美诗《天父上帝赞》（1633）中通篇采用了他自己的名字（Donne）与过去分词 "done" 以及他妻子的名字（More）和表示比较语义内涵的词汇 "more" 的双关语：

> 您会饶恕那宗罪吗？我从中发端，
> 虽然它早已犯下，那也是我的孽。
> 您会饶恕那些罪吗？其中我跑遍，
> 而且总在跑：虽然我总是在悔过。
> 在您做过后，您并未做完（done），
> 因我有更多（more）。
>
> 您会饶恕那罪吗？我曾经用来劝
> 别人去犯罪，且以我的罪为楷模。
> 您会饶恕那罪吗？我曾有一两年
> 避开它：却在其中翻滚了廿年多。
> 在您做过后，您并未做完（done），
> 因我有更多（more）。
>
> （但恩，傅浩译，2016：248）

在这首诗中多恩以他和妻子的名字作双关语："When thou hast done, thou hast not done, /For I have more"，而且诗中两次重复表达 For I have more，暗含之意为"在您做过之后，您尚未拥有多恩（Donne），/ 因为我还有莫尔（多恩妻子的娘家姓氏）"。"more"一词是双关语，既有"更多"之意，也可指多恩妻子莫尔（Anne More），在诗歌的末尾"And，having done that，Thou haste done，/I fear no more. 做过此事后，您才算做完，/ 我不再惧怯"，意思是：既然尘世已不再有莫尔（more），诗人也不再有任何担心和牵挂（more），done 既可指多恩（John Donne），也可解释为单词 do 的过去分词形式（done）。在病榻上的临终告白充分展示了诗人多恩对妻子的深深爱恋之情，双关语"more"在彰显其奇思妙想的同时，也暗示读者即使到了生命的尽头，多恩还是无法摒弃自己的世俗爱恋，在歌颂神圣上帝的同时也念念不忘自己的亡妻，虽然上帝已经带走了爱妻的身体和灵魂，但是无法带走对妻子的思念，也隐喻出诗人在妻子离世多年后也未能获得内心的宁静。

《遗产》是多恩的一首典型的爱情诗，多恩戏仿性地通过立遗嘱和剖腹寻心等行为，彰显恋人"献心"这种彼特拉克式的爱情传统，在整首诗中单词"die"有"死亡、离别忧伤、性爱高潮快乐"等诸多语义，诗人利用了一词多义的双关艺术手法，使得"爱"具有忧伤和高兴两个截然不同的情感世界。

> 我上回死（die）去时（亲爱的，我死亡（die）
>
> 像与你离别一样频繁），
>
> 虽说那只是一小时以前，
>
> 恋人的每小时都仿佛地久天长，
>
> 但我还能记得，我当场
>
> 说过什么话，赠送过什么物件；
>
> 虽然我已死，但我派自己来，将身兼
>
> 本人自己的遗嘱执行人暨遗产。
>
> （但恩，傅浩 译，2016：89）

诗中的说话者为了表达爱而夸张地将身体剖开，但却找到了恨，"我听见我说'杀了我'"，自己要杀死自己，并立下遗嘱"在感到要死的时刻，/ 我吩咐我在我逝去后，寄出我的心"，但马上又改口说不是自己杀死了自己，而是"是你，不是我（杀死我自己）"，因为已把心献出的没有心的人是无法完成杀人这个行为的，既然心已不在"我"身上，以前的遗嘱就无法执行，成为一场骗局。在诗歌的最后一个诗节中，"我"找到了"似心的某物品"，算不上好也算不上坏，有许多颜色和棱角，说话者认为这颗心是对方的，是靠某种技艺造出来的，爱因此演变为仇视，诗人利用 die 的一词多义的双关用法，深刻地阐释出真爱难寻、爱恨情仇的世俗情感世界。

　　艾略特在诗歌《科利奥兰纳斯》中也使用了一词多义以达到双关的艺术效果，该诗的主题是写英雄主义，该诗主人公的名字——科利奥兰纳斯取材于莎士比亚的同名诗剧，科利奥兰纳斯是艾略特十分欣赏的英雄人物，具有两层孤立性，分别是英雄的孤立和自我的孤立，《凯旋的进军》中的英雄是"现代化"的科利奥兰纳斯形象，一位被毁灭性的、自私的英雄主义所驱使的人物。该诗是从"无知的群众"的视角进行描述的，"那天的胜利的进军"传递给读者的是战争的荒谬、所谓胜利的转瞬即逝以及英雄的冷漠和无奈。在诗中：

> 现在他们走向寺庙，然后就是献祭。
> 现在走来捧着缸的处女、缸里是
> 尘土
> 尘土
> 尘土的尘土。现在
> 石、铜、石、钢、石、栎树叶、马蹄
> 在人行道上。
>
> 那是我们所能见到的一切，但这么多雄鹰，这么多号角！
> （复活节，我们未曾去乡间
> 于是我们将年轻的西利尔带去教堂。人们鸣钟，
> 他高声说，松脆烤饼）
> 别扔掉那些
> 派得上用场的香肠。他心计多端，请你
> 给我们借个火？（Give us a light？）

光（Light）

光（Light）

士兵们成了一道人墙吗？对，立成了一道人墙。

（艾略特，裘小龙 译，2017：161-162）

这首创作于 1931 年的诗，是艾略特未完成的作品之一，有的评论家认为这部作品在艾略特创作生涯中起着承上启下的作用，其创作主题是：在千变万化的现代世界里寻找属于永恒的静点，用诗人自己的话说就是寻找"旋转世界的静止点"。艾略特一生致力于运用基督教传统重建现代社会的活动，"他希望通过重塑传统与秩序来解决现代社会的种种弊端"（赵晶，2015：32），在诗歌中的"那天"不是具体的一天，诗人利用独特的时空观希冀在变化巨大的时代里寻找"旋转世界之静点"。Light 的一词多义，让这句话有两种解读方式：既是抽烟前向别人借火时的用语，描绘了停战间隙战士们短暂休憩的场景；又具有"光"的含义，科利奥兰纳斯领导士兵们的胜利进军预示着迎接光明的到来。因此，后文连续的两个"Light"既可作"火"解，也可作"光"解，一词多义以实现双关的目的，这种艺术写作手法的运用，极大地增加了文本的审美张力，诗人追求理想秩序的伟大理想在诗行中得以诠释，以及对理想实现的乐观情怀得以彰显。

巴赫金认为："一个语篇又如一首乐曲，多旋律和多声部之特性，在多种声音的交响中，作者、引语作者甚至读者三种声音交相混合产生了对话和互动，从而汇聚了文本的活力和批评的张力。"（刘康，1995：3）多恩和艾略特许多双关语的引申含义都有典故作为背景支撑，典故的使用在两人的诗歌作品中屡见不鲜，二者在诗歌中的用典闪烁着多样性、复杂性的深邃的文化互文的光芒。艾布拉姆斯指出："典故是没有明确关联性的转变参照，类比某一文学或历史人物、地点或事件，或是另一篇文学作品及章节，互文性这一术语把文学模仿和典故视为任何不同文本之间相互关联的多种方式之一。"（艾布拉姆斯，吴松江 译，2009：21）比如多恩在《朱莉娅》（*Julia*）一诗中引用希腊神话中的两个典故：喀迈拉和特纳茹斯。

这雌性喀迈拉：她有一双喷火眼，

> 燃烧着愤怒；愤怒喂养着欲念；
>
> 欲念毒舌如夜枭，发出预示
>
> 厄运的叫声只为制造新伤害；
>
> 她的气息像特纳茹斯的毒涎，
>
> 把从未如此繁荣的春天摧残。
>
> （但恩，傅浩 译，2016：38）

喀迈拉（chimera）是希腊神话里口中喷火、狮首羊身蛇尾的合成兽，它既吞噬动物，也吃掉人类，喷出的火烧毁村庄，所到之处皆荒芜；特纳茹斯的典故来自希腊神话英雄赫拉克利斯通过拉科尼亚的特纳茹斯岬上的一个洞穴的时候，他把看守地狱大门的三头地狱犬刻尔柏洛斯从地下拖到地面上，刻尔柏洛斯一见天光就呕吐不止，其涎水流淌处会长出一种名为乌头的植物，其流出的汁液有剧毒。克里斯蒂娃提出了意素的概念："意素是在每个文本结构的不同层面上均可读到的'具体化'的互文功能，它随着文本的进程而展开，赋予文本以历史、社会坐标。"（克里斯蒂娃，史忠义 译，2015：52）"互文性是一个文本（主文本）把其他文本（互文本）纳入自身的现象，是一个文本与其他文本之间发生关系的特征。这种关系可以在文本的阅读过程中通过读者的主观联想、研究者的实证研究和互文分析等互文阅读方法来建立。"（秦海鹰，2004）多恩在诗中利用大量笔墨历数了女主人公的恶毒行径，其中还不乏对女性的诅咒与谩骂："呕吐恶毒的毁谤，血脉里涨满 / 连地狱本身都嫌弃的秽语污言 / 是她不间断的修行；百计千般，/ 甚至从至爱亲朋的心窝里面 / 掏出看法，在婚姻中插入妒意 / 她自己的孩子 / 也逃脱不了妒忌的暴雨"，以及"畸形的挑剔、露骨的谎言、难以 / 避免的错误、自作自受的恶意：/ 这些，就像太阳里麇集的原子，/ 挤在她胸中等着被造就出来"，而且在诗歌的最后一句总结道："世间毒药抵不上朱莉娅一半凶恶。"在这首诗中多恩的两个典故喀迈拉和特纳茹斯的使用，使得读者展开想象，对多恩早期诗歌中展现的对女性的厌恶起到事半功倍的效果。

"典故在文学中的多次出现使得我们在传递中看到历史所经历的层面"（萨莫瓦约，邵炜 译，2002：111），在组诗《四个四重奏》里，艾略特也使用了"喀迈拉"这一典故：

> 言语承担过多，
>
> 在重负下开裂，有时全被折断，
>
> 在绷紧时松脱，滑动，消逝，
>
> 因为用词不当而衰退，因而势必不得其所，
>
> 势必也不会持久。尖声刺耳的话声
>
> 咒骂、嘲笑或者仅仅是饶舌
>
> 经常袭击言语。耶稣在旷野里的话
>
> 最受诱惑的声音攻击，
>
> 这送葬时呼喊的幽灵呀，
>
> 这个忧郁怪物喀迈拉的哀叹。

（艾略特，赵萝蕤，张子清译，2000：55）

诗人艾略特在这首诗中描述了第一次世界大战后的西方世界荒原般的精神世界，表达了 20 世纪初期整整一代人的精神幻灭和绝望，诗人使用"喀迈拉"这一典故描述了这一"荒原"景象，"喀迈拉"这一隐喻使得诗歌的文本内涵张力大大提升，两位大师在各自的诗作中引用"喀迈拉"这一典故，构成了文本间的交叉与重叠，读者阅读的时候情不自禁地会展开想象的翅膀，潜移默化地实现了互文性阅读，因而加深了对两个文本的理解。互文性阅读揭开了文本隐藏的意义记忆，揭示出文本中包含的各种感觉以及潜藏的深层意识，既丰富了文本语词的文化内涵，又将社会历史因素纳入其中，使得文本空间得以拓展，增加了文本的内涵张力。除此之外诗人艾略特还在多首诗歌中使用典故，体现诗歌内容与典故的互文关系，"'荒原'是诗人对'一战'后西方文明的一种隐喻和象征，从主题或结构等方面与一些西方文化传世经典著作之间存在着互文关系"（葛桂录，2017：224）。在《荒原》一诗中，诗人除了引用《圣经》外，还引用了许多古典和外国文学里的典故，其中古典作品被引用多达三十种，那些古典作品的引用、堆叠的背后是文化和历史。再譬如《夜莺声中的斯威尼》描写了斯威尼和他的伙伴们在妓院里的放荡生活，诗歌开头的引语"哎，我

受到了致命的一击"是特洛伊战争时希腊统帅阿伽门农被刺临终前的一句话，该句诗行是全诗内容的提示，熟悉西方文化的读者从诗歌的开头就能预知到诗歌的内容。正如萨莫瓦约所言："凡是文本都有互文，那么从此，问题的关键就不在于识别哪一类互文现象，而是衡量由词、文、言语片段引入的对话的分量。"（萨莫瓦约，邵炜 译，2002：6）诗中"夜莺"一典出自伊丽莎白·勃朗宁的诗歌《夜莺声中的贝安卡》，该诗写到阿伽门农之死，诗中夜莺的叫声是跟仇恨与死亡紧密相连的。而且，英语俚语中"夜莺"有妓女之意，这样该诗就是对女人、谋杀、死亡、阴谋等内容的隐喻。斯威尼是艾略特笔下创造的一位戏剧性人物，是没有文化，缺乏头脑，讲着粗话，出没于酒馆、妓院，毫无掌握命运能力，虽生犹死，有身无灵，有欲无情的典型。斯威尼在阴谋、污秽和妓女之间，纵欲、无奈而无聊。在诗的一、二、三节中，诗人用大风暴前的月晕、死神、乌鸦星、猎户星、猎犬星、退缩的海等一串不祥的符号，结合诗题和诗首引语，着意制造了不安的意境。在这样的氛围中，那件有欲无情的事发生了，一片狼藉。其他男女在干着各自的琐事，一切都在预谋中。当斯威尼临走时回头一望，那群男女在狂笑着。妓院的主人又在进行新的勾当，而这一切，却发生在天主教的圣心修道院旁，真是莫大的嘲讽。诗的末节又照应到诗首的引语。真正的英雄，特洛伊战争的统领阿伽门农号叫着死去了，卑污的夜莺却在歌唱着，新的阴谋与污淖仍在进行中，现代幽灵们在血腥的树丛中猥琐地生活着。同时，艾略特用此典故又隐含着古今对比法，阿伽门农的故事是个悲剧，可是诗中的主人公却是一位悲壮的个性极强的人物，诗中的斯威尼毫无掌握命运的能力，虽生犹死，只是临死时才与英雄阿伽门农有一种表面的相似。在诗歌的结尾斯威尼似乎稍显清醒，要脱身离去，但是"夜莺的歌声越来越近"，悲剧的命运仍然笼罩着他。艾略特眼中的世界虽然还不是一片荒原，但已危机四伏，腐化堕落，没有欢乐，没有信念，人们不能自主，而是活在他人的阴谋与自身的庸俗之中，是"穿棕色衣服的脊椎动物"。由此体现了两人诗歌与经典作品的互文关系。

　　双关与用典手法的互文性在其诗歌作品中得到了充分的展现。双关的使用弥补了诗歌篇幅的不足，使得语义得到双重延伸，丰富了诗歌的内容表达。用典是与传统作品产生互文，将典故进行二次加工，是对传统的继承与创新，两位诗人奇喻式的用典无不彰显出互文性的文化互文艺术魅力。

9.3.3 诗作主题

克里斯蒂娃指出互文本的对话性不能简单地概括为引用、戏仿等具体的语言形式，而是一种非实在性的、隐含的观念或者逻辑。约翰·多恩和 T. S. 艾略特的诗歌创作主题具有很强的互文性，包括宗教主题、爱情主题和死亡主题。

9.3.3.1 宗教主题

以克里斯蒂娃和巴特为代表的广义互文理论认为互文性指任何文本与赋予该文本意义的知识、代码和表意实践之总和的关系，互文性理论不仅关注文本形式之间的相互作用和影响，而且更关注文本内容的形成过程，其中包括无处不在的文化传统的影响，所有文学作品都是从社会、文化等因素构成的"大文本"中衍生出来的。纵观人类历史，文学与宗教相伴相生，诗歌作为文学的体裁之一，与宗教必然是密切相关的，一方面诗人借助诗歌来表达个人的宗教信仰和宗教情感，另一方面宗教作为民族的文化维度之一，它赋予诗歌以文学创作和文学审美的主题，为诗人的创作提供启迪和灵感，也为读者提供欣赏视角，拓宽了诗歌创作和欣赏的范围。

多恩作为 17 世纪英国玄学诗人中的领军人物，将个人的宗教实践经历作为诗歌创作的基础，在玄学诗歌的创作中抒发内心复杂的宗教情感和心路历程，智性地把他们的宗教信仰和个人的情感世界进行有机融合，在宗教中探寻心灵的慰藉，开创性地开启了玄学诗歌宗教主题的写作。多恩的人生经历复杂坎坷，他的诗歌创作生涯与人生经历密不可分。他出生在一个笃信罗马天主教的家庭，从小就是个天主教徒，尽管坐拥富裕的家庭背景和个人的才华横溢，但是因为天主教的宗教信仰背景未能取得任何学位，也很难在社会上谋得职位。在年轻的时候仕途发展希望渺茫，为了更好地发展仕途，他曾经转战沙场并因此结交了上层社会，但因为追求真爱而被投入监狱，遗憾地终结了自己的仕途之路。出狱后多恩又迫于生计而不得不改变自己的宗教信仰，其人生才出现了转机，并由于其聪明才智担任了伦敦圣保罗大教堂的教长，直到去世，多恩一直坚持从事宗教诗歌的创作，书写其宗教生活和人生反思。

诗集《神圣十四行诗》基本都是以宗教为主题，这部宗教诗集反映了多恩对宗教持有的剪不断理还乱的复杂情愫，表达了其对宗教主题中救赎、忏悔以及人神关系等问题的深层次的追问、探究和感悟。譬如第十首：

> 死神，别得意，虽然有些人曾经说你
>
> 强大而可怕，因为，你其实并非如此，
>
> 因为，那些你以为打倒的人并不死，
>
> 可怜的死神，而你也无法把我杀死；
>
> 休息和睡眠，只是你的影像，从中却
>
> 流出许多快乐，那么，你那里必流出
>
> 更多；很快我们的优秀者随你而去，
>
> 他们的骸骨得休息，灵魂得到解脱。
>
> 你是命运、机遇、君王和亡命之徒的
>
> 奴隶，与毒药、战争和疾病同居作伴；
>
> 罂粟，或符咒也能使我们入睡安眠，
>
> 比你的打击更有效；那你为何自负呢？
>
> 一次短暂的睡眠后，我们长醒不寐，
>
> 死亡将不再存在；死神，必死的是你。
>
> （但恩，傅浩 译，2016：222）

在这首杰出的玄学派宗教主题诗歌中，多恩把死亡比作休息和睡眠，指出死神并不可怕，因为死亡是短暂的，人们死后可以得到身体的休息和灵魂的解脱，这恰恰是基督教教义所崇尚的死亡观，在这首十四行诗中，多恩气势磅礴地抒发了自己的宗教信念，表达了自己的死亡观，即"肉体死亡，精神永生"。

多恩在生活受挫后不得不抛弃了让他引以为傲的天主教信仰，在 43 岁的时候改信英国国教，并出任伦敦圣保罗大教堂的教长，直到去世，虽然宗教的皈依使他摆脱了经济上的贫困，并带来了政治地位的提升（出任圣保罗大教堂的教长后多次受到国王詹姆斯一世的召见），但是对于一个笃信天主教的教徒来说，其面对抉择的时候一定经过痛苦的心路历程，其灵魂上的痛苦在他的宗教诗中表露得淋漓尽致。譬如《神学冥想 11》中：

> 唾我脸面，你们犹太人，刺我肋，
>
> 殴打，嘲弄，鞭笞，钉我于十字架，
>
> 因为我一再犯罪，犯罪，唯独他，
>
> 不会做不义之事的人，却已死。
>
> 可是，我的罪甚于犹太人不敬，
>
> 我的死不足以抵偿我的罪孽
>
> （但恩，傅浩 译，2016：223）

虽然诗人没有明确"犯罪"指的是什么，但是诗行中传递出的是诗人强烈的犯罪感。

《神学冥想》第十四首也被誉为多恩宗教主题诗歌的又一典范，在这首诗中，多恩虔诚地信仰上帝、依赖上帝，满怀激情地呼唤上帝：

> 砸烂我的心，三位一体的上帝；因为您
>
> 仍旧只敲打、呵气、磨光，试图要修补；
>
> 为使我爬起、站立，就该打翻我，集聚
>
> 力量，粉碎、鼓风、焚烧，重铸我一新。
>
> 我，像被夺的城池，欠另一主子的赋税，
>
> 努力要接纳您，可是，哦，却没有结果；
>
> 理智，您在我身中的摄政，本应保卫我，
>
> 却被捕成囚，并被证明是懦弱或不忠实。
>
> 然而，我深深爱恋您，也乐于为您所爱，
>
> 可是我，却偏偏被许配给您的寇仇死敌；
>
> 让我离婚吧，重新解开，或扯断那纽带，
>
> 抢走我，归您所有，幽禁起我吧，因为
>
> 我永远不会获得自由，除非您奴役我，

　　我也从不曾保守贞洁，除非您强奸我。

　　（但恩，傅浩 译，2016：226）

　　在这首诗中，多恩敞开心扉，以大胆、炽烈而又直白的话语表达出自己对上帝的爱以及希望得到上帝之爱的渴望，"我永远不会获得自由，除非您奴役我，我也从不曾保守贞洁，除非您强奸我"，以及饱含激情的呼唤上帝、请求上帝对他"粉碎、鼓风、焚烧"，表达其希冀与自己的过去决裂，使得灵魂得到救赎。17 世纪的英国历经多次王政的更迭，社会动荡不安，宗教信仰可以让人保持平和的心态坚定生活信念，多恩对宗教怀有复杂的情感，加之坎坷的人生经历，因此在宗教诗歌创作的过程中，多恩常常将宗教主题与爱情、天文地理、自然等因素融合在一起，进行杂糅，以一种独特的方式对玄奥的宗教问题进行哲理性的思索和探究，这也是多恩传奇人生和特殊宗教经历在文学创作中的折射。

　　约翰·多恩和 T. S. 艾略特都有皈依于英国国教的人生经历，体现出宗教信仰对于两人至关重要，因此很大一部分的诗作内容都是以宗教神学为主题的。多恩写道：

　　　　亲爱的基督，让我看您那光洁的原配。
　　　　什么！那就是她么，在彼岸招摇地走过，
　　　　浓妆艳抹的那个？还是遭强抢和豪夺，
　　　　而在德意志及此地伤恸哀泣的这位？
　　　　难道她沉睡一千年，才抬眼张望一年？
　　　　她既是真理又是谬误？时而新，时而旧？
　　　　在现在、过去，和未来，她是否都会恒久
　　　　在一丘、在七丘，或者在无丘之地出现？
　　　　她与我们同住，或我们像冒险的骑士，
　　　　起先是辛苦地寻觅，然后才调情求爱？
　　　　好心的丈夫，把佳偶在我们眼前展示，
　　　　让我多情的灵魂追求您温顺的鸽子，
　　　　当她被多数人拥抱，向着多数人敞开，

那时，她对您来说才算是最忠实、最可爱。

（但恩，傅浩 译，2016：230）

多恩的宗教诗折射出多恩肉体和灵魂上的痛苦与不安，这首宗教诗中的"原配"，有的译为"新娘"，指真正的基督教会，"浓妆艳抹的那位"指罗马天主教会，"遭强抢和豪夺"的那位指的是路德派新教会，诗人多恩采用了暗喻来感叹基督教会分成了三派，没有完成完整的统一体，而且诗人把教会当作恋爱的对象来追求，"好心的丈夫，把佳偶在我们眼前展示"，对于他这位出生在笃信天主教家庭并且信奉过天主教的他，那种情真意切的求爱的呼唤真的是"多恩"式的呼唤，诗行中的感叹"是这位原配？还是那位浓妆艳抹的那位，抑或是在德意志伤恸哀泣的那位？"，无不透视出诗人的思考和怀疑。艾略特在《荒原》中写下："四月是最残忍的月份，从死去的土地里培育出丁香"，风和日丽的人间四月天为何最残忍？死去的土壤中为何还会有丁香？这个时候和所有欧洲人一样，诗人也遭受了第一次世界大战带来的幻灭和绝望：传统的宗教体系正面临着崩溃，无法再次接受上帝神圣的爱。他描述了一幅西方现代人在荒原上的精神沙漠的画面：我既不是活的也不是死的，我什么都不知道。

约翰·多恩和 T. S. 艾略特渴望寻找到一个能够让自己的心灵得到救赎、精神获得重生的教义。他们都坚信信仰是不可或缺的存在。多恩的宗教诗以悔罪为主调，宗教的皈依似乎是让他对年轻时迷恋女人和性爱的渎圣之罪进行忏悔，从而得到救赎获得重生。在《神学冥想》组诗中，能看到多恩的真诚忏悔："现在就修理我吧，因为我末日近迫；/我奔向死亡，死亡也同样迅速迎我；/我所有快乐都仿佛昨日一样难再；/我不敢朝任何方向转动昏花目光"（冥想一），"那苦难是我的罪孽，如今我痛悔；/因为我曾遭罪，就必须忍受痛苦"（冥想三），"如果在这些之上，我的罪繁衍，/我们到了那里时，再求您无量恩泽/就来不及了；在这里，在这低下地面，/教我如何悔过自新吧；我的死不足以抵偿我的罪孽"（冥想七）。艾略特是学哲学出身，他的一生追寻的是秩序、戒律以及他所处时代已经失落了的生命价值，他的探索带有强烈的理性色彩和激情，其作品充满着强烈的救世情怀和宗教意识，他通过改变自身的宗教信仰对所作思考予以践行，并告诉大众正确的宗教信仰正是拯救和治愈病态身体的一种有效方法。

艾略特发表于 1920 年的戏剧独白诗《小老头》，描写了小老头在失去对理性的信任之后迷惘、空虚的精神状态，诗歌的开头就出现了小老头的形象"这就是我，干旱的月份里，一个老头子，/ 听一个孩子为我读书，等着雨，/ 我未曾到过火热的城门，/ 也未曾在暖雨中鏖战，/ 更未曾在没膝的盐沼里挥舞弯刀，/ 挨飞蝇的叮咬，苦战。"这个老人正在回顾他的一生，既无青春也无老年，只是像饭后的一场睡眠，把二者梦见，他试图寻找一种可以信奉的东西，但是他没有参加过战争，没有过辉煌的战绩，而是每天无所事事，所干的都是一些家庭琐事，他已经丧失了爱情和一切信仰，一个悲观绝望、无能为力的小老头在等待着象征具有复活生命能力的"雨"，一边让一个孩子读书。

> 有了这样的知识，得到什么宽恕呢？想一想，
> 历史有许多捉弄人的通道，精心设计的走廊、
> 出口，用窃窃私语的野心欺骗我们，
> 又用虚荣引导我们。想一想，
> 我们注意力分散时她就给予，
> 而她给的东西，又在如此微妙的混乱中，
> 因此给予更使人们感到贫乏。太晚地给，
> 那些已不再相信的，或如果还相信的
> 只是在记忆中，重新考虑的激情；太早地给，
> 给予软弱的手，那些可以不用思想的东西，
> 最后拒绝地产出一种恐惧。想一想，
> 恐惧和勇气都不能拯救我们，违反人性的邪恶
> 产生于我们的英雄主义，德行
> 由我们无耻的罪行强加给我们。
> 这些眼泪从怀着忿怒之果的树上采下。
>
> （艾略特，裘小龙译，2017：45-46）

在这段诗行中诗人借小老头之口指出，人们以为从历史知识中可以获得绝对真理，然而，从历史获得的知识并没有帮助人们逃离生活的苦海，而是导致了世界的混乱，英雄主义生发了非人性的罪恶，道德却被粗鲁的罪行强加于我们身上，小老头对理性和知识进行了怀疑和批判，认为理性和知识并没有像人们所向往的那样给予人行动的指南，恰恰相反，人们盲目地相信知识却使人类陷入了苦难。在诗歌的最后小节，小老头在半睡半醒的状态中，意识和潜意识流动着，缺乏信仰、怀疑知识与理性，迷茫而失落的生活毫无意义，一切都变成了碎裂的原子，就连象征着生命、纯洁的海鸥也被湾流吞噬了，老人只能被历史的信风吹到一个昏昏欲睡的角落，毫无希望地等待着生命的甘霖，干枯的头脑和干旱的季节都急需生命的雨水来复活。这首诗充分地表达了宗教的缺失造成了现代人的迷惘与孤独，诗歌描述了小老头对青春的回忆和自己有所作为的希冀，可以说这首诗对小老头的批评也是对无信仰者的批判，也诠释出诗人艾略特对美好理想的内心愿景，即只有一个有信仰的社会，一个追求舍予、克制、同情的社会才能良好正常地发展。

艾略特《荒原》的出版是在"一战"结束后的 1922 年，艾略特看到了第一次世界大战后的西方社会在失去了原有既定的传统庇护之后，老一辈已经失去了权威，新一代却仍未找到出路，处在彷徨迷惘之中，他试图以一种全新的眼光和视角理解传统，在过去与现在、继承与创新、新与旧之间寻找连续统一性，这为处于文化信仰危机困境中的现代人提供了一种富有灵感的见解。艾略特敏锐地诊断出他那一代人面临的危机，他对传统和秩序的渴望代表了他那一代人的渴望，他对混乱的无序的内心恐惧代表了他那一代人的恐惧。荒原指经过了"一战"洗礼的整个欧洲，一切崩溃了，只见狂人突奔以及城市里的猥琐的人的有性无爱的无生气的生活，该诗给人的第一印象是：芜杂、凌乱、不知所云，但是其芜杂外表下传递出诗人艾略特的内心深处的对宗教的净化功能的祈求，该诗的总骨架是西方神话中渔王的故事，在第五章"雷霆所说的"中最动人的诗行："我坐在岸上 / 钓鱼，枯干的平原在我背后。"诗人认为战争所带来的最严重的恶果是对文明的毁灭，尤其是宗教文明（宗教信仰）的丧失，荒原中最缺的水是人类灵魂中的水，救济之道在于用宗教来净化灵魂。

> 暮色渐浓，当眼睛和脊背一起
>
> 从写字桌上抬起，当人肉发动机等待着，
>
> 就像一辆出租车微微颤动地等待着，
>
> 我，铁瑞西斯，虽然失明，在两条生命之间颤动，
>
> 有着带皱纹的女性乳房的老男人，可以看到
>
> 在暮色渐浓中，人们努力回家的
>
> 黄昏时刻，水手从海上带回家的时刻，
>
> 打字员在家里喝茶，清扫早点的残存，点燃
>
> 她的炉子，摆开罐头里的食物。
>
> （艾略特，裘小龙 译，2017：86）

王佐良先生曾经指出构成艾略特诗才的除了他本人的天资外，还有经典文学、经典作家的影响，但是超越这一切的还有一个成分，那就是他对基督教信仰的执着"他的艺术是为基督教服务的，基督教教义渗透并溶化了一切"（王佐良，2015：505）。正因为如此，在荒原之后，他又写了一系列以宗教为主题的作品：《空心人》（1925）、《灰星期三》（1930）、《岩石》（1934）、《大教堂谋杀案》（1935）。《灰星期三》标志着艾略特最终转向英国国教，并入英国国籍，诗歌中"我"摒弃了一切希望和爱欲，是因为祈求上帝赐予怜悯，最终在宗教中得到了安慰，精神得以重生。

> 这是死亡与诞生之中一个紧张的时刻
>
> 三个梦在蓝色的岩石中越过的
>
> 寂寞的地方
>
> 但当从这颗紫衫摇下的声音飘远
>
> 让另外的紫衫震动并且回答。
>
>
> 幸福的姐妹，神圣的母亲，泉水之灵，花园之灵，
>
> 不让我们用谎言来嘲笑我们自己

教我们操心或不操心

教我们坐定

甚至在岩石之中

我们安宁在他的意志之中。

甚至在这些岩石之中

姐妹，母亲

河流之灵，海洋之灵，

别让我被分离开来

让我的喊声来到你的身边。

（艾略特，裘小龙 译，2017：123-124）

　　艾略特以隐喻揭示获得信仰的艰难历程，以怀疑为力量的信仰与"恶魔般的楼梯"搏斗、攀登，诗人终于从窗口看到通向花岗岩的海岸，看到"白色的船帆依然飞向海的远方，海的远方 / 不能折断的翅膀"。艾略特对基督教信仰的选择，对基督教人文主义的坚持和对基督教文化理想的倡导都是基于他对人类生活的不满和寻找合理的精神解释的结果。通过这首诗，艾略特展现了寻求宗教的精神拯救历程，道路虽曲折，但前途一定是光明的，他从诗人的激情和学者的睿智结合为一的审美角度来理解宗教所具有的精神力量，宗教不仅体现为一种精神信仰，而且还是一种完整的世界观，不仅给那些绝望的人们以灵魂的慰藉并使其再生，而且体现了人与世界的本质关系。《灰星期三》中的人物已经不再像荒原人、空心人、小老头那样茫然无着，毫无灵魂了，而是在上帝的意志中找到了安宁，有了精神寄托，标志着旧生活的失去死亡，进而进入一个更为崇高的境界，这大概就是艾略特期盼的一种"死进新生"了。艾略特在 20 世纪 30 年代以后主要致力于诗体戏剧的创作，代表作品包括：《大教堂谋杀案》《鸡尾酒会》《合家团圆》等，这些作品的基本主题都是有关宗教的主题，《大教堂谋杀案》一剧首演就大获成功，艾略特通过该剧的创作成功地将诗歌创作与自己的宗教信仰有机地结合起来，终于找到了自己伟大的主题之一——"为了上帝的荣耀和人类的拯救"而献身的殉道者。

9.3.3.2 爱情主题

纵观多恩的人生经历和诗歌创作，爱与死都是多恩倾其一生关心的两大主题，也是贯穿其全部作品中的基本主题。关于多恩的诗歌，很多学者认为他的爱情诗歌太过于艳情，诗人运用的巧智、奇喻等陌生化手法被大部分评论家认为是为了引诱女性与其恋爱、拥吻以及上床，譬如《上床》，该诗在多恩的时代就被禁止。但是纵观多恩的人生经历，特别是其与掌玺大臣埃格顿侄女秘密结婚，遭到反对并被岳父投入监狱的受挫的爱情以及后来的牧师经历，促使他对爱情产生矛盾与对抗意识。多恩一生面对多次抉择，而且每一次抉择都很艰难，在他的诗歌中所表现出的就是矛盾，甚至是诡辩，是悖论，其中对爱恋大肆的否定与十足的肯定都可以在他的诗歌作品中反映出来。

首先，受挫的爱情经历反映在诗歌主题中就是其反对妇女崇拜，对女人的蔑视，他经常抱怨女人水性杨花，爱情带给人苦闷、忧伤与痛苦。"我已经恋爱过，得到过，数过了，/但假如恋爱、得到、数计，直到老，/我就不会发现那隐藏的秘密；/哦，全都是骗局；/正像还没有炼金术士获得过金丹，/……恋人梦想浓而久的欢乐，/却得到一个仿佛冬天的夏夜"（但恩，傅浩 译，2016：119），所以诗人说自己"被爱情所害"（《悖论》）：

"没见过哪里有女人既真心，又美色"（《歌》）

"为澄清这疑问，即女人无一真诚？"（《劝告》）

"我竟会爱她，那个不爱我的人"（《爱的神灵》）

"一旦拥有，（爱恋的）乐趣便衰退"（《爱的诀别》）

"别冀求女人有心灵；她们顶多是甜美的心机，占有后，不过是木乃伊。"（《爱的炼金术》）

"你不能凭女人影子判断她衣饰，也不能凭眼泪判断她心思"（《退可南园》）

"变换了的爱情不过是变换了的食物，把果肉吃掉之后，谁又不把果壳

抛弃"(《共性》)

所以多恩认为爱恋以及自己用诗歌表达爱恋这一行为认为是傻的:"我自知,是双料傻子,/ 一是因恋爱,二是因如是/用哀怨的诗歌诉说。"他明确指出"诗歌的贡献属于爱情和忧伤,/ 但不是读起来令人开心的诗篇"(《三合傻子》),这里多恩强调爱情的不确定性给人带来的是忧伤与失落。

但是,结合多恩对妻子安·莫尔从违反禁令与他秘密结婚到十二年的婚姻存续期间生育十二个孩子,以及在妻子难产而死后发誓不娶的婚姻历程来看,诗人多恩对爱恋具有辩证的逻辑色彩和情怀,他的爱情诗中充斥着理想主义色彩,他对理想的爱情怀有宗教式的虔诚。

> 所有君王,及所有宠臣,
>
> 所有名誉、美貌、才能,
>
> 造时光的太阳自身,随时光流逝,
>
> 如今,都比那时老了一岁,
>
> 那是你我初次相见的时节:
>
> 所有别的事物,都趋向毁灭,
>
> 唯独我们的爱情不衰败;
>
> 这,没有明日,也没有昨日,
>
> 一直跑,却不曾从我们身边跑开,
>
> 而忠实保持它最初、最后、永久的日子。
>
> (但恩,傅浩 译,2016:96)

这首诗歌是诗人在结婚一周年纪念日的时候写给妻子安·莫尔的,诗人情深意切地向妻子表白自己的心声,而且在诗歌的末尾还表达了对爱情的美好希冀:"让我们高尚地相爱、生活,年复一年,直到年届六十春秋。"

多恩早期的作品《跳蚤》一诗表达了诗人对纯真爱情的渴望,跳蚤叮了"你"和"我",两人的血液在跳蚤的小小身体中融为一体,跳蚤成了两个相爱之人的婚床,体现出两人渴望结合是出于两情相悦而并非世俗肉欲。

在《封圣》一诗中,多恩用"不死鸟"意象来描绘爱情的神圣和永恒:

> 任你们怎么骂,我们被爱造就:

　　骂她是一飞蛾，骂我是另一只；

　　我们也是蜡烛，自付代价而死；

　　并且在自身发现鹰隼与鸽鸠；

　　不死鸟之谜因我们有更多

　　含义；我们俩合一，就是它。

　　（但恩，傅浩 译，2016：80）

　　"不死鸟"是埃及神话中可以自我繁殖的神鸟，每隔 500 年自焚一次，在自己的灰烬中重生，重生后其羽更轻、其音更清，多恩使用这一意象来比喻爱情的忠贞和永恒。

　　傅浩先生认为"但恩的艳情诗是关于性爱哲学的诗，他把现实主义追求自由享乐的肉欲之爱与理想主义崇尚忠贞契合的灵魂之爱结合在一起"（但恩，傅浩 译，2016：12），多恩在《花朵》中表达出自己对爱人的悉心守护，"如果你身体去了，又何需一颗心？乐于拥有我的身体，一如拥有我的心灵"，体现了诗人追求的爱情是身体与心灵的高度契合；《樱草》中表达了对真爱的渴求，真爱在"我"的心中是独一无二特殊的存在，甚至发誓"如果不能因爱而生，我们可以因爱而死"（《封圣》）；"宁可拥有你一个小时，也不愿永久地把其他一切占有"（《一场热病》）。

　　多恩诗歌中的奇思妙喻、陌生化的文学表现技巧以及独特的碎片化的意象无不彰显出诗人对爱情的本真和纯粹的向往，他既相信爱情又不相信爱情，否定女性的纯洁和忠贞后，又大胆地说出"女人全都像天使"（《字谜》）、"女人就像艺术品"（《变换》），他的这种矛盾复杂的情感彰显出对纯真爱情的渴望，诗人在抨击女性的水性杨花后依然会对爱恋保有着最热烈的痴情和最深沉的向往。

　　诗人艾略特一生中经历了两次婚姻，与第一任妻子维芬结婚是在英国撰写博士论文期间，维芬聪颖、活泼，是诗人的崇拜者和支持者之一，但是她体质较差、患有神经衰弱，这为他们的婚姻生活蒙上了阴影，因此艾略特不仅没有为她写过任何情诗，甚至对其极其厌恶，并以其为原型在《荒原》一诗中描写了一位神经质、喋喋不休的女人："今夜我的神经很糟。

是的，很糟。跟我在一起。／跟我说话。为什么你从不说话？说啊。／你在想什么？想什么？什么？／我从不知道你在想什么。想吧。／我想我们在老鼠的小径里，那里死人甚至失去了自己的残骸。"（艾略特，裘小龙 译，2017：79）纵观艾略特的人生经历和情感经历，他为之写情诗的只能是他的第二任妻子瓦莱莉。瓦莱莉在 14 岁的时候就被诗人的才华所倾倒，一直迷恋着艾略特和他的诗歌，并在成为其秘书 8 年之后与之结婚，瓦莱莉年轻、漂亮，尽管年龄相差 38 岁，但是两个人婚姻非常幸福，在一次采访中艾略特告诉记者，结婚前的荣誉对他毫无意义。的确，事业上的成功并未给艾略特带来幸福和快乐，只有人类的爱情将他从一种痛苦与孤独中拯救了出来，为他的生命画上了圆满的句号。在同维芬的婚姻中他饱尝艰辛、压抑的痛苦，因而未老先衰，发出了"我老了……我老了……我要把我的裤脚卷高了"的哀叹，但与瓦莱莉的结合带给他无限的幸福。

艾略特在题为《蜜月》的小诗里描画出新婚男女蜜月住的地方环境虽然不好，饱受蚊虫叮咬，也只能在便宜的地方吃饭还要惦记小费，但是因为两人相爱，所以在一起是快乐幸福的，丝毫看不到任何嫌隙和不悦。在《给我妻子的献辞》中，艾略特全面细致地描述了相爱的两个人胴体散发着彼此的气息，他们不需要讲话而有同一的思绪，不需表意而喃喃同一的言语。

> 爱人们散发着彼此气息的躯体
>
> 不需要语言就能思考着同一的思想
>
> 不需要意义就会喃喃着同样的语言。
>
>
> 没有恶劣的严冬寒风能够冻僵
>
> 没有愠怒的赤道炎日能够枯死
>
> 那是我们且只是我们玫瑰园中的玫瑰。
>
> （艾略特，裘小龙 译，2017：264）

诗歌赞美和谐一体的爱情，你情我意，在天如同比翼鸟，在地如同连理枝，无情的严冬不能把他们冻僵，酷热的赤道太阳不能把他们晒得枯死，和谐一体的爱情，给他们带来了幸福与力量。诗中象征他们感情的花园里的玫瑰，可以抵挡严寒酷暑，表明两人感情的坚不可摧，这是艾略特所追求的理想爱情的状态，即两情相悦、精神和身体的和谐统一。艾略特早期的诗作主要表现爱情的枯萎与衰败，但是这首诗表达的却是永恒不变的爱情。

在《一位高个子姑娘的乳房》一诗中，诗人大胆地表露对妻子瓦莱莉的真情：

> 我亲爱的姑娘站着，赤裸的身材高挑，
> 骄傲而充满欢乐，不是因为她自身的美貌，
> 而因为知道：她美貌的魅力怎样
> 刺激我的欲望，我站在她面前，直挺挺
> 举起，因为欲望的高涨战栗。
> 她的乳房如此成熟、丰满，
> 仿佛展现夏日的完美风光。
>
> （艾略特，裘小龙 译，2017：266）

诗人在晚年获得真爱后，毫无保留地、大胆地、痛快淋漓地写出"情诗"，向世人公开地说出自己的"私房话"。

除了对甜蜜爱情的追求，两位文学大师也书写了爱人分离、爱而不得的苦闷与忧伤。多恩在《他的画像》中，"拿去我的画像吧，虽然说我道别；/ 你的，将住在我心中，灵魂的居所。/ 它现在像我，但在我死后，我俩个 / 都成了鬼影时，它比从前更像我"，描绘了男子即将远行把画像留给爱人以作留念的情景，别离对两人来说即为生死相隔，体现了爱人之间的浓浓爱意与依依不舍。艾略特在《一位夫人的画像》中，描绘了"夫人"对"我"渐渐表达爱意，但"我"却含糊其词试图逃避的情景，"近来我一直在纳闷地想 / 为什么我们没有发展成为朋友？/ 我感到像一个微笑着的人，转身 / 却猛然看到自己在镜子中的表情。/ 我的自制力熄灭，我们真是在黑暗中"，此处的画像延伸了其原本对人物临摹的含义，以连续的转场和动态的细致描写展现了"夫人"感情的逐渐强烈与"我"愈发渴望逃离的心境。艾略特在论文《传统与个人才能》中说："诚实的批评和敏感的鉴赏，并不注意诗人，而注意诗。"（艾略特，王恩衷 编译，1989：4）两位文学领军人

物的诗歌爱情主题的互文，体现了艾略特对多恩的继承与发展。

9.3.3.3 死亡主题

多恩和艾略特多个诗歌作品都阐释了死亡主题。Joan Bennett 在他的作品中曾经指出："多恩生活在一个死神四处潜伏的时代，瘟疫、饥荒、暴力随时可能夺走人的生命……死亡是他的时代的标志。"（Bennett，1964：36-37）诗人对死亡的思考，变成了凝练、意蕴丰富的诗行，多恩诗歌中的意象看似阴森恐怖甚至病态，但其实是诗人对当时的现实生活的一种反映。譬如多恩在《死亡的决斗》中宣称人的整个一生是从一种死亡过渡到另一种死亡，它们之间的转换便是对死的解脱，"我们在子宫中处于一种死亡状态中，我们由此状态降临人生——一个存在着种种死亡的世界。我们带着裹尸布去寻找墓地"。他在多个诗歌作品中阐述死亡主题，可以说死亡是多恩诗歌中反复出现的主题之一，"在多恩的 55 首爱情诗《歌和十四行诗》中，一半以上的诗歌跟死亡有关"（陆钰明，2012：128），但是在多恩关于死亡的诗行中，读者丝毫感受不到传统观念中对死亡的恐惧与悲哀，以及那种宿命的无可奈何，相反在他的关于死亡的诗歌中，读者看到的人跟他生前一样充满了活力，仿佛是生命的另一种状态和轮回。诗人通过碎片化的死亡意象传递出其面对死亡的积极态度以及对死亡的哲学思考。譬如多恩在《启应祷告》中写道："在我死去之前，摆脱死亡而复生。"在《歌》（最甜蜜的爱）中，多恩对自己的恋人谈及死亡的时候写道："我们不过是侧翻身去睡觉。"在《遗产》一诗中死亡被描述为与情人的分手："我最后死时，/亲爱的，/那时分通常就如和你分手。"多恩对死亡的态度都是积极的、主动的，敢于直面死亡，敢于挑战，而不是消极的、被动的，也没有面对宿命的那种无可奈何。譬如恋人们死后可以被封为圣徒：

> 倘不能因爱生，我们可以因爱死；
>
> 倘若我们的传奇不适合
>
> 墓碑和棺盖，那将适合诗歌；
>
> 倘若我们不印证一段历史，
>
> 就将在情诗中建筑华屋；

精致的瓮如墓地半亩，

同样适合最伟大人物的遗骨；

凭这些赞诗，人人将赞成

我们已因爱封圣

（但恩，傅浩 译，2016 : 81）

诗人可以轻松淡定地使用静态的意象来描写死亡，如"墓碑""棺盖""墓地的瓮"以及"遗骨"等，除此之外，在《幽魂》中人死后还可以对话、可以复仇；在《遗产》中，人死后还能收到来信，说自己是自己遗产和遗嘱的执行人；甚至于死亡还可以练习《歌（最甜蜜的爱）》。多恩诗歌的死亡主题可以调侃地娓娓道来，也可以似哲人般地阐明，引发读者对死亡的哲学思考，譬如在《解体》中：

她死了；一切死者

都向最初的元素还原；

而且我们彼此互为元素，

是用彼此造制。

我的身体与她的就相缠；

那些构成我的东西，遂在我

体内大量增长，成为重负，

无营养，反令人窒息。

（但恩，傅浩 译，2016 : 160）

在此诗节中，诗人多恩指出"一切死者都向最初的元素还原"，表明死亡意味着一个新的完美过程，死亡就是复生，循环往复，生生不息，死亡并不是生命的尽头，"热情之火、叹息之气、眼泪之水、如土的悲伤绝望"都是"原料"，使我的火焰随燃料增旺。

艾略特诗歌中的死亡主题以象征手法阐释给读者，在《荒原》一诗中由于时间停滞、季节模糊不确定，新生迟迟不肯到来，因此该诗充满了众多死亡意象，诗人呈现给读者的是一派破败腐烂、老鼠虫豸爬行的景象，弥漫在字里行间的百无聊赖的感觉、对"尸体"和"白骨"等死亡意象的描绘无不暴露出作者的否定生活的死亡动机。譬如在《荒原》组诗"雷霆所说的"一章中，诗人不仅以耶稣的受难死亡隐喻现代人也正在经历着死亡，而且还用了耶路撒冷、雅典、亚历山大、维也纳和伦敦五座城市的坍塌，以及"坟墓""监狱""伦敦桥倒塌""讣告""干燥的骨头""疯癫"等死亡意象来阐释死亡主题。在诗歌的开头诗人就开门见山地写道：

> 火把把流汗的面庞照得通红以后
>
> 花园里是那寒霜般的沉寂以后
>
> 经过了岩石地带的悲痛以后
>
> 又是叫喊又是呼号
>
> 监狱宫殿和春雷的
>
> 回响在远山那边震荡
>
> 他当时是活着的现在是死了
>
> 我们曾经是活着的现在也快要死了
>
> 稍带一点耐心
>
> （艾略特，赵萝蕤，张子清 译，2000：17）

在此艾略特认为：他过去活着的现在已经死亡，我们过去活着的现在怀着一丝忍耐正濒临死亡，表现出诗人认为活着就是渐渐临近死亡，生死对立的概念在这里融为一个流畅完整、循环往复的过程。

此外，两位诗人对于死亡主题下意象的选取也有惊人的相似之处，"尘土"是两位诗人提及死亡时都会涉及的意象。菲利普·索莱尔斯在其《理论全览》一书中强调："每一篇文本都联系着若干篇文本，并且对这些文本起着复读、强调、浓缩、转移和深化的作用。"（转引自萨莫瓦约，邵炜 译，2002：5）在组诗《神学冥想》的第六首中提到"出生于尘土的肉体，将回归到尘土居住"，是多恩所认为的死亡——出自尘土的肉体再次回归本源，便是最完美圆满的结局。而生命回归本源的观点也在艾略特的《灰星期三》中呈现，教堂为灰星期三举行的仪式通常是由一个教士在普通人的前额上撒下十字架形的灰，并说：记着，人啊，你来自尘土，还将回归于尘土。《科利奥兰》中捧着盛着"尘土"的骨灰瓮的贞女，《五指操》中所有的宠物狗和猫，终究要像权势者一样归于尘土。

回顾约翰·多恩和 T. S. 艾略特的人生经历，体弱多病和妻子离世让他们不断审视死亡这个话题，"死亡和活着"总是成对出现在两人的诗作中，他们都认为万物终有一死，但是死亡不是生命的终点，而是生命的延续，尽管肉身已腐归于大地，化为尘土，但它们会成为滋养自然的养分，延续尘世中的生命。

综上所述，多恩和艾略特两位里程碑式的代表人物，通过梳理他们人生经历的传奇、反传统的创作理念和别具一格的诗作特征，揭示出了多恩富有哲理的巧思妙喻以及融合了爱的激情和宗教激情的诗作通过记忆、重复、修正，对艾略特的诗篇产生了扩散性影响，这位现代派大师的诗歌作品经过对玄学派大师多恩作品的吸收、戏仿和批评，具有多恩作品中呈现出的"现代性"，即荒诞、审丑和无序的特性，二者具有很强的互文性渊源。

9.3.4 结语

互文本的解读和诠释具有双向性，既受到先前文本的影响，又为先前文本提供了更多的阐释可能，文本意义的生成不受时间线性的制约，呈现出一种非线性的网状逻辑，它强调文本的对话性原则，重视文本之间的互涉关系。以多恩为代表的英国玄学派诗歌在 17 世纪曾引起诗坛轰动，但在之后的两百年时间里不为当时流行的诗学接纳，直到 20 世纪初在艾略特的大力推崇和宣传下，现代派诗人们把多恩的诗当作反对维多利亚后期新浪漫主义甜腻诗风的武器，加之玄学派作品契合了现代人的心理需求，多恩在英国诗歌史上的地位才重新得到确定。他们诗歌的特点就是重巧智、重才气，颇多新颖的意象和概念，并以非常严谨的逻辑推理把宏观世界和微观世界进行类比，或把两个表面上相差迥异的形象堆叠在一起，令读者去思考，诗歌多运用日常口语，节奏和韵律都运用灵巧。诗人将复杂的主题，用似是而非的反语诙谐幽默地表达出来，既神圣又"亵渎"，庄严中透着亲切，幽默中表达讽刺效果。玄学派诗歌将抽象的思想或概念以感性形式表达出来，思想和感受浑然一体。现代派诗歌代表作家——艾略特的诗歌继承了玄学派的衣钵，玄学派的诗歌特点在艾略特的诗里几乎都能找到，理论上来讲，好的诗总能达到理性和感性的统一，但是从现实的历史维度来看，能够实现二者统一的案例不是很多，要么重感性轻理性，要么重理性轻感性。"现代派诗受玄学派诗的影响，不能理解为个别人'重新发现'的结果，但在现代社会的重重危机中用玄学派的方法抽象地去思考、探索一些重大问题，对艾略特这样的现代诗人有着一种吸引力。"（艾略特，裘小龙 译，2017：9）

以多恩为代表的玄学派诗歌为现代派的诗歌发展"指引"了方向，艾略特对现代诗歌的改革创新是对多恩玄学诗风的传承，也是他觉察到20世纪初期现代文化与文明的复杂性与多元性后，经过内化有意或无意地、创造性地为现代派诗歌创作和发展探索到的合适的表达方式和手法，也印证了现代派诗人强烈的历史关怀和回归古典文学的价值取向。克里斯蒂娃多次强调，对于文本的关照必须放在宏大的社会文化环境之下，脱离文化文本的孤立文本是不存在的。本书从互文性理论视角切入，结合对玄学派诗歌特别是多恩诗歌的文本解读，探索在现代主义语境下，以多恩为代表的玄学派诗歌能够获得人们青睐、经历文学作品经典化过程的根源，摒弃传统的只关注作者和作品关系的批评方法，转向一种宽泛语境下的跨文本研究，将文本考察范围拓宽，研究对象涵盖两大流派所处的文化体系，包括宗教、传说、战争、科学发展以及哲学政治等，即把互文对象拓宽到社会文化、文学共性等更高层级，将文学文本投入一种与各类文本自由对话的批评语境中，让历史"在场"，以史料为纲、代表作家为目、文学文本为本，史与论有机结合，但也不凸显、不异化任何史实，以文学特征与社会文化语境间的对话为核心进行了研究。

玄学派诗人代表约翰·多恩和现代主义诗人先驱 T. S. 艾略特虽然生活年代相距300年，但是艾略特在《玄学派诗人》一文中竭力为"长期以来一直用作一种责难的微词，或是古怪而滑稽的鉴赏趣味的标记"的玄学派诗歌正名，让多恩的诗作被大众广为接受。艾略特对玄学派诗人多恩的大力赞扬与传承是因为两人所处的时代都是多事之秋，社会背景都涵盖着政权的更迭、宗教的变革、战争的影响和科技的发展。政权的更迭和战争的影响加剧社会的不稳定性，宗教的变革让两位诗人重新审视自己的宗教信仰后皈依于英国国教，科学的新发现和技术的发展解放了人们的思想，勇于向权威挑战，特殊的时势激发了两位诗人拥有诗性的可能。此外，创作理念的互文也为两人诗作特征的互文性阐明了理由：两位诗人都具有怀疑和客观的反传统创作理念。怀疑态度萌生于两人对原生家庭宗教教义的思考，日后渗透到以思辨的态度运用巧智说理。"非个性化"的客观意识最大程度上避免了诗人个体主观情感的表达，借诗人之手通过连接客观意象，表达出普世通用的意义。两人诗歌作品中具有碎片化叙事和口语体对话的语言特点，与逻辑三段论有机结合或跨领域奇思妙喻的写作手法，以宗教、爱情、死亡的诗作主题，所有这些互文性的特点是艾略特对玄学派多恩诗作的继承与发扬。传统文学研究侧重历时性的展开，原文本或前文本是意义的来源，而互文性理论则重视文本的共时性特征和文本之间的相互指涉。本书对英美文学史上的两大流派及其代表作家进行互文性研究，解读这两大流派产生的历史文化背景的相似性，以及代表作家多恩和艾略特的个人人生经历和境遇、诗作主题、内容和形式的传承，梳理出玄学派诗歌和现代派诗歌的互文关系，挖掘现代主义语境下英国玄学派诗歌获得认可和颂扬的历史文化根源，厘清玄学派诗歌作品在"沉寂"了两百年后，如何契合了现代人的心理诉求，于 20 世纪初在西方世界引发了对玄学派诗歌研究的热潮，分别从语言、文学、文化等多维层面的互文性统一的比较视野，揭示出两大流派及其代表大师在语言、文化、文学等多个层面上所蕴含的互文关系，揭示出现代派文学的荒诞性、审丑性和无序性是对玄学派诗歌的吸收和戏仿。

参 考 文 献

[1] Adams R M. What Was Modernism？[J]. The Hudson Review，1978（1）：19.

[2] Allen G. Intertextuality[M]. London：Routledge，2000a：104.

[3] Allen G. Intertextuality[M]. New York：Routledge，2000b：36.

[4] Bakhtin M. Form of Time and Chronotope in the Novel[M]// Michael Holquist，ed. The Dialogic Imagination：Four Essays. Austin：University of Texas Press，1981：84.

[5] Barthes R. The Pleasure of the Text[M]. New York：Hill and Wang，1975：14.

[6] Baym N. The Norton Anthology of American Literature[M]. New York：W W Norton & Company，1995：1876.

[7] Bennett J. Five Metaphysical Poets[M]. Cambridge：Cambridge University Press，1964：36-37.

[8] Carew T. An Elegie upon the Death of the Deane of Pauls[M]// Patrides C A. The Complete English Poems Of John Donne. New York，London and Toronto：Everyman's Library，1991：496-497.

[9] Donne J. The works of John Donne[M]. Hertfordshire：Wordsworth Classics，1994.

[10] Drabble M. The Oxford Companion to English Literature[M]. Oxford：Oxford University Press，1985.

[11] Dryden J. A Discourse Concerning the Original and Progress of Satire[M].

London：Everyman's Library，1962：76.

[12] Eliot T S. Selected Essays[M]. London：Faber and Faber，1932：287.

[13] Eliot T S. Selected Essays[M]. New York：Harcourt，Brace，and World，Inc.，1960：253.

[14] Genette G. Palimpsests：Literature in the second degree[M]. Lincoln NE and London：University of Nebraska Press，1997：1-2.

[15] Gish N K. Time in the Poetry of T. S. Eliot[M]. London：Macmillan，1981：57.

[16] Graham A. Intertextuality[M]. London：Routledge，2000：104.

[17] Herbert G. The Complete English Poems[M]. London：Penguin Books，2004：71.

[18] Herbert H，Thor W. Notes on Some Figures behind T. S. Eliot [J]. Comparative Literature，1966（17）：275-278. https：//doi. org/10. 2307/1769838.

[19] Herbert J C. Metaphysical Lyrics & Poems of the Seventeenth Century：Donne to Butler[M]. Grierson，ed. Oxford：The Clarendon Press，1921.

[20] Johnson S. The Lives of the Poets：A Selection[M]. Oxford：Oxford University Press，2009：15.

[21] Kristeva J. Word，Dialogue and Novel：The Kristeva Reader [M]. Toril Moi，ed. Oxford：Basil Blackwell Publishers Ltd，1986.

[22] Marvell A. The Poems of Andrew Marvell[M]. Smith Nigel，ed. London and New York：Routledge，2013.

[23] Maynard M. The Norton Anthology of World Masterpieces，Volume I [M]. New York：W. W. Norton & Company，Inc.，1995.

[24] Mittal C R. Eliot's Early Poetry in Perspective [M]. New Delhi：Atlantic Publishers，2001.

[25] Mukarovsky J. The Esthetics of Language [A]// Gauvin P L，ed. A Prague School Reader on Esthetics，Literary Structure，and Style [C].

Washington：Georgetown University Press，1964.

[26] Partridge A C. John Donne：Language and Style[M]. London：Andre Deutsch，1978：81.

[27] Perrine L，Arp T R. Literature Structure，Sound and Sense[M]. Forth Worth：Harcourt Barce College Publishers，1993.

[28] Smith A J. The Critical Heritage：John Donne[M]. London and New York：Routledge，1983.

[29] Zunder W. The Poetry of John Donne [M]. Sussex：The Harvester Press，1982：40-41.

[30] 艾布拉姆斯 M H. 文学术语词典：第七版 [M]. 吴松江，译 . 北京：北京大学出版社，2009.

[31] 艾略特 T S. 我们时代的多恩：献给多恩的花环 [M]. 斯宾塞，西奥多，编 . 剑桥：哈佛大学出版社，1931：8.

[32] 艾略特 T S. 艾略特诗学文集 [M]. 王恩衷，编译 . 北京：国际文化出版公司，1989.

[33] 艾略特 T S. 艾略特文学论文集 [M]. 李赋宁，译 . 南昌：百花洲文艺出版，1994.

[34] 艾略特 T S. 艾略特诗选 [M]. 赵萝蕤，张子清，译 . 济南：山东大学出版社，1998.

[35] 艾略特 T S. 荒原 [M]. 赵萝蕤，张子清，译 . 北京：人民日报出版社，2000.

[36] 艾略特 T S. 荒原 [M]. 赵萝蕤，张子清，译 . 北京：北京燕山出版社，2006：30.

[37] 艾略特 T S. 荒原 [M]. 赵萝蕤，张子清，译 . 北京：人民日报出版社，2008：10.

[38] 艾略特 T S. 荒原：艾略特文集·诗歌 [M]. 裘小龙，汤永宽，译 . 上海：上海译文出版社，2012.

[39] 艾略特 T S. 传统与个人才能：艾略特文集·论文 [M]. 卞之琳，李赋宁，

译 . 上海：上海译文出版社，2016：3.

[40] 艾略特 T S. 四个四重奏 [M]. 裘小龙，译 . 南京：译林出版社，2017.

[41] 巴赫金·米哈伊尔 . 巴赫金全集：第二卷 [M]. 石家庄：河北教育出版
社，1998a：417.

[42] 巴赫金·米哈伊尔 . 巴赫金全集：第三卷 [M]. 石家庄：河北教育出版社，
1998b：71.

[43] 巴赫金·米哈伊尔 . 巴赫金全集：第五卷 [M]. 石家庄：河北教育出版
社，1998c：239-242.

[44] 巴特·罗兰 . 罗兰·巴特随笔选 [M]. 天津：百花文艺出版社，1995：
301.

[45] 拜厄特·安东尼娅·苏珊 . 占有 [M]. 于冬梅，宋瑛堂，译 . 海口：南海
出版社，2012：63.

[46] 卞之琳 . 英国诗选 [M]. 长沙：湖南人民出版社，1983.

[47] 布雷德伯里·马尔科姆 . 现代主义 [M]. 胡家峦，译 . 上海：上海外语教
育出版社，1995：76-83.

[48] 陈焜 . 西方现代派文学研究 [M]. 北京：北京大学出版社，1981.

[49] 陈庆勋 . 艾略特诗歌隐喻研究 [D]. 上海：上海师范大学，2006：13.

[50] 程锡麟 . 互文性理论概述 [J]. 外国文学，1996（1）：72-78.

[51] 戴玉英 . 西方现代派文学中异化现象产生的社会根源 [J]. 现代语文，
2005（12）：45.

[52] 但恩·约翰 . 艳情诗与神学诗 [M]. 傅浩，译 . 北京：中国对外翻译出版
公司，1999.

[53] 但恩·约翰 . 英国玄学诗鼻祖约翰·但恩诗集 [M]. 傅浩，译 . 北京：十
月文艺出版社，2006：96.

[54] 但恩·约翰 . 约翰·但恩诗集 [M]. 傅浩，译 . 上海：上海译文出版社，
2016.

[55] 笛卡尔 . 哲学原理 [M]. 关文运，译 . 北京：商务印书馆，1959：1.

[56] 刁克利 . 西方文论关键词：作者 [J]. 外国文学，2010（2）：100-107.

[57] 刁克利. 作者 [M]. 北京：外语教学与研究出版社，2019：154-155.

[58] 刁克利. 文学之真与非虚构作者的角色 [J]. 当代文坛，2020（4）：98-104.

[59] 董洪川."荒原"之风：ＴＳ艾略特在中国 [D]. 成都：四川大学，2003：3.

[60] 飞白. 诗海：世界诗歌史纲：传统卷 [M]. 桂林：漓江出版社，1989：209.

[61] 傅浩. 艳情诗与神学诗 [M]. 北京：中国对外翻译出版公司，1997：79.

[62] 傅浩. 中外诗歌与翻译论集 [M]. 北京：中国传媒大学出版社，2005：229.

[63] 福克纳·威廉. 八月之光 [M]. 蓝仁哲，译. 天津：百花文艺出版社，1998.

[64] 戈登·林德尔. ＴＳ艾略特传：不完美的一生 [M]. 许小凡，译. 上海：上海文艺出版社，2018.

[65] 葛桂录. 外国文学经典导读 [M]. 北京：高等教育出版社，2017.

[66] 格瑞厄森，ＨＪＣ. 约翰·但恩的神学诗集序：卷二 [M]. 牛津：克莱闰登出版社，1969：10.

[67] 顾梅珑. 颓废主义与审美现代性 [J]. 国外理论动态，2008（9）：73-76.

[68] 郭晨，王艳文. 陌生化视角下的《女拉撒路》[J]. 世界文学研究，2021（9）：54-59.

[69] 汉密尔顿. 牛津二十世纪英语诗歌词典 [M]. 上海：上海外语教育出版社，2000.

[70] 何林军. 意义与超越：西方象征理论研究 [D]. 上海：复旦大学，2004：1.

[71] 胡家峦. 天体、黄金和圆规：读约翰·邓恩《告别辞：莫伤悲》[J]. 名作欣赏，1991（1）：45-49.

[72] 胡家峦. 英语诗歌精品 [M]. 北京：北京大学出版社，1995：101-103.

[73] 胡家峦. 圣经、大自然与自我：简论 17 世纪英国宗教抒情诗 [J]. 国外文学，2000（4）：63-70.

[74] 胡家峦. 历史的星空：文艺复兴时期英国诗歌与西方传统宇宙观 [M].

北京：北京大学出版社，2001.

[75] 胡家峦. 艺术与自然的"嫁接"：文艺复兴时期英国园林诗歌研究点滴 [J]. 国外文学，2004（3）：24-37.

[76] 胡家峦. 沉思的花园：内心生活的工具 [J]. 国外文学，2006（2）：21-29.

[77] 胡家峦. 文艺复兴时期英国诗歌与园林传统 [M]. 北京：北京大学出版社，2008：271.

[78] 胡家峦. 英国名诗详注 [M]. 北京：外语教学与研究出版社，2017：100.

[79] 胡伶俐. 论约翰·邓恩对托马斯·艾略特创作的影响 [J]. 湖南师范大学社会科学学报，2017（2）：121-127.

[80] 胡伶俐，潘利锋. 约翰·邓恩《歌与十四行诗》的陌生化艺术 [J]. 外国语文，2013（6）：30-33.

[81] 黄宗英. 晦涩正是他的精神 [J]. 北京联合大学学报，2019（3）：52-59.

[82] 黄遵. 无情的情歌，独特的意匠：读 T S 艾略特《普鲁弗洛克的情歌》[J]. 浙江大学学报（人文社会科学版），2000（6）：90-94.

[83] 霍克斯·特伦斯. 结构主义和符号学 [M]. 上海：上海译文出版社，1997：10.

[84] 金露. 现代"荒原"中的时空表征与审美补偿 [J]. 广东开放大学学报，2022（2）：76-82.

[85] 克里斯蒂娃·朱莉娅. 符号学：符义分析探索集 [M]. 史忠义，等译. 上海：复旦大学出版社，2015.

[86] 李赋宁. 蜜与蜡：西方文学阅读心得 [M]. 北京：北京大学出版社，1995：110.

[87] 李万敬. 弗洛伊德学说与艾略特诗作 [J]. 青海师专学报（教育科学版），2003（5）：62-63.

[88] 李维屏，戴鸿斌. 什么是现代主义文学 [M]. 上海：上海外语教育出版社，2011.

[89] 李正栓. 邓恩诗歌中的三角意象 [J]. 外语与外语教学，1998（8）：51-53.

[90] 李正栓. 陌生化：约翰·邓恩的诗歌艺术 [M]. 北京：北京大学出版社，2001.

[91] 李正栓. 英美诗歌教程 [M]. 北京：清华大学出版社，2016.

[92] 林玉蓉，刘立辉. 艾略特《荒原》的时空主题研究 [J]. 外语教学，2008（2）：56-60.

[93] 林元富. 评艾略特的"感受分化论"：兼析《不朽的低语》[J]. 外国文学研究，2003（2）：91-97.

[94] 刘炅.《阿普尔顿府邸颂》中的秩序之探 [J]. 外国文学，2022（1）：26-37.

[95] 刘康. 对话的喧声：巴赫金的文化转型理论 [M]. 北京：中国人民大学出版社，1995：3.

[96] 刘立辉. 多恩诗歌的巴罗克褶子与早期现代性焦虑 [J]. 外国文学评论，2015（3）：77-90.

[97] 刘象愚. 从现代主义到后现代主义 [M]. 北京：高等教育出版社，2008：3.

[98] 刘燕. 艾略特 [M]. 成都：四川人民出版社，2001.

[99] 陆建德. 破碎思想体系的残片 [J]. 外国文学评论，1992（1）：10-18.

[100] 陆建德. 艾略特：改变表现方式的天才 [J]. 外国文学研究，1999（3）：47-56.

[101] 陆建德. 破碎思想体系的残编 [M]. 北京：北京大学出版社，2001.

[102] 陆钰明. 多恩爱情诗中的宗教裂痕 [J]. 黑龙江社会科学，2011（5）：103-107.

[103] 陆钰明. 多恩诗歌意象的历史性解读 [J]. 黑龙江社会科学，2012（3）：125-128.

[104] 罗军，辛苗. 从叙事文本碎片化叙事看诗歌叙事学碎片化叙事模式的构建 [J]. 长春工业大学学报（社会科学版），2013（1）：110-112.

[105] 罗朗. 诗名沉浮三百年：评论家眼中的约翰·多恩 [J]. 天津外国语学院学报，2002（4）：48-51.

[106] 马克思，恩格斯. 共产党宣言 [M]// 周扬. 马克思主义与文艺. 北京：作家出版社，1984：48.

[107] 南方. 从《圣露西节之夜》看约翰·多恩诗歌中的现代性 [J]. 四川外语学院学报，2005（2）：30-34.

[108] 庞德·伊兹拉. 庞德诗选比萨诗章 [M]. 黄运特，译. 桂林：漓江出版社，1981：136.

[109] 钱佼汝. "文学性"和"陌生化"：俄国形式主义早期的两大理论支柱 [J]. 外国文学评论，1989（1）：26-32.

[110] 秦海鹰. 互文性理论的缘起与流变 [J]. 外国文学评论，2004（3）：19-30.

[111] 秦海鹰. 克里斯特瓦的互文性概念的基本含义及具体应用 [J]. 法国研究，2006（4）：16-27.

[112] 裘小龙. 诗六首 [J]. 世界文学，1984a（5）：193-204.

[113] 裘小龙. 论多恩和他的爱情诗 [J]. 世界文学，1984b（5）：205-222.

[114] 萨莫瓦约·蒂费纳. 互文性研究 [M]. 邵炜，译. 天津：天津人民出版社，2002.

[115] 塞尔登·L，威尔森·P，布鲁克·P. 当代文学理论导读 [M]. 刘象愚，译. 北京：北京大学出版社，2006：38-39.

[116] 沙玛·西蒙. 英国史 II：1603—1776 不列颠的战争 [M]. 彭灵，译. 北京：中信出版社，2018：198.

[117] 什克洛夫斯基. 作为技巧的艺术 [A]// 俄国形式主义批评：四篇论文. 林肯：内布拉斯加出版社，1965.

[118] 盛宁. 二十世纪美国文论 [M]. 北京：北京大学出版社，1994.

[119] 苏琳. 伦敦地铁、诺顿庄园与东库克村：试论艾略特《燃烧的诺顿》、《东库克》与"英格兰性" [J]. 外国文学评论，2020（1）：140-159.

[120] 孙彩霞. 西方现代派文学与圣经 [M]. 北京：中国社会科学出版社，2005.

[121] 孙桂林. 论约翰·多恩爱情诗中的奇想、思辨和矛盾 [J]. 合肥工业大

学学报（社会科学版），2005（2）：91-95.

[122] 费尔迪南·德·索绪尔.普通语言学教程 [M].高名凯，译.北京：商务印书馆，1980.

[123] 谭琼琳，谢则融.试论玄学比喻对现代派英诗的影响 [J].湖南教育学院学报，1997（2）：12-17.

[124] 谭善明.论陌生化理论中的审美偏离及其限度 [J].中国文学研究，2017（2）：15-19.

[125] 童明.互文性 [J].外国文学，2015（3）：86-102.

[126] 王洪岳.现代派文学的感性学评析 [J].文史哲，2003（3）：53-58.

[127] 王守仁.英国文学选读 [M].北京：高等教育出版社，2001.

[128] 王旭.美国城市化的历史解读 [M].长沙：岳麓书社，2003：43.

[129] 王艳文，周忠新.从《跳蚤》到《致他羞怯的情人》：玄学派诗人邓恩和马维尔的艳情诗探析 [J].燕山大学学报（哲学社会科学版），2005（4）：85-88，92.

[130] 王艳文.《贵妇人画像》中隐喻的叙事功能研究 [J].甘肃社会科学，2009（6）：64-66.

[131] 王艳文，刘丽霞.英美现代派文学的审丑性评析 [J].江西社会科学，2011（3）：128-131.

[132] 王艳文，周忠新.英美战争题材诗歌的政治审美维度 [J].河北大学学报（哲学社会科学版），2012（6）：15-19.

[133] 王卓.17世纪英国玄学诗歌的中国文化精神研究 [M].长春：吉林大学出版社，2020.

[134] 王祖友.艾略特《诗篇》的互文性解读 [J].河南理工大学学报（社会科学版），2012（4）：454-460.

[135] 王佐良，李赋宁，周珏良，等.英国文学名篇选注 [M].北京：商务印书馆，1983.

[136] 王佐良.英国诗选 [M].上海：上海译文出版社，1988.

[137] 王佐良，何其莘.英国文艺复兴时期文学史 [M].北京：外语教学与研

究出版社，1996.

[138] 王佐良 . 英国文学史 [M]. 北京：商务印书馆，1996：75.

[139] 王佐良 . 英国诗史 [M]. 南京：译林出版社，1997.

[140] 王佐良，何其莘 . 英国文艺复兴时期文学史 [M]. 北京：外语教学与研究出版社，2006.

[141] 王佐良 . 王佐良全集：第一卷 [M]. 北京：外语教学与研究出版社，2015.

[142] 吴笛 . 论东西方诗歌中的"及时行乐"主题 [J]. 外国文学研究，2002（4）：103-109.

[143] 吴笛 . 自然科学的发展与玄学诗歌的生成 [J]. 外国文学研究，2011（5）：36-42.

[144] 吴笛 . 英国玄学派诗歌研究 [M]. 北京：中国社会科学出版社，2013：19.

[145] 潇牧 . 论现代主义艺术的丑 [J]. 美苑，2004（4）：2-6.

[146] 谢占杰 . 论《生命中不能承受之轻》的互文性 [J]. 许昌学院学报，2018（9）：42-48.

[147] 辛斌 . 互文性：非稳定意义和稳定意义 [J]. 南京师大学报（社会科学版），2006（3）：114-120.

[148] 晏奎 . 生命的礼赞：多恩"灵魂三部曲"研究 [M]. 北京：北京大学出版社，2005：142.

[149] 晏奎 . 多恩研究批评史 [M]. 北京：科学出版社，2022：299.

[150] 杨冬，张云君 . 西方中古和文艺复兴文学（下）[M]. 长春：吉林文史出版社，2009：238.

[151] 杨岂深 . 英国文学选读 [M]. 上海：上海译文出版社，1981：417.

[152] 杨仁敬 . 美国后现代派小说论 [M]. 青岛：青岛出版社，2003.

[153] 杨有庆 . 詹姆逊诗学中的空间、文学与资本主义 [J]. 华中科技大学学报（社会科学版），2015（6）：16-21.

[154] 杨周翰 . 十七世纪英国文学 [M]. 北京：北京大学出版社，1985.

[155] 杨周翰 . 镜子与七巧板 [M]. 北京：中国社会科学出版社，1990：94.

[156] 杨周翰 . 十七世纪英国文学 [M]. 2 版 . 北京：北京大学出版社，1996.

[157] 殷企平 . 谈互文性 [J]. 外国文学评论，1994（2）：40.

[158] 余莉 . 再论艾略特的传统观与非个性化理论 [J]. 外国文学研究，2003（6）：147-150.

[159] 袁可嘉 . 略论西方现代派文学 [J]. 文艺研究，1980a（1）：86-98.

[160] 袁可嘉 . 外国现代派作品选：第一册（上）[M]. 上海：上海文艺出版社，1980b：11.

[161] 曾艳兵 . 西方现代主义文学概论 [M]. 北京：北京大学出版社，2012.

[162] 张德明 . 玄学派诗人的男权意识与殖民话语 [J]. 浙江大学学报（人文社会科学版），2001（5）：37-42.

[163] 章国锋 . 天堂的大门已经关闭：彼得·汉德克及其创作 [J]. 世界文学，1992（3）：289-303.

[164] 张海霞 . 两种信仰，两难选择：约翰·邓恩的早期爱情诗解读 [J]. 山东外语教学，2004（4）：110-112.

[165] 张剑 . Ｔ Ｓ 艾略特的炼狱：《圣灰星期三》的意义 [J]. 外国文学，1995（3）：36-42.

[166] 张剑 . Ｔ Ｓ 艾略特：诗歌和戏剧的解读 [M]. 北京：外语教学与研究出版社，2006.

[167] 张旭春 . 内心张力：作为历史存在的约翰·多恩 [J]. 四川外语学院学报，1996（2）：38-42.

[168] 赵国繁 . 英美现代派文学中的荒诞及其哲理性 [J]. 钦州师范高等专科学校学报，2005（2）：39-41.

[169] 赵晶 . 寻找旋转世界的静点 [J]. 语文学刊·外语教育教学，2015（2）：30-32.

[170] 赵萝蕤 . 世界诗苑英华：艾略特卷 [M]. 济南：山东大学出版社，1997：120.

[171] 周忠新，王梦 . 陌生化的手法，另类的意象：邓恩的玄学派艳情诗

《上升的太阳赏析》[J]. 河北大学学报（哲学社会科学版），2009（2）：45-48.

[172] 周忠新 . 文学生态学批评图示下的济慈名诗——《秋颂》[J]. 甘肃社会科学，2010（2）：157-160.

[173] 周忠新 .《美丽人生》中的女性人物形象剖析 [J]. 电影文学，2015（13）：112-114.

[174] 朱刚 . 二十世纪西方文论 [M]. 北京：北京大学出版社，2006：17.

[175] 朱光潜 . 朱光潜美学文集：第一卷 [M]. 上海：上海文艺出版社，1982.

[176] 朱光潜 . 西方美学史 [M]. 北京：中国长安出版社，2007：5.

[177] 祝克懿 . 互文性理论的多声构成：《武士》、张东荪、巴赫金与本维尼斯特、弗洛伊德 [J]. 当代修辞学，2013（5）：12-27.

[178] 朱望 . Ｔ S 艾略特的反现代"世俗主义"观 [J]. 世界文学评论，2008（2）：47-51.

[179] 朱志荣 . 西方文论史 [M]. 上海：华东师范大学出版社，2016：111.

[180] 祖国颂 . 叙事的诗学 [M]. 合肥：安徽大学出版社，2003：295.

附　录

附录 1

陌生化的手法，另类的意象 ①
——邓恩的玄学派艳情诗《上升的太阳》赏析

周忠新　王　梦

一

"陌生化"（Defamiliarization）理论是 20 世纪初由俄罗斯文艺理论家维克多·什克洛夫斯基在《作为技巧的艺术》一书中提出的，所谓"陌生化"就是"使之陌生"，使对象形式变得困难，就是要审美主体对日常生活的感觉方式支持的习惯化感知起反作用，增加感受的难度和时间长度，因为感受本身就是审美目的，必须设法延长 [1]（p12）。文学陌生化手法不仅可以用在语言技巧方面，还可以用在体裁、立意、布局构思和表现手法等方面。开了"玄学派"先河的约翰·邓恩的诗歌可以在陌生化理论的框架内得到阐释。

所谓"玄学派诗人"，指的是英国 17 世纪初出现的一批诗人，他们的诗歌以奇特的比喻、口语化诗体、富于变化的格律等为主要特征。这些诗人是一群博学多才的人，他们用哲学辩论和说理的方式写抒情诗，但他们在世时并未被称为"玄学诗人"，也没有形成任何流派。"玄学"一词首先是由 17 世纪桂冠诗人约翰·德莱顿提出的，他认为邓恩虽然聪明机智，但"好

---

① 本文发表在《河北大学学报（哲学社会科学版）》2009 年第 2 期。

弄玄学"，不能算作一个好诗人。到了18世纪，塞缪尔·约翰逊博士对玄学作了进一步的说明，第一次明确提出"玄学诗人"这一术语[2][p90-91]。玄学诗人在继承伊丽莎白时代诗歌精妙的语言特色的同时，摒弃了彼特拉克式（Petrarchan）诗歌甜腻空泛、故作优雅的传统文风，加之"陌生化"艺术手段的运用，使英国诗歌更为丰富更有生气。玄学派诗人常常把看似陌生化的思想、意象、典故和奇思妙喻等杂糅在一起，虽然增加了读者阅读和理解的难度，但作品新颖深刻，充满机智和魅力，在打破读者思维和感受"自动化"惯性的同时，也延长了读者的审美体验，为读者带来了更大的审美乐趣。

玄学派诗人以约翰·邓恩（1572—1631）为代表人物。邓恩出生在一个富足的罗马天主教家庭，曾先后在牛津和剑桥大学学习。他感情丰富，思想敏锐，才华横溢，他的诗歌感情真挚热烈，思想自由、开放，比喻奇特，富有生气[3][p2819-2820]，但天主教身份曾使他个人抱负的施展屡屡受挫。中年之后，经过认真的思考，邓恩抛弃了天主教而听命于英国国教教会，直到成为圣保罗大教堂的教长后才有了声望。邓恩一生始终处于希望和痛苦的矛盾交织中。他的作品在他去世后二百多年里一直受到冷落，直到20世纪初，由于受到文学大师艾略特的赏识才逐渐得到世人的关注和认可，邓恩在英国文学史上的地位也得到了很大提高。

二

《上升的太阳》（*The Sun Rising*）是邓恩的一首著名艳情诗，写于他和妻子安妮结婚前后，是邓恩陌生化写作手法的代表作之一。

太阳，是人类最熟悉的意象之一。因为光辉的太阳是宇宙中最重要的天体，没有太阳地球上就不可能有姿态万千的生命现象，太阳给人类以光明和温暖，为人类及地球生命带来了各种形式的能源，所以在人类历史上，太阳一直是人们顶礼膜拜的对象。在许多民族的文化中，太阳是至高无上的，太阳神是最受人尊敬和崇拜的，是人们褒扬的对象。如在古希腊神话中，太阳神被称为"阿波罗"，他每天都会登上金车，拉着缰绳，高举神鞭，巡视大地，给人类送来光明和温暖，是万民敬仰的神灵。而在古埃及文化中，太阳神是古代埃及主要的神话人物，他不但是光明和天堂的象征，还是一位生育万物的大神，也是力量和权威的象征。在古代罗马、北欧诸国和印度等国文化中都有关于太阳神的传说，太阳神也是光明和正义的象征。

文艺复兴时期，莎士比亚等许多诗人都把太阳作为神灵的化身、权力的象征，作为"宇宙之光"和"白昼之神"来颂扬和敬畏。同样，在中国的传统文化中太阳也是光明与温暖的代名词，在中国古代有白居易的"日出江花红胜火，春来江水绿如蓝"，李白的"日照香炉生紫烟，遥看瀑布挂前川"等名句，现代我们有"太阳最红，毛主席最亲"，"共产党像太阳，照到哪里哪里亮"等人们耳熟能详的诗句和歌曲。而邓恩就是要打破常规，别出心裁，让人们熟悉的太阳陌生化，给人一种另类的太阳意象。因为陌生化的一个突出特点就是要打破审美主体的接受定势，就是以审美欣赏中的惊奇和惊异感为前提。

在《上升的太阳》中，邓恩写道：

> 忙碌的老傻瓜，不守规矩的太阳
>
> 你为什么要如此
>
> 透过窗户，穿过窗棂来把我们探视？
>
> 难道恋人的季节必须与你的运行一致相当？
>
> 没礼貌又爱教训人的家伙，去呵责
>
> 迟到的小学生，和慢吞吞的伙计
>
> 去告诉宫廷猎手，国王将要上马出猎
>
> 召唤乡下的蚂蚁去干收获的活计
>
> 爱情，永远都一样，不知什么季节、气候
>
> 不知时刻、日子、月份，这些不过是时间的碎布头。[4][p10-11]
>
> （傅浩 译，下同）

在这一节中，诗人首先将给人类带来光明和温暖的太阳进行了陌生化的处理，谴责它是"忙碌的老傻瓜，不守规矩的太阳"，紧接着诗人用了一个反问句："难道恋人的季节必须与你的运行一致相当？"这是因为太阳透

过窗棂和窗帘打扰了他和恋人的欢娱和酣眠。对于陷入爱河、忙于肉体之欢的情侣而言，对方可能是世界的全部意义之所在，其他任何东西都是无关紧要的，太阳无疑也是多余的，是令人生厌的忙忙碌碌的"老傻瓜"。在这一节中，诗人不仅说太阳是"没礼貌又爱教训人的家伙"，还将太阳比喻成令人厌恶的第三者，因为它偏偏来打扰一对恋人的爱情世界，来窥探恋人的秘密，打扰恋人无眠的狂喜[5][p76-77]。

1598 年，26 岁的邓恩成为伊丽莎白宫廷中最重要的一位爵士——托马斯·伊戈尔顿爵士的私人秘书。三年后，他与这位爵士 17 岁的侄女安妮秘密结婚，二人虽婚姻美满，但他上层的朋友们尤其是他的岳父对他耿耿于怀，不肯原谅他，那位爵士也解除了邓恩的职务，并命人逮捕、拘禁了他[6][p283]。诗人的天主教身份也使他总是受到监视甚至迫害。这样看来，邓恩对太阳的"陌生化"处理不无道理。然后，诗人将太阳意象降格，使之"仆人化"，让其听从诗人的调遣，命令它去做自己分内的事，如去斥责"迟到的小学生和慢吞吞的伙计"，去告诉喜欢阿谀奉承的宫廷猎手们国王（詹姆斯一世酷爱打猎）就要出猎，让他们马上准备好，让蚂蚁们去干收获的活计。对于诗人而言，爱情是永恒不变的，不受季节和气候的影响，它既能够穿越时间，还能穿越空间。邓恩对太阳的谩骂和谴责可以认为是对干涉他同安妮恋爱、结婚的上层社会的权贵（包括他岳父）的斥责，让这些"迂腐的老傻瓜"们各司其职，做好自己的事就行了，不要对他们的甜美爱情指手画脚，横加指责。

邓恩所处的时代正是新旧思想、新旧学说并存的时代。按照古希腊天文学家托勒密的宇宙观，地球是位于宇宙中心静止不动的，太阳和行星都围绕地球旋转；而波兰天文学家哥白尼于 1543 年提出的"日心说"认为太阳是宇宙的中心，不是地球，地球只是围绕太阳旋转的行星。邓恩在诗中反问道："难道恋人的季节必须与你的运行一致相当？"可见，邓恩对天文学上新出现的理论——"日心说"已经有所了解，并把这一理论运用到诗中，认为虽然地球绕太阳运动，但是恋人的季节、恋人的世界可以不受太阳控制，暗示着他们的爱情会始终如一，不受任何外来势力的影响。

接着诗人在第二节中写道：

> 你的光芒，那么威严，强悍
>
> 为什么要这样认为？
>
> 我可以一眨眼便让它们亏蚀，把它们遮蔽
>
> 只是我不愿太久看不见她的容颜
>
> 假如她的眼睛没有把你的刺坏
>
> 那就瞧瞧，明天晚上，告诉我
>
> 那盛产香料和黄金的东西印度是在
>
> 你离开它们的地方，还是在此与我共卧
>
> 去打听你昨天看见过的那些帝王的去向
>
> 你将听说
>
> 他们全都在这里躺在同一张床上。

在这一节中，诗人进一步对太阳进行斥责、贬低，认为太阳的光芒并没有什么"威严和强悍"，影射干涉他们爱情的那些权贵也没有任何可怕之处。"我可以一眨眼便让它们亏蚀，把它们遮蔽"，"我"只需一眨眼就会让你所有的威力消失殆尽！邓恩通过这种独特新奇的方法来表达他对权贵的蔑视。之所以"我"没有眨眼让你威力扫地，是因为"我"一刻都不想看不到恋人的芳容，不想让她在"我"的视野里消失片刻。同样恋人的眼睛也可以让太阳的眼睛受伤、失明，但诗人没有让太阳受伤，而是将其贬为自己的奴仆，因为他还要给太阳分配一项任务，让它去考察东西印度群岛并访问昨天见到的所有帝王，并且明天它要向主人汇报，印度的香料和宝藏是否已经在诗人的身旁，帝王们是否也和诗人一样都在床上忙于床笫之欢。诗人把他和恋人之间爱的答案限定在"躺在同一张床上"，充分表达了该诗的艳情味道。

另外，在这一节中，邓恩运用从地理学获得的知识将"陌生"的古代东、西印度写入诗中，再次表现他的博学。古代印度以盛产香料著名，而西印度群岛有丰富的金银矿藏 [7][p623]。对于热恋中的情人而言，对方就是自己的全部宝藏，就是自己的一切，其余什么都不是。而诗中的"亏蚀"和

"遮蔽"，原文用的词是"eclipse"，是天文学术语"日食"的意思，指当太阳、月球、地球成一直线时，太阳照射到地球的光线会被月球阻挡遮住，从地球看太阳，太阳是被巨大的黑影遮去，因而太阳就变得黯然无光了。诗人借用天文学知识，称他一眨眼，太阳就会出现"日食"，表达了他对太阳、对权威的不屑。将从其他学科获得的新知识写入诗中，从而增加读者感觉的难度，延长感觉的过程，是陌生化在玄学派诗歌中的具体体现。

接下来，诗人将恋人间的艳情表达得淋漓尽致：

> 她是所有国家，而所有王子是我
>
> 其外什么也不是
>
> 帝王仅仅扮演我们；与此相比
>
> 一切荣誉不过是做戏；一切财富都只是假货
>
> 太阳你只有我们一半快乐
>
> 看到这世界竟如此缩小
>
> 你年迈需要安逸，既然你的职责
>
> 是温暖世界，那么温暖我们就算够了
>
> 在这里照耀我们，你就无处不在了
>
> 这床是你的中心，这四壁是你的轨道。

在第三节中，诗人对自己的恋人进行了"陌生化"处理，与同时代的其他诗人有着明显区别。以往的彼特拉克式诗歌中，比喻比较固定，符合常理。如文艺复兴时期文学巨匠莎士比亚将爱人比作温暖的"夏日"，桂冠诗人本·琼生用玫瑰和芳香来指称爱人，同样著名诗人斯宾塞在献给妻子的诗集《爱情小诗》中将爱人喻作温顺的小鹿，说她美如金银珠宝和香花异草。而邓恩要打破读者的审美接受定势，称恋人是"所有国家"，自己是"所有王子"，给人以突兀之感，因为他们的爱就是世界的全部。而比地球体积大 130 万倍的太阳竟被这样束缚在恋人的爱巢之中，阿波罗的太阳金车再也不能风光无限地在宇宙间巡视，也管不了世间万物的生长了。再者，由于太阳已经在宇宙间存在了亿万年，与朝气蓬勃的恋人相比，显然已经明显衰老，只能寻求安逸、苦度余生了。诗人经过他超越常态的比喻和推理，展示给读者另类的太阳意象。

　　继第二节中写帝王"全都在这里躺在同一张床上"之后，诗人进一步使帝王和王子的意象陌生化，帝王不再是威风凛凛驰骋疆场的统帅，也不是令人敬畏的处理朝政的最高统治者，而是和"我们"一样，是在爱床上追求肉体之欢的平庸之辈，因为在爱面前人人平等，也不管是平民还是帝王。邓恩本人为了和心爱的人结婚，为了爱情失去了上层社会的职位，可他一点也不后悔，他认为帝王的快乐都在"模仿我们"，除了爱情，其他荣誉、财富都无任何意义。老朽不堪的太阳最多只有"我们"一半的幸福，因为它形单影孤，而"我们"是幸福的一对，当然"我们"的快乐要比它多一倍。在此，诗人进一步将太阳意象"奴仆化"，告诫太阳"既然你的职责是温暖世界，那么温暖我们就算够了"，为"我们"温暖爱巢就是你的任务，别的事都不用管了，因为你就是"我"和恋人的奴仆。

　　诗人在大肆进行艳情描写的同时，再次将天文学知识写进诗中。既然按照托勒密的"地心说"，地球是太阳运行的中心，那么诗人和恋人享受爱情甜蜜的这张床便更是太阳运动的中心点，而卧室的四壁便勾勒出太阳运行的轨迹。从这一节及诗中第一节对太阳运动的描写看，托勒密的"地心说"和哥白尼的"日心说"同时影响着诗人的思想，影响着他的艳情诗写作。

三

　　《上升的太阳》中的艳情描写及其反映出来的及时行乐思想可以认为是诗人对当时政治动荡、社会不安定所采取的一种逃避方式，也可以看作是诗人自己爱情生活的真实写照。虽然邓恩和安妮秘密恋爱、结婚后，二人夫敬妇爱，婚姻美满。但邓恩早年纵情声色，放荡不羁，这是由于其富有的家庭和早期文艺复兴时期世俗文化的影响造成的。因为在 17 世纪的英国，及时行乐主题得到了相当集中的表现 [8][p104-105]，是那个时代上层社会生活糜烂的写照，也是文艺复兴时期艳丽、享乐的宫廷诗歌传统精神的体现；再者，诗人如此追求肉欲和享乐，大肆渲染性的描写，其深刻用意是剖析诗人内心深处"灵与肉的矛盾"以及"清教思想和人文主义、出世和入世的矛盾" [9][p191]。同时代的英国诗人罗伯特·赫里克（Robert Herrick）在其诗歌《致妙龄少女，莫负青春》（*To the Virgins，To Make Much of Time*）中也有类似的诗句，他劝年轻人"趁你有可能，快采摘含苞的玫瑰"（Gather ye rose-buds while ye may）。同样，另一位玄学派诗人安德鲁·马维尔在《致他羞怯的情人》中，也表达了"时间不等人，趁我们还年轻，享受生活，及时行乐"的主题。

邓恩一直是一个矛盾的统一体，因为出生在天主教家庭、信奉天主教使他在事业上屡屡受挫，中年后不得不改信英国国教，直到出任教职并被任命为伦敦圣保罗大教堂的教长。在弥漫着变动和怀疑空气的年代里，只有宗教是比较稳定的 [10][p382]，作为神职人员，邓恩写了不少神学诗，如《敬神十四行诗》《赞美诗》等，同时作为一个追求享乐、追求感官刺激的诗人，邓恩也写了大量的艳情诗，除了《上升的太阳》外，还有著名的《跳蚤》，其中诗人力劝其情人丢掉贞操观，勇敢接受自己的求爱，及时行乐，同样在《爱的无限》《灵魂出窍》《哀歌》第七首和第十九首等诗中，读者可以感受到很强的艳情味道。从邓恩的艳情诗和神学诗中，读者可以看到纵欲和禁欲、恋爱和悔罪这两大主题所反映出的诗人矛盾的人格和心理。

四

邓恩的诗不仅具有高度的美感，强烈的理性，而且具有惊人的个人化倾向。通过使用陌生化的意象和有时复杂、有时粗暴直接的比喻，邓恩将感觉和理性融于一处。邓恩的艳情诗不仅超越了一切伊丽莎白时代的传统，而且超越了他以前所有情诗的典范式情感，是对以往彼特拉克式诗歌"甜美、娇柔"语言的陌生化。邓恩在诗歌内容和形式上寻求新意，在《上升的太阳》开头诗人说"忙碌的老傻瓜，不守规矩的太阳"，同样在另一首艳情诗《宣布成圣》的开始，诗人写道"看在上帝面上，请闭上嘴，让我爱你"。用这样的口语化的浅显易懂的语言写诗，不仅是对以往诗歌优雅语言的"陌生化"，也是对同时代舞台戏剧的一种革新和陌生化。邓恩的诗时而幻想，时而热情，时而虔诚，时而绝望。有的时候，他会在一首艳情诗中将几种情感集于一处。他的艳情诗中的特点同样适用于他的神学诗，这些诗中也带有一些情欲的色彩，这些作品反映的是诗人的全部人性，当然也包括人的肉体。

虽然刚开始读邓恩的诗时，可能会令人觉得意象突兀，格律不齐，诗句粗糙，经常还会出现一些阅读困难。因为"陌生化"就是要打破自动化感受的定势，冲破审美惯性，使主体用惊奇的眼光关注对象，让钝化的审美复活，在创造"复杂化"和"难化"的过程中，增加感觉的难度，延长感觉的过程，体验审美张力。但在陌生化的手法和看似铺陈的风格背后，藏着正确的理性。读者认真阅读就可以使这些理性慢慢彰显出来，而他的个性化语言也就不再那么奇特，而变得越发有趣起来，他也成为"那路诗里最可读的人" [11][p137]。

以邓恩为代表的玄学派诗人以其陌生化的手法，玄学奇喻，另类的意象、多变的格律和从其他学科获取的渊博学识为基础，写了不少艳情诗。他的口语体表达让人感到亲切，他的奇思妙喻让人感到惊奇，他的思辨让我们感到他的博学和敏锐，他的另类意象和陌生化表达手法充满了新意，使读者感受到了审美张力，邓恩的诗歌为英国的诗界注入了极大活力。

参考文献

[1] 什克洛夫斯基. 作为技巧的艺术 [A]// 俄国形式主义批评：四篇论文. 林肯：内布拉斯加出版社，1965.

[2] 孙桂林，李康熙. 论约翰·多恩爱情诗中的奇想、思辨和矛盾 [J]. 合肥工业大学学报（社会科学版），2005（4）：91-95.

[3] Maynard Mack. The Norton Anthology of World Masterpieces，Volume I[M]. New York：W.W. Norton & Company，Inc. 1995.

[4] 约翰·邓恩. 艳情诗与神学诗 [M]. 傅浩，译. 北京：中国对外翻译出版公司，1999.

[5] 李正栓. 陌生化：约翰·邓恩的诗歌艺术 [M]. 北京：北京大学出版社，2001.

[6] Drabble Margaret. The Oxford Companion to English Literature[M]. Oxford：Oxford University Press，1985.

[7] Thomas R Arp. Literature Structure，Sound and Sense[M]. Forth Worth：
Harcourt Barce College Publishers，1993.

[8] 吴笛 . 论东西方诗歌中的"及时行乐"主题 [J]. 外国文学研究，2002（4）：
103-109.

[9] 杨周翰 .17 世纪英国文学史 [M]. 2 版 . 北京：北京大学出版社，1996.

[10] 王佐良，何其莘 . 英国文艺复兴时期文学史 [M]. 北京：外语教学与研
究出版社，1996.

[11] 王佐良 . 英国诗史 [M]. 北京：北京译林出版社，1997.

附录 2

从《跳蚤》到《致他羞怯的情人》[①]
——玄学派诗人邓恩和马维尔的艳情诗探析

王艳文 周忠新

一、玄学派诗人

所谓"玄学派诗人",指的是英国 17 世纪初出现的一批英国诗人。这些诗人具有强烈的叛逆精神,他们试图从伊丽莎白时期传统的爱情诗歌中分离出去。他们在继承伊丽莎白时代诗歌精妙的语言特色的同时,摒弃了彼特拉克式诗歌甜腻空泛、故作优雅的传统文风,一般采用简洁的白描手法,为英国诗歌开创了一条新路,使英国诗歌更为丰富更有生气。由于 17 世纪的英国社会动荡不安,新旧学说和信仰斗争激烈,社会上弥漫着一种怀疑、幻灭的情绪,同时自然科学得到迅速发展,玄学派诗人通过从天文、地理、几何学、哲学、医学、航海和生物等学科获得的知识,将"最不相干的观念用暴力强扭在一起(The most heterogeneous ideas are yoked by violence together)"[1],来展露他们的学识,表达他们的情感和困惑,由于其作品晦涩难懂,所以他们被称为"玄学派"。

玄学派诗人常常把看似不同的思想、意象、典故和奇思妙喻(conceit)等杂糅在一起,新颖深刻,比喻奇特,充满机智,魅力无穷,令人掩卷叫绝。阅读玄学派诗人的作品,可以发现他们善于思辨的语言特色和惊人的类比才能,领略到诗人的奇思妙想和敏捷的才思。

幺学派诗人以约翰·邓恩(John Donne)为领军人物,"他的那路诗不

---

① 本文发表在《燕山大学学报(哲学社会科学版)》2005 年第 4 期。

是唯一可读的诗，但在那路诗里他是最可读的人"[2]，另外著名的玄学派诗人还有安德鲁·马维尔（Andrew Marvell）和亚伯拉罕·考利（Abraham Cowley）等。这些诗人的作品在 18 世纪与 19 世纪备受冷落，然而到了 19 世纪晚期及 20 世纪初，邓恩及其他玄学派诗人的作品在以艾略特为首的现代派诗人的竭力推崇下才逐渐受到青睐。本文试图对邓恩和马维尔的玄学派艳情诗进行对比分析。

二、邓恩及其《跳蚤》

邓恩（1572—1631）出生在一个罗马天主教家庭，早年游历过意大利和西班牙等欧洲国家，曾先后在牛津和剑桥大学学习神学、医学、法律和文学，但由于宗教信仰的原因，均未获得学位。由于天主教身份使他个人抱负的施展屡屡受挫，邓恩始终处于希望和痛苦的矛盾交织中。他当过掌玺大臣的秘书，并因同大臣夫人的侄女私自结婚而遭监禁。后来他因攻击天主教，维护国王权威而得赏识，成为一名皇室牧师，并出任伦敦圣保罗大教堂教长。邓恩早年纵情声色，放荡不羁，写过不少艳情诗，这是由于其富有的家庭和早期文艺复兴时期世俗文化的影响造成。因为 17 世纪的英国，上流社会生活奢靡，及时行乐成了当时玄学派艳情诗的重要主题之一。

《跳蚤》是邓恩被收录最多的诗篇之一，发表于邓恩去世后两年（1633 年）。这首诗以诗人向情人求爱的口语体写成，语气调侃，比喻出人意料，推理和结论也超乎常人想象，是邓恩艳情诗中的名篇。

在传统的彼得拉克诗歌中，比喻明确固定，合乎常理，如把被爱的女子比作"像玫瑰花般的脸""象牙般的皮肤"等。例如，罗伯特·彭斯 在 "A Red, Red Rose" 中写到"我的爱人像一朵红红的玫瑰"（my luve's like a red, red rose）；华兹华绥在诗中也写到"我的爱人像六月新绽的玫瑰"（when she I loved looked every day fresh as a rose in June）[3]。同样在中国的传统诗歌里，一般用美好的东西来颂扬美好的事物。例如用皎洁的月亮来象征团圆，代表思念之情，如苏轼的词句"明月几时有，把酒问青天，……但愿人长久，千里共婵娟"，用蝴蝶和鸳鸯等象征一对恋人，"在天愿做比翼鸟，在地愿为连理枝"。我们认为只有这样的比喻才是合乎情理的。而邓恩在这首诗中竟将令人恶心的跳蚤与神圣的爱情与婚姻联系在一起，让人感到另类，难以接受。

在本诗的第一节中，诗人看见了那只先后叮过诗人和女友的跳蚤，便向女友证明两人的鲜血已通过这只跳蚤融为一体。按照 17 世纪的科学观，血的交融就是性的结合，由此看来两人的生命就已经结合在一起了。诗人将圣洁美好的爱情比喻为跳蚤，男女通过一种特殊的方式结合在一起，因为"它先吮吸了我的血液，然后是你，我们的血液在它体内融合在一起"（Me it sucked first, and now sucks thee, And in this flea our two bloods mingled be）[4]，跳蚤的体内就成了恋人秘密举行婚礼的场所，而跳蚤由于吮吸了两人的血液而膨胀，这象征着这对情侣没有正式结婚就已享受了肉体之欢，是一种"罪恶和羞辱"（a sin or shame），而跳蚤在求爱之前尽情享乐，"这远比我们要做的勇敢的多"（And this, alas, is more than we would do）。诗人的意图是力劝其情人丢掉贞操观，勇敢地去爱，接受自己的请求，及时行乐。

接下来，诗人发现请人正欲抬手向跳蚤打去，便急忙劝阻，说要赦免跳蚤中的三条性命（包括你、我和跳蚤），因为这只跳蚤就是你和我，是我们的婚床和我们举办婚礼的殿堂，我们已经隐居在跳蚤黑色的躯体之内，跳蚤的黑色躯体就是我们结婚的洞房。如果你杀死这只跳蚤，你就会增加"自我谋杀和对神的亵渎以及谋杀三条性命的三份罪状"（let not to that, self-murder added be, and sacrilege, three sins in killing three）。

最后，情人突然"残忍"地掐死了这只跳蚤，诗人说你"用无辜者的鲜血把自己的指甲染成红紫"（purpled thy nail in blood of innocence）。而情人表示虽然我的血也在跳蚤体内，但我并没有因为它的死而有半分虚弱。诗人这时乘势而上，将全诗推向高潮，既然如此，你答应我的求爱对你的名誉也不会有丝毫的损失，那我们为什么还不及早享乐呢？

在诗的结构上，本诗运用了巧妙的三段论式的推理：①这只跳蚤吸了你我的血，我们的血已经结合在一起，这只跳蚤就是我们的结婚的婚床和殿堂；②如果你杀死这只跳蚤，你就会杀死三个人，犯三份罪状；③既然你掐死这只跳蚤不会使你有半分虚弱，那么接受我的求爱，同我一起行乐对你的名誉又会有什么损失呢？

在欧洲文艺复兴时期，以跳蚤为题材的艳情诗已比较流行。在一次文学沙龙上，有一只跳蚤突然跳到一位女士的胸脯上，在场的诗人们对这只跳蚤的大胆感到吃惊，诗人们受到启发写了不少关于跳蚤的诗，但多数讲的都是男人羡慕跳蚤能自由地接近女人的身体之类的内容。而邓恩这首诗中的跳蚤却别有情趣，是诗人和情人两性结合的象征，是他们爱情的婚床和举办婚礼的殿堂，邓恩在传统比喻模式的基础上推陈出新，诡辩之术达到了很高的境界。

邓恩的奇特玄学比喻与及时行乐观在其许多艳情诗中都有体现，在《哀歌》第 19 首中，他将女性比喻作新发现的美洲，发现的新大陆，表达了对肉体的渴望和强烈占有欲，"放开我漫游的手，让他们去吧 / 前面，后面，中间，上面，下面 / 哦，我的美洲，我新发现的大陆"（License my roving hands，and let them go/Before，behind，between，above，below/o my America! My new-found land）。

在《灵魂出窍》中，诗人的及时行乐观在下面的诗句中得到了印证，"但是，这么长久，这么久远，我们的肉体为什么要压抑？"在《哀歌》第 7 首中，诗人将性爱比作"知识与生命之树"，"我将知识与生命之树植入你"，其艳情之味可见一斑。

《日出》是邓恩另一首著名的艳情诗，在许多民族的文化中，太阳是至高无上的神，是受人尊敬和崇拜的，同样在中国的传统文化中太阳也是光明与温暖的代名词。在中国古代有白居易的"日出江花红胜火，春来江水绿如蓝"，李白的"日照香炉生紫烟，遥看瀑布挂前川"的名句，现代我们有"太阳最红，毛主席最亲"，"共产党像太阳，照到哪里哪里亮"等人们耳熟能详的歌曲和诗句。而在邓恩的《日出》中，太阳被比喻为"忙碌的老傻瓜，不安分的太阳 / 为什么你要穿过窗棂 透过窗帘来照射我们 / 难道情人的季节也要跟你转？……… 爱情啊，始终如一，可不懂季节或气候的变换 / 更不懂钟点、日子和月份这些时间的破烂"。诗人将给人带来光明和温暖的太阳予以谴责，是由于太阳透过窗棂和窗帘打扰了他和情人的欢娱和酣眠，对于陷入爱河、忙于肉体之欢的情侣而言，对方可能是世界的全部意义之所在，其他任何东西都是无关重要的，太阳无疑也是多余的，是令人生厌的忙忙碌碌的"老傻瓜"，因为它偏偏来打扰一对恋人的爱情世界，来窥探恋人的秘密，打扰情人们无眠的狂喜[5]。这样看来，也就不难理解为什么诗人将太阳说成是任性的、不守本分的"老傻瓜"了！接着，诗人将肉体之爱表达得淋漓尽致，指出，"她便是一切国家，我是君主的君主，其余的便什么都不是"，爱的答案"全都在这一张床上"，"这张床是你的中心，墙壁是你的穹苍"。

除邓恩以外，17 世纪另一位玄学派诗人安德鲁·马维尔也是一位艳情诗高手。

三、马维尔及其《致他羞怯的情人》

马维尔（1621—1678）出生在一个牧师家庭，早年游历过法国、西班牙、意大利、瑞士等国，毕业于剑桥大学，获得文学学士学位。1657 年被任命为英国的拉丁语秘书——约翰·米尔顿的助手，后来被选为议员。他热爱公益事业，深受人们的尊敬，而他的诗歌也一改传统诗中的陈词滥调，诗句诙谐、幽默，用词准确，比喻奇特，意象新颖，把玄学派诗风与古典主义结合起来，为英国诗歌注入了新的活力。

马维尔的《致他羞怯的情人》是一首典型的劝情人及时行乐的诗。及时行乐的思想是人们对当时政治动荡、社会不安定所采取的一种逃避方式。英国诗人罗伯特·赫里克写过《致妙龄少女，莫负青春》（To the Virgins，To Make Much of Time），劝年轻人"趁你有可能，快采摘含苞的玫瑰"（Gather ye rose-buds while ye may）；在我国古代也有"人生苦短，韶华易逝"，"劝君莫惜金缕衣，劝君惜取少年时，花开堪折直须折，莫待无花空折枝"等类似的诗句。马维尔对这一平常的主题进行了新的创造，他运用玄学奇喻和三段论"把炽热的激情用刚强的理智在轻快隽雅的抒情笔调下表达出来"[6]，成为一首脍炙人口的艳情诗。

在诗的第一节，诗人指出"只要我们的世界大，时间多，羞怯也算不

了什么罪过"[7]，

Had we but world enough，and time，

This coyness，lady，were no crime.

然后诗人运用夸张的语言尽情地展开想象，运用丰富的地理位置在时空上展开驰骋，"你可以在印度的恒河岸边寻找红宝石 / 我可以在亨柏之畔望潮兴叹 / 我可以在洪水未到来之前十年爱上你 / 你也可以拒绝 如果你高兴 / 直到犹太人皈依基督正宗"，

Thou by the Indian Ganges' side

Shouldst rubies find；I by the tide

Of Humber would complain. I would

Love you ten years before the Flood；

And you should，if you please，refuse

Till the conversion of the Jews.

接下来，诗人用了大量夸张的诗句进行艳情描写"我要用一百年来赞美你的眼睛，凝视你的眉 / 二百年来膜拜你的酥胸 / 其余部分要三万个春秋 / 每一部分至少要一个时代 / 最后的时代才把你的心展开"。

An hundred years should go to praise

Thine eyes，and on thy forehead gaze；

Two hundred to adore each breast，

But thirty thousand to the rest；

An age at least to every part，

And the last age should show your heart.

在这一节，诗人提出了三段论的大前提：如果我们在这个世界上可以长生不老，你可以羞怯，我会一直耐心地等待。

在诗的第二节，诗人语气突变，引出了时光不饶人的主题给读者以出乎意料的感觉，"但是我的背后总听到 时间的战车插翼飞奔 逼近了 / 而在那前方 我们的前面 却展现一片永恒的沙漠 辽阔无垠 / 在那里我再也找不到你的美 / 在你的大理石寝宫里再也不会回荡着我的歌声 / 蛆虫们将要染指于你长

期保存的贞操 / 你那古怪的荣誉将化作尘埃 / 而我的情欲也将变成一堆灰"。

> But at my back I always hear
>
> Time's winged chariot hurrying near ;
>
> And yonder all before us lie
>
> Deserts of vast eternity.
>
> Thy beauty shall no more be found,
>
> Nor, in thy marble vault, shall sound
>
> My echoing song ; then worms shall try
>
> That long preserv'd virginity,
>
> And your quaint honour turn to dust,
>
> And into ashes all my lust.

因为时光那生翼的车轮紧紧跟在后面，诗人没有抽象地说明时间的无情飞逝会给情人带来什么后果，而展现在读者面前的具体形象是：广阔无垠的永恒的沙漠，人却不能永生，美貌将不复存在，蛆虫们将要染指于你长期保存的贞操，到那时我的情欲也会化为灰烬。在本节的最后两句诗人再次提醒他的情人，虽然坟墓是一个幽静、隐蔽的好去处，在那里你可以不必羞怯，"但我从没有见过谁在那儿拥抱"，将全诗的矛盾引向高潮。这一节是三段论的小前提：时间在飞速地流失，生命很短暂，死亡必定会来临，我对你的爱也会随着生命的结束而消失。

在诗的第三节，诗人开始他的劝告，与其被时间吞噬掉，还不如趁我们还年轻及时行乐，享受男欢女爱，"趁那青春的光彩还留驻 / 在你的玉肤，像那清晨的露珠 / 趁你的灵魂从你全身的毛孔 还肯于喷吐热情 / 像烈火的汹涌 / 让我们趁此可能的时机戏耍吧 / 像一对发情的飞鹰 一样嬉狎 / 与其受时间慢慢的咀嚼而枯凋 / 不如把我们的时间立刻吞掉 / 让我们把我们全身的气力，把所有我们的甜蜜的爱情揉成一个球 / ……"

> Now therefore, while the youthful hue
>
> Sits on thy skin like morning dew,
>
> And while thy willing soul transpires.

At every pore with instant fires，

Now let us sport us while we may；

And now，like arm'rous birds of prey，

Rather at once our time devour，

Than languish in his slow-chapped power.

Let us roll all our strength，and all

Our sweetness，up into one ball；

这一节是三段论的结论部分：趁你我还年轻，还有活力，我们就尽情地行乐、尽情地做爱吧。

在这首诗中，诗人使用的三段论可以概括为：①如果可以永生，我就会耐心地等待你，你就可以羞怯；②但是我们不能永生，我们的爱也会随着我们生命的逝去而消亡；③所以趁我们还年轻，及早地行乐、享受生活吧。

四、邓恩和马维尔及其作品比较

通过以上分析可以看出，玄学派诗人邓恩和马维尔虽然年龄相差近半个世纪（49 岁），但他们本人及其名篇《跳蚤》和《致他羞怯的情人》有诸多相似之处。

邓恩和马维尔都是 17 世纪著名的玄学派诗人，早年都有在欧洲大陆游历的经历；都曾在剑桥大学读书，受过良好的教育，有着渊博的知识；他们都信奉宗教，邓恩出生在罗马天主教家庭，但后来改信英国国教，马维尔是一名清教徒；他们都获得过比较高的社会地位，邓恩做过掌玺大臣的秘书，后来成为圣保罗大教堂的教长，马维尔则做过当时英国拉丁秘书米尔顿的助手，并当选过国会议员；他们在世时作品都得不到社会认可，后来才慢慢受到青睐；甚至连他们的寿命也非常接近，邓恩活到 59 岁，马维尔活到 57 岁。

就《跳蚤》和《致他羞怯的情人》而言：

在发表年代上，《跳蚤》发表于邓恩去世后两年（1633 年），《致他羞怯的情人》发表于马维尔过世之后 3 年（1681 年）；在形式上，两首诗都属于艳情诗，更确切地说是"勾引"诗（seduction poem）；从诗中的人物

看，诗中的女士或情人都是处女，前一首中的（maidenhead），后者中的（virginity）。诗中的 speaker 的目的不是一般的勾引情人做爱，而是让她们失去贞操，及时行乐。在诗的笔调上，两首诗都是机智、诙谐、调侃，优雅精致，将诡辩的论理以流畅自如的形式表达出来。在诗的结构上，两首都是巧妙地运用三段论的推理方式，前面已经做过分析。

从奇特比喻来看，两首诗都充满了奇特比喻。玄学派诗歌的两大特点就是以哲理入诗以及运用大量的奇特比喻。邓恩将吸了两个人血的带有血腥味的跳蚤比喻作"我们的婚床和举行婚礼的殿堂"（This flea is you and I，and this our marriage bed and marriage temple is）。马维尔将时间比喻成"插着翅膀的战车"（time's winged chariot），爱情说成是"植物般的爱情"（my vegetable love），并且说爱情是"旺盛的情欲之火"（instant fires），恋人是"一对发情的飞鹰"（amorous birds of prey），情人们要把"甜蜜的爱情揉成一个球"（roll all our sweetness，up into one ball），把我们的时光一口吞（at once our time devour）等。

但与《跳蚤》相比，《致他羞怯的情人》有以下的特点：

后者有更多的夸张、更多的艳情描写：在这首诗中，马维尔用了许多夸张来表达诗人对情人身体的爱恋，"我要用一百个年头来赞美你的眼睛，凝视你的眉／用二百个年头来膜拜你的酥胸／其余部分要用三万个春秋／每一个部分至少要一个时代"，诗人用千百年的时间跨度来夸张地赞美情人身体的每一个迷人的地方，包括眼睛、蛾眉和酥胸等，艳情味十足。另外，在诗的最后一节，写到"我们要像一对发情的飞鹰……／把全身的力气 把所有甜蜜的爱情揉成一个球／"，其追求肉欲和享乐的思想充分地表达了出来。

后者时间和空间跨度更大，气势更磅礴：在时间上，上从灭绝人类的洪水前十年，下至犹太人皈依基督的世界末日，并用千百年来欣赏情人的身体，时间跨度极大；在空间上，诗人从印度恒河到作者家乡的亨柏河，从辽阔的爱情帝国一直到永恒的沙漠，上下几千年，纵横数万里，表现了诗人对情人的爱恋，为读者展现了一幅无限宇宙的宏大场面。

虽然上面列出的几首诗都是玄学派诗人比较著名的艳情诗，注重肉欲和享乐，这种及时行乐诗表面上是在催促情人放掉贞操观、与其做爱，但实际上它有着其社会历史原因。首先，及时行乐主题是那个时代的脉搏，是当时上层社会生活糜烂的写照，也是文艺复兴时期艳丽、享乐的宫廷诗歌传统精神的体现；再者，诗人如此追求肉欲和享乐，大肆渲染性的描写，其深刻用意是剖析诗人抑或诗中讲话人内心深处"灵与肉的矛盾"以及"清教思想和人文主义、出世和入世的矛盾"[8]。玄学派诗人在英国诗歌史上的贡献是巨大的，他们对于爱情的看法仅仅是他们对于变动中的宇宙、世界、社会的不同观察和思考的体现。

参考文献

[1] 约翰·但恩. 艳情诗与神学诗 [M]. 傅浩，译. 北京：中国对外翻译出版公司，1997：79.

[2] 王佐良. 英国诗史 [M]. 北京：译林出版社，1997：137.

[3] 谭琼琳，等. 试论玄学比喻对现代派英诗的影响 [J]. 湖南教育学院学报，1997（1）：12-17.

[4] 王守仁. 英国文学选读 [M]. 北京：高等教育出版社，2001.

[5] 李正栓. 邓恩诗歌中的三角意象 [J]. 外语与外语教学，1998（8）：50-52.

[6] 王佐良，等. 英国文学名篇选注 [M]. 北京：商务印书馆，1983：256.

[7] 胡家峦. 英语诗歌精品 [M]. 北京：北京大学出版社，1995：101-103.

[8] 杨周翰. 17 世纪英国文学史 [M]. 2 版. 北京：北京大学出版社，1996：191.

附录 3

诗歌《空心人》的互文性解读

王艳文 马雪娇

　　互文性理论诞生于 20 世纪 60 年代，脱胎于结构主义和后结构主义过渡时期，后期分别朝着结构主义和解构主义两个方向嬗变，并分别被界定为狭义互文和广义互文。狭义互文以吉拉尔·热奈特（Gerard Genette）为代表，他认为互文性指一个文本与可论证存在于此文中的其他文本之间的关系。广义互文则以朱莉娅·克里斯蒂娃（Julia Kristeva）和罗兰·巴特（Roland Barthes）为代表，他们认为互文性指任何文本与赋予该文本意义的知识、代码和表意实践之总和的关系，而这些知识、代码和表意实践形成了一个无限潜力的织网。现代派大师 T. S. 艾略特（T. S. Eliot）在其著名的《传统与个人才能》中也提出了相似的观点："诗人，任何艺术的艺术家，谁也不能单独具有他完全的意义。他的重要性以及我们对他的鉴赏，就是鉴赏他和以往诗人以及艺术家的关系。"[1] 他还提出寻找"客观对应物"（objective correlative）作为替代物，借助典故、传说等来间接表达思想情感。艾略特的上述观点与互文性理论具有相似和贴合度，为从互文性视角解读《空心人》提供了可行性。同时，学界以往对《空心人》的研究主要集中在诗歌内容、结构、象征手法和意象等方面，从互文性视角开展的研究较少。因此，本文基于互文性理论深入探讨《空心人》文本中出现的广义和狭义互文关系，并进一步解读这些文本关系在诗歌意义表达上所起到的"互文"作用。

作为广义互文本的历史文化语境

广义互文性理论指出："社会和历史并不是外在的用于解释文本的元素。相反，社会和历史本身就是文本，是文本系统内部必不可少的因素。"[2]因此，在进行文学分析时，非文学文本的介入格外重要。《空心人》中所呈现出的历史、文化背景等非文学性文本对于赏析该首诗歌具有十分重要的审美意义。

一、历史语境的互文

历史主义者认为，历史与文本不是主体与客体的关系，二者都是文本，同属于一个符号系统并相互作用。正如格莱哈姆·艾伦（Graham Allen）所言"……文本之间并不存在统一性或统一的意义，而是与当时的文化和社会发展紧密地联系在一起"[3]。克里斯蒂娃从意识形态素的角度出发，表明文本与社会、历史之间的互文性。她认为："文本作为意识形态素的概念决定了符号学的基本程序，即以文本作为互文参照，将其纳入到对应的社会和历史中进行研究。"[4]玄千秋则进一步点明了历史与文学之间的互文性关系，他认为："新历史主义者把历史和文学两者同时看成是'文本性'的，由特定文本构成，历史和文学同属一个符号系统，历史的虚构成分和叙事方式同文学所使用的方法是相互证明，相互印证的'互文性'关系。"[5]历史为诗歌创作提供了时代背景，诗歌也是历史的忠实反映，对文学作品的分析需要与对应的历史背景相结合。

欧洲工业革命不仅带来了技术变革，也改变了社会生产关系，自由资本主义开始向垄断资本主义过渡。19世纪70年代以来，经济危机相继爆发加速了中小型企业的破产以及企业的兼并。垄断资本主义国家间的矛盾日趋激烈，而美国正是在这一时期凭借着广阔的国内市场、丰富的自然资源和先进的技术一举成为最发达的垄断资本主义国家之一。帝国主义国家之间政治经济发展的这种不平衡性最终引发了世界大战，无数人命丧战场，而幸存者也不得不面临严峻而残酷的社会现实。正如在《空心人》中，艾略特将上述战后背景中的社会描绘成"这是死去的土地 / 这是仙人掌的土地"，而生活在其中的人们又如"有声无形，有影无色 / 瘫痪了的力量，无动机的姿势"。诗中这般"死去的土地"和"无动机"般的空心人同战后的历史语境存在着广义互文关系。读者在阅读的过程中可以迅速联想到诗歌背后隐藏的时代背景，而这些背景又迅速地将他们代入生动的历史画面中，从而更加感同身受地体会到战后西方文明衰落的无措感和人们精神上的虚无感。

二、宗教文化背景的互文

乔纳森·卡勒（Jonathan Culler）认为应关注文学文本与其背后的无形文化之间的关系，他呼吁"我们关注先前文本，认为文本的自主性具有误导性，一部作品之所以具有意义，只是因为先前文本"[6]。正如米哈伊尔·巴赫金（Mikhail Bakhtin）所说："文学是文化不可分割的一部分，对文学的研究也不能脱离文化背景。我们不能将文学从众多文化成分中割裂出来，越过文化，在文学与社会经济等因素间建立直接联系。这些因素共同影响着文化，也只有借助文化，并与文化共同作用才能影响文学。"[7]

在《空心人》中，诗歌文本与宗教文化背景存在着密切的互文关系。艾略特强调宗教在文化形成过程中的重要作用，他认为正是工业化后的物质主义导致了西方战后的文明危机，只有坚定不移地信仰上帝并复兴基督教，才能恢复原有的秩序和文明。《空心人》中的宗教意味非常明显，例如，死亡的另一个王国、死亡的暮色王国和死亡的梦的王国分别对应但丁《神曲》中的天堂、炼狱和地狱。此外，艾略特还在诗歌中提出了解决办法："一无所见，除非 / 眼睛重新出现 / 像死亡的暮色王国中的 / 永恒的星星 / 多瓣的玫瑰 / 空洞洞的人 / 才有的希望"，表明了只有神才能带空心人走出黑暗。而"那些已经越过界线 / 目光笔直，到了死亡另一个王国的人"则表达了诗人对获得永恒幸福的人的赞美。

与艾略特的《荒原》及其他早期作品相比，《空心人》中的最大变化是人们有了自我意识，他们意识到了自己的空虚和信仰的缺失，在诗歌的开头，空心人直接承认"我们是空心人 / 我们是稻草人"。此外，人们也有了罪恶感，他们不敢看那双暗指贝雅特丽齐（Beatrice）的眼睛，因为那双眼睛会勾起他们的羞耻感和罪恶感，而这也正是救赎和追求幸福的前提。艾略特在创作《空心人》时正准备加入英国国教，因此他的宗教思想的转变在诗中也得到了互文。譬如诗中"空心人"唯一的希望是代表上帝的"永恒的星星"（perpetual star）和"多瓣的玫瑰"（multifoliate rose），这表明艾略特相信基督教的原罪，认为只有依靠上帝才能拯救人类。

对于文学作品的互文性阐释可以打破传统的文学研究模式，将研究范围扩展到更大的文化空间。宗教文化与《空心人》的互文性加深了读者对战后西方世界的了解。前文所提到的历史文化语境与诗歌的互文可以将读者带入战后的真实世界，此时读者眼前单薄的文字和战后真实的场景相重合，加深读者在情感上的共鸣；而宗教文化中天堂、地狱与上帝等形象与诗歌的互文进一步拓展了读者关于战后世界的想象，硝烟遍布的土地如同火焰蔓延的地狱，人们幻想中和平的国度又犹如天堂般难以触及，而上帝是人类摆脱苦难、拯救自我的唯一希望。这种痛苦与希望的交织继续加深了读者的矛盾情绪和情感共通。

三、文学流派的互文

（一）玄学派文学

艾伦认为"文学作品归根究底还是建立在前人作品所创立的体系、规范和传统之上，所以其含义会在很大程度上受到其他艺术形式及一般文化的体系、规范和传统的影响"[8]。玄学派诗歌于17世纪登上英国文学舞台，代表人物为约翰·多恩（John Donne）、安德鲁·马维尔（Andrew Marvell）等，玄学派诗歌主张通过巧妙运用奇喻（conceit）来将晦涩的内容与简单的词语糅合在一起，以此将思想融于情感之中并表达出深刻的内涵。艾略特的观点与玄学派相符，他也主张摆脱简单的表达方式，认为"我们的文明涵容着如此巨大的多样性和复杂性，而这种多样性和复杂性，作用于精细的感受力，必然会产生多样而复杂的结果。诗人必然会变得越来越具涵容性，暗示性和间接性，以便强使—如果需要可以打乱—语言以适合自己的意思"[9]。玄学派诗歌深刻地影响着艾略特的审美取向和写作技巧，而诗歌《空心人》与玄学派诗歌之间也有着极强的互文关系。

首先，《空心人》有着与玄学派诗歌相似的创作背景。17世纪的技术变革、经济发展和科技进步加速了原有价值观的消亡，文艺复兴带来的力量和积极情绪在开始消退，残酷的宗教斗争将人们笼罩在猜疑的阴影之下。在此背景下诞生的玄学派诗歌在感情表达上一改之前流行的优雅文风，转而采用了简洁的表达手法。这与第一次世界大战后家园被毁，梦想破灭的阴郁氛围相吻合。与玄学派诗人一样，艾略特也反对浪漫主义直白抒情的写作风格，他避开个性表达，而喜欢用晦涩的意象将隐喻与思想融为一体。譬如在第四节中，诗人将眼睛的再现比作"永恒的星星"和"多瓣的玫瑰"。作者借这两个意象来隐喻神的形象，由此表明了其认为只有基督教才能重建社会秩序和西方文明的观点。其次，玄学派诗人善于运用"奇喻"来引导读者深入理解不同物体间的相似之处，艾略特借鉴了玄学派诗人妙用"奇喻"的手法。在《空心人》中出现的一系列独特意象皆反映出了现代人绝望的生存现状和麻木的精神状态。例如，第一节中，空心人"干涩的声音"隐喻为"风吹在干草上"和"老鼠走在碎玻璃上"的声音。作者借助这些奇特的隐喻将读者带入"风吹干草""老鼠踩碎玻璃"的场景，使其如身临其境般听到"沙沙"的、"嘎吱嘎吱"的声音。

玄学派文学与《空心人》的广义互文关系拓展了对该诗歌解读的广度和深度。《空心人》中大量晦涩的意象将读者带入了阴郁残酷的战后背景；同时这些与"奇喻"相似的独特意象又推动读者从表层文本走向了诗歌背后充满暗示、含义交织的广阔想象空间，在对喻体和本体的反复联想和解读中深刻感受到当代人肉体的痛苦和精神的无助。

（二）现代派文学

现代主义是对20世纪早期各种实验性、前卫性文学思潮的统称，是社会、历史、文化等因素综合作用的结果，现代主义各流派的主张虽各不相同，但都存在危机意识，它们都以揭示现代社会的异化和人类的麻木为己任，并在不断反思原因、探索解决之道。艾伦认为："文本并非孤立的存在，而是文化文本的合集。文本与文化文本皆源于相同的文本材料，二者无法分离。"[10] 现代主义作为《空心人》的互文文本，为诗人提供了社会文化背景、主题及写作技巧上的参考。

1. 法国象征主义

从广义互文性的角度出发，各种文化思潮同样属于互文本，作为现代主义文学的主要流派之一，法国象征主义在多个方面与《空心人》存在互文性。

首先，象征主义起源于19世纪末的法国，波德莱尔是法国象征主义诗歌的先驱，也是现代主义的创始人之一。他认为丑恶无处不在，艺术应该关注、表现丑恶，并从丑恶中挖掘美好。艾略特非常欣赏波德莱尔在作品中对都市污秽的探索、对现实与梦境的结合以及对人类精神状态的描写，这种写作倾向在《空心人》中有明显的体现；另一位诗人马拉美则提出"诗写出来原是叫人一点一点地猜想，也就是暗示，亦即梦幻或神秘性的完美的应用，而象征正是由这种神秘性构成的"[11]，艾略特在《空心人》中也继承了马拉美复杂、晦涩的写作特点。其次，艾略特在诗中运用了大量的象征，例如，《空心人》中国家成了死亡的土地，现代人成了没有灵魂的阴影。艾略特通过"老鼠的外衣"（rat's coat）、"乌鸦的皮毛"（crow skin）、"暴涨的河流"（tumid river）这些丑陋的形象，淋漓尽致地揭露出了社会的阴暗和空心人的畸形，同时也间接地表达了对于美好的追求，诗人认为可以从丑恶中找到真正的光明与希望。

艾略特在《空心人》中对西方战后社会和人们的描写、语言风格的运用以及写作手法的运用都与象征主义流派构成了广义互文性，既丰富了诗歌内涵，同时也表现出艾略特对战后社会的忧虑、对文明堕落的惋惜及在宗教转型前的挣扎。

2. 非理性主义

与《空心人》存在互文关系的另一个现代主义文学流派是非理性主义。非理性主义是西方在19世纪末至20世纪初盛行的一种哲学思潮，主要代表人物为叔本华（Schopenhauer）、尼采（Nietzsche）、柏格森（Bergson）等，对《空心人》中的非理性主义文化背景的探究可以更好地揭示蕴含在晦涩意象及结构背后的隐秘情感。

德国哲学家叔本华提出了唯意志论，他认为世界的本质是意志，"意志是自在之物，是这世界内在的涵蕴和本质的东西；而生命，这可见的世界，现象，只是反映意志的镜子"[12]。人类的一切活动都受意志的支配，当人类的欲望得到满足后，就会感到空虚和压抑，进而产生战争、杀戮等恶行。"人的本质就在于他的意志有所追求，一个追求满足了又重新追求，如此永远不息。"[13]《空心人》中的人类为权欲和金钱所支配并经受着漫长的煎熬，而诗歌创作时已爆发的第一次世界大战也正是人类为追求无穷欲望而结下的恶果。所以通过结合叔本华的观点，可以更好地发现诗中空心人会走向绝望和痛苦的根本原因。

非理性主义的另一个重要代表是尼采，他认为"上帝已死"，并无情批判了传统的基督教原则和现代理性主义，要求人们重新评价西方的历史和文化价值观。尼采认为，旧基督教中的上帝已死，而新的宗教尚未出现，西方人因此陷入空虚之中，而艾略特也同样在《空心人》中表示，正是因为西方人丧失了基督教信仰才导致文明的毁灭，受尼采影响，艾略特也在《空心人》中向读者揭露了当时西方人空虚、平庸无能的本质。

柏格森是直觉主义的代表人物，他崇尚直觉，贬低理性。他将时间分为"外在的时间"（physical time）和"内在的时间"（psychological time）。他认为"外在的时间"是从过去到未来的线性流动，无法测量连续生活中的运动过程。而"内在的时间"才是真正的时间，它是过去、现在和未来融为一体的连续流动，是可以通过直觉体验到的"绵延时间"（duration）。柏格森对时间的划分深深吸引了艾略特。《空心人》中融合了过去的意识、现在的状态和未来的希望，形成了一个连续的时间流，对过去的意识表现为诗歌与历史事件、文学传统、前人文学作品之间的密切互文关系。例如，艾略特用"消逝中的星星"（fading star）、"划掉的诗节"（crosses staves）、"永恒的星星"（perpetual star）等意象影射《圣经》中的各种符号，以此来唤起人们对《圣经》的记忆。现在的状态则体现为对"空心人"当下精神状态的生动描写，他们虽内心空虚，但却知道自己是"空心人""稻草人"。未来的观点则体现为"空心人"对于在基督教中找到精神归宿的愿望。

3. 意识流

"意识流"的概念由美国心理学家威廉·詹姆士提出，指思想的不间断性，后来这一术语为作家所借鉴并应用到了文学领域。意识流文学诞生于20世纪初，是现代主义文学流派的重要分支，侧重于描写人物内心世界不断流动的意识。该类作品的特点在于不合逻辑，作家们试图通过杂乱混合来揭示人物的无意识和潜意识想法。譬如在《空心人》中："因为你的是 /生命是 / 因为你的是（For Thine is/Life is/For Thine is the）"，刻意割裂的句子和颠倒的词序，反映了空心人复杂交错的心理活动，错杂的三句诗行与意识流的写作方式构成了广义的互文。此外，意识流注重刻画人物性格的扭曲和心理的反常，这在《空心人》中也有所体现。诗中的空心人因为害怕接受正义的责难，宁可身披伪装在象征着地狱的"死亡的梦的王国"，也不愿接近从地狱向天堂过渡的"死亡的暮色王国"。

艾略特在诗中描绘出空心人错乱扭曲的心理状态，这种心理描写与意识流的文学特点具备互文性，能够进一步激发读者对空心人复杂心理的关注和发掘。

狭义互文视域下的互文手法

热奈特在其"跨文本性"理论中提出了五类文本间跨越关系，即互文性（intertextuality）、副文性（paratextuality）、元文性（metatextuality）、超文性（hypertextuality）和广文性（architextuality）。其中"互文性"指的是"两个文本在多个文本之间的共存关系"[14]，这种关系包括引用、抄袭和用典等。在《空心人》中，艾略特为烘托气氛、体现诗歌主题，采用了大量的互文手法。

一、引用

在互文性理论中，引用是指对原互文文本中的词、短语、句子和段落的引用。热奈特提出，所有文本都"源于另一个先前存在的文本"[15]。"文学的基本行为类似一种重复和'再言'的形式，只不过是一而再、再而三地引用、重提他人的言语"[16]。然而引用并非是孤立的单向行为，在巴赫金看来，在选择引文、处理引文长度、在文本中安排引文的过程中，实际也是在与原文作者进行双向对话，文本间可以通过互文而达到相辅相成的效果。

在引用时通常会使用如括号、引号等特殊标记，但为了给作者提供充足的发挥空间，往往会弱化引用的标记。在《空心人》中，大部分引文都没有引号，有些引文也并非完全取自原文。例如："在思想 / 和现实中间 / 在动机 / 和行为中间 / 落下了阴影。"这句话出自《裘力斯·恺撒》第二幕，原文在这里将计划、实施过程比作噩梦，而《空心人》中的这段话也同样点明人们内心空虚是因为他们面临着诸多选择与挣扎。同时，处在神圣的精神世界和黑暗的物质世界之间的阴影，象征着空心人的死亡。对于空心人来说，活着比死亡更悲惨，所以从生到死也是一场噩梦。又如，《空心人》最后一节中的"落下了阴影"（Falls the Shadow）引自欧内斯特·道生（Ernest Dowson）的《我一直按自己的方式对你忠诚，西纳拉！》："落下了你的阴影。"诗人把西纳拉比作自己放荡生活与追求真爱之间的阴影，无法忘记西纳拉的诗人饱受"阴影"的折磨，在诗中表达了对他的浓浓爱意以及分手后的孤独与痛苦。而《空心人》中的"阴影"对空心人来说，也是横亘在理想世界与残酷现实之间的一种折磨。再如，第五节中的"因为国度是你的"引自《历代志》（上）："耶和华啊，尊大，能力，荣耀，强胜，威严都是你的。凡天上地下的都是你的。国度也是你的，并且你为至高，为万有之首。"此句表达了对神的赞美。但空心人在面对死亡的阴影时却并没有机会得到上帝的拯救，因为象征天堂的国度属于上帝，这对他们来说是遥不可及的。

艾略特在《空心人》中对其他诗歌采取了大量引用，这种手法的运用不仅是单纯地将来自不同文本的文字简单的重合并列，更是将它们背后所蕴含的背景、思想、含义进行了"互文性"链接，由此读者便可进入一个文本交织的阅读空间，并在这个空间内对不同的诗句和思想进行结合和碰撞，从而得出对该诗歌文本更为深刻的解读。

二、用典

用典是另一种常见的互文手段。艾布拉姆斯（M. H. Abrams）将用典定义为"在没有明确标识的情况下，顺带提及文学或历史人物、地点或事件，或者其他文学作品或段落"[17]。文学作品中的用典是指提到与源文本主题密切相关的地点、事件或者人物，热奈特将用典定义为"一种表述，只有了解其与另一文本的关系才能获取该表述的全部含义，而且必然会使用一些只有结合另一文本才能理解的曲折表述"[18]。通过用典，可以同时激活、联系两个或多个文本。波德莱尔认为，美只存在于神秘的世界中，而诗人有责任通过暗示将读者领入这一世界。而用典就是一种有效手段，可以在文学创作中实现这种效果。此外，由于诗歌形式有限，运用丰富的典故可以在诗歌与历史和文学传统建立互文关系。艾略特认为，随着社会文明的日益复杂，诗歌应该摆脱简单的表达方式，因此他强烈反对浪漫主义诗歌过于直接和简单的写作方法，并在诗歌中有意使用典故，借此激发读者的想象力和联想能力。

艾略特在《空心人》的开头分别提到了库尔茨和老家伙。库尔茨出自约瑟夫·康拉德（Joseph Conrad）的小说《黑暗之心》——库尔茨刚从欧洲来到非洲时，认为自己会给那里带来光明和进步，但在后来的殖民过程中，库尔茨贪婪成性，逐渐丧失了道德和信仰。艾略特正是通过库尔茨影射了现代人在金钱和欲望世界中的迷失。老家伙指的是盖伊·福克斯（Guy Fawkes），他是著名的"火药阴谋"的参与者之一，然而福克斯由于他人泄密而遭到了处决，为表纪念英国人会在"福克斯之夜"烧掉象征福克斯的稻草人，孩子们也会扮成福克斯来乞讨并说"给老家伙一便士"。艾略特借福克斯的故事表达了他对空心人的批判。福克斯虽未能通过暴力推翻政府，却向社会表达了自己的不满，这要好过诗中那些内心麻木、行动僵硬的空心人。

艾略特在诗中所用典故的一个重要来源是但丁。艾略特视但丁为榜样和精神导师，并将其作为评价其他诗人的标准，《空心人》显然也深受但丁的启发和影响。艾略特参照《神曲》中的《地狱篇》《炼狱篇》和《天堂篇》，在诗中对应写出了死亡的梦的王国、死亡的暮色王国和死亡的另一个王国。在第一节中，"目光笔直，到了死亡的另一个王国的人"指的是从地狱到天堂的过渡，也是指人们已不再空虚、痛苦，转而拥有了自我意识。在第二节开头，艾略特提到了空心人在死亡的梦的王国里所害怕遇见的眼睛，这双眼睛与《炼狱篇》中贝雅特丽齐的眼睛有许多相似之处。在第一次见到那双充满批评和责备的眼睛时，但丁感到无比愧疚并决定赎罪。在天堂中接受救赎并找回美德后，但丁在再次遇到贝雅特丽齐时便可以勇敢地直视对方的眼睛。而《空心人》中的那双"眼睛"同样也在责备着空心人堕落、麻木的灵魂。

艾略特在第二节中写道："那里，是一棵树在摇晃／而种种嗓音是／风里的歌。"《空心人》中的"树"暗指《黑暗的心》中的树："他不能控制自己，就像库尔茨先生一样，只是一棵在风中摇晃的树。"艾略特用"摇晃的树"这一意象来暗示空心人就像《黑暗之心》中死去的舵手及库尔茨一样，因为缺乏约束而无法摆脱死亡的命运。在"让我还穿戴上／这些费尽心机的伪装／老鼠的外衣，乌鸦的皮毛，划掉的诗节"中，"老鼠的外衣"指燕尾服，"乌鸦的皮毛"指黑帽，"划掉的诗节"则既指稻草人，也指耶稣被挂在十字架上时的形象。艾略特用这三个意象来形容现代的西方人，讽刺这些人不愿面对阴郁的生活、衰落的国家，而用伪装来掩盖内心。

> 这里升起石像
>
> 这里它们接受
>
> 一个死人的手的哀求
>
> 在一颗消逝中的星星的闪烁下
>
> 它是这样的吗
>
> 在死亡的另一个王国里
>
> 独自醒来
>
> 在那个时刻——我们
>
> 因为柔情而颤抖不停
>
> 本想接吻的唇
>
> 将祈祷形成了碎石[19]

诗中的人们崇拜"石像"并向其祈求，在《出埃及记》中，耶和华也认为摩西和他的民族应该"在我面前没有别的神"。诗中的空心人用嘴唇亲吻"碎石"，而《诗篇》第五十一章则写道，"主啊，求你使我嘴唇张开；我的口便传扬赞美你的话"。嘴唇应该用来向上帝而非异教进行祈祷和赞美，此处，艾略特认为失去了基督教信仰的空心人将受到上帝的惩罚。

"永恒的星星"（perpetual star）和"多瓣的玫瑰"（multifoliate rose）象征着空心人唯一的希望。在《神曲》的《天堂篇》第三十一章中写道："三重的光明啊，你合成一颗星／照耀他们的容颜使他们欢喜"（Paradiso：Canto XXXI），其中的"星"象征的是永恒的神。《天堂篇》第三十章中的玫瑰有"最外边的花瓣"（in its extremest leaves），天堂有长着五片以上花瓣的多瓣玫瑰，因为被拯救的灵魂会变成多瓣玫瑰围绕在上帝身边。"永恒的星星"和"多瓣的玫瑰"表明，空心人在面对阴暗的世界而感到绝望时，心中明白只有希望、光明、真理和正义才是唯一的救赎。

在诗的结尾，艾略特感叹世界是在"嘘的一声"（a whimper）而非"嘭的一响"（a bang）中走向终结，这正如盖伊·福克斯一样，火药阴谋的终结不是爆炸的轰鸣声，而是他的一声呜咽。诗人笔下所刻画的空心人在文明毁灭面前表现得空虚无力，这在侧面反映了诗人对此的绝望之情。此外，"世界就是这样告终"（This is the way the world ends）也与《圣经》中所提到的末日存在互文关系，基督徒认为是上帝创造了世界，人类若犯下罪孽，就会受到上帝的惩罚，"告终"表明，20 世纪在艾被略特看来是终结的时代，人类将因文明毁灭、行为不端而遭受上帝的惩罚。

结 语

本文分别从广义互文和狭义互文性视角探索有关《空心人》的多种解读视角。文本之间的互文性将文字的表层意义拓展到更大的空间当中：在广义互文视角下，历史语境和宗教文化将读者溯回至真实的战后世界和人们的精神世界，同时文学流派的介入又为诗歌解读提供了各时期、各学者的思想背景和分析手法。在狭义互文视角下，引用和用典更加密切地将文本相结合，使得思想和含义同时在诗行间有效地沟通。由此看来，《空心人》的互文性解读有效地突破了单一的分析方式，更加自由地在文本和意义互通中沉浸式地体会到艾略特所描绘出的战后图景和人们空虚的精神世界。

参考文献

[1] 艾略特 T S. 传统与个人才能：艾略特文集·论文 [M]. 卞之琳，李赋宁，译 . 上海：上海译文出版社，2016：3.

[2] Irwin W. Against Intertextuality[J]. Philosophy and Literature，2004：227-242.

[3] [8][10]Allen G. Intertextuality[M]. London and New York：Routledge，2000，37：1-36.

[4] Kristeva J. Desire in Language：A Semiotic Approach to Literature and Art[M]. New York：Columbia University Press，1980：37.

[5] 玄千秋 . 解读文学与历史的互文契合 [J]. 华章，2011（26）：81.

[6] Culler J. The Pursuit of Signs：semiotics，literature，deconstruction[M]. London & New York：Routledge Classics，2001：114.

[7] Bakhtin M M. Speech Genres and Other Late Essays[M]. Caryl Emerson，Michael Holquist. Austin：University of Texas Press，1986：140.

[9] 艾略特 T S. 艾略特诗学文集 [M]. 王恩衷，编译 . 北京：国际文化出版公司，1989：32.

[11] 黄涛梅 . 现代主义和后现代主义文学研究 [M]. 兰州：甘肃人民出版社，2005：5.

[12][13] Schopenhauer A. The World as Will and Representation[M]. E F J Payne（Trans）. New York：Dover Publications，Inc，1966：275，260.

[14][15][18] Genette G. Palimpsests：Literature in the Second Degree [M]. Channa Newman and Claude Doubinsky（Trans）. London：University of Nebraska Press，1997.

[16] 蒂费纳·萨莫瓦约 . 互文性研究 [M]. 邵炜，译 . 天津：天津人民出版社，2002：94.

[17] Abrams M H. A Glossary of Literary Terms [M]. Belmont：Wadsworth

Publishing，2008：9.

[19] 艾略特 T S. 四个四重奏 [M]. 裘小龙，译 . 南京：译林出版社，2017：
106.